Unicorn

独角兽书系

Wiedźmin
猎魔人

白狼崛起 | 卷一 修订本

[波兰] 安杰伊·萨普科夫斯基 著
乌兰 赵琳 小龙 译

OSTATNIE ZYCZENIE
BY ANDRZEJ SAPKOWSKI

重庆出版集团 重庆出版社

版贸核渝字（2020）第21号

图书在版编目（CIP）数据

猎魔人. 卷一，白狼崛起 / (波) 安杰伊·萨普科夫斯基著；乌兰，赵琳，小龙译. —修订本. —重庆：重庆出版社，2020.8（2025.11重印）
书名原文：OSTATNIE ZYCZENIE
ISBN 978-7-229-15148-5

Ⅰ. ①猎… Ⅱ. ①安… ②乌… ③赵… ④小… Ⅲ. ①长篇小说-波兰-现代 Ⅳ. ①I513.45

中国版本图书馆CIP数据核字（2020）第118991号

猎魔人　卷一：白狼崛起（修订本）
LIEMOREN JUANYI：BAILANG JUEQI（XIUDINGBEN）
［波兰］安杰伊·萨普科夫斯基 著　乌兰　赵琳　小龙 译
联合统筹：重庆史诗图书信息咨询有限责任公司
责任编辑：邹　禾　方　媛
责任校对：郑　葱
封面绘画：陈越林
封面设计：谢颖设计工作室

重庆出版集团
重庆出版社 **出版**
重庆市南岸区南滨路162号1幢　邮政编码：400061　http://www.cqph.com
重庆出版社艺术设计有限公司 制版
重庆豪森印务有限公司 印刷
重庆出版社有限责任公司 发行
邮购电话：023-61520646

开本：890mm×1230mm　1/32　印张：10　插页：1　字数：240千
2020年8月第1版　2025年11月第2次印刷
ISBN：978-7-229-15148-5
定价：72.80元

Ostatnie życzenie

白 狼 崛 起

目录 Spis treści

理性之声　一

她在凌晨时分到来。

她小心翼翼，轻手轻脚，如幽灵般飘然而过，只有斗篷摩挲肌肤的声音在大厅中回响。但轻柔的声音还是将猎魔人从沉睡中唤醒——也许并非沉睡，只是日复一日的半梦半醒，仿佛穿行于大海深处，悬停在海底和平静海面间一团柔软蔓生的海藻当中。

他没动，更没起身。女孩轻快地走近床边，斗篷滑下身体，随后，她缓慢而迟疑地跪在床边。他透过低垂的眼帘，注视着她，小心翼翼不让对方看出自己已经醒了。女孩轻轻爬上床，骑到他身上，用大腿缠住他的身体。她伸出双臂，撑住上半身，散发着洋甘菊清香的秀发调皮地拂过他的脸颊。最后，她似乎有些不耐烦，决然地俯下身子，用乳尖慢慢划过他的眼睑、他的脸颊、他的双唇。他笑了，缓慢却灵巧地环住她。而她一挺身，逃出他的掌握。清晨迷蒙的光线中，她的身体散发着柔和的光芒。他动了动，双手却被按住，她不准他再乱动。她臀部的动作轻微而果断——她要他的回应。

他回应了。她不再躲闪他的双手。她的头向后仰起，长发在空中飞舞。她的肌肤冰冷如雪，光滑似缎。她的双眼——他只在她脸庞凑近时瞥见一眼——又大又黑，让人想起水中的宁芙。

晃动中，他沉入一片洋甘菊的海洋。那里波涛暗涌，激流回荡。

逐恶而来

一

后来，人们是这样传说的：他从北方来，穿过制绳匠之门；他徒步而行，手中缰绳牵着一匹负重的马。时值午后，各色店铺早已关门歇业，大街上空空如也。空气燥热难耐，陌生人肩头却围着黑色披风，格外引人注目。

他在旧纳拉寇特酒馆门前停了一会儿，听着屋内喧闹的人声。这个时辰，酒馆依然人声鼎沸，一如既往。

陌生人没进酒馆。他牵着马，沿街走到另一间稍小的酒馆门前。那儿叫狐狸酒馆，名声不太好，里面没多少人。

酒馆老板抬起脑袋，打量来人。陌生人仍穿着斗篷，僵硬地站在吧台前，面无表情，一言不发。

“来点儿什么？”

“啤酒。”陌生人的声音让人不太舒服。

老板用帆布围裙抹抹手，拿来个裂口的陶杯，装满一大杯啤酒。

陌生人年龄不大，但头发几乎全白，斗篷下穿件破旧的皮夹克，颈部和肩部扎着绑带。

当他脱下斗篷，周围人注意到，他带着一把剑——佩剑很正常，几乎所有维吉玛人都携带武器，但没人会把剑像弓箭一样背在背上。

陌生人没像其他客人一样找张桌子坐下。他仍站在柜台旁，眼神仿佛利剑，盯着老板。他喝了一口啤酒。

“我想找个客房过夜。”

“这儿没有。”老板没好气地说，同时打量着客人满是尘土、肮脏不堪的靴子，“去旧纳拉寇特瞧瞧吧。”

“我想住这儿。”

“这儿客满了。”老板终于听出了陌生人的口音。他是利维亚人。

“我会付钱。”陌生人轻声说。语气似乎不太可靠。

随后，丑陋的事发生了。一个满脸痘疤、身材瘦长的男人起身走向吧台。从陌生人进门时起，这人阴郁的视线就没离开过他。两个跟班紧随其后，相距不到两步远。

“这儿没客房给你，你这利维亚脏鬼。”刺耳的声音从疤脸男嗓中挤出，他已经走到陌生人旁边，“维吉玛不欢迎你这种人。这是个体面的城市！”

陌生人手拿陶杯，往旁边挪了挪。他瞥了眼酒馆老板，后者避开他的眼神。酒馆里没人替利维亚人撑腰。谁会喜欢利维亚人？

“利维亚人都是贼！”疤脸男继续大放厥词，嘴里喷出啤酒、大蒜与愤怒混合的味道，“听见没，你这杂种？”

“他听不见，他耳朵里塞满了狗屎。”一个跟班道，另一个在一旁傻笑。

“付钱，然后滚蛋！”疤脸男叫道。

直到这时，利维亚人才看了他一眼。

“等我喝完啤酒。”

“我来帮你。”疤脸男狞笑，一拳打飞了陌生人手里的陶杯，另一只手抓向他胸口交叉的皮革绑带。身后一个跟班也跟着挥起拳头。只见陌生人轻巧地一旋身，便让疤脸男失去了平衡。剑鸣清响，长剑的光华在昏暗的灯光下翩跹舞动。酒馆内顿时炸了锅。不知谁尖叫一声，客人连滚带爬地跑向出口。一把椅子在推搡中被掀翻，陶杯乒乓坠地。酒馆老板吓得嘴唇发抖，恐惧地盯着疤脸男被划开的脸——他的手指还扒在吧台边缘呢。两个跟班倒在地板上，一个毫无反应，另一个不断地扭动抽搐，身下漫开一摊浓稠的血迹。某个女人发出歇斯底里的尖叫，洞穿了酒馆老板的耳膜。老板透不过气来，不由一阵呕吐。

陌生人背靠墙壁，全身绷紧，保持警戒状态。他双手持剑，剑刃在空中挥舞几下。没人敢再动。恐惧像冰冷的泥巴，糊在众人脸上，蔓延到四肢，堵住了他们的喉咙。

三个警卫噼哩乓啷地破门而入。他们一定正在周围巡逻，进门时棍棒已然在手，看到地上的尸体，又迅速抽出长剑。利维亚人靠在墙上，左手从靴中抽出一把匕首。

“放下武器！”一名警卫颤抖着喊道，“你这恶棍，放下武器！你被捕了！”

第二名警卫一脚踹翻横在自己和利维亚人之间的桌子，并向后者的方向移动。“查克斯，快去叫人！”他冲靠近门口的第三名警卫大喊。

“不用。”陌生人说着，放低长剑，“我自己会走。”

“你当然得走，你这婊子养的，我们还得把你五花大绑牵着走！”还在发抖的警卫喊道，“放下剑，不然叫你脑袋开花！”

利维亚人站直身体，左臂夹住长剑，右手迅速抬起，在警卫面前凭空画出一个繁复的法印。随着法印生效，从他的手腕到手肘，皮质外套的纽扣纷纷闪烁起来。

警卫赶紧后退，以手护脸。一个客人从地上跳起，另一个飞也似地冲向门口。女人再次尖叫，声音响震酒馆，绕梁不绝。

“我自己会走。”陌生人用冰冷生硬的声音又重复一遍，“你们三个头前带路，带我去见市长，我不认路。”

“好的，先生。”一个警卫低头嘟囔，向门口走去。他谨慎地抬眼，看了看四周，两名同伴犹豫地跟上。陌生人走在最后，已经收回长剑与匕首。当他经过还有客人的桌子时，人人都转过脸去。

二

维吉玛市长维雷拉德苦恼地搔着下巴。他并不迷信，意志也算坚强，但还是不愿与这白发男人独处，只好尽力隐藏自己的想法。

“下去吧。”他命令警卫，“至于你，请坐。不，不是那儿，离远一点儿。希望你不介意。”

陌生人坐下来。这一回，他没带他的剑和黑斗篷。

“我是维雷拉德，维吉玛市的市长。”维雷拉德边说边把玩桌上沉重的权杖，“把你这强盗扔进地牢之前，我想听听，你到底想对我说什么？杀了三个人，还想施展咒语——有你的，真有你的！你这种人就该串在尖木桩上示众。但我是个公正的人，定罪之前，我可以听听你的辩解。说吧。”

利维亚人解开夹克，拽出一卷白色羊皮纸。

“你在路口张贴了这个。”他轻声说，“这上面写的是真的？”

“啊哈。”维雷拉德哼了一声，看着羊皮上蚀刻的文字，“原来是这么回事，我早该想到了。不错，都是真的。这是由泰莫利亚、庞塔尔以及玛哈坎的国王弗尔泰斯特签发的。不过猎魔人，公告是公告，法律是法律——我首先关心的是维吉玛的法律典章。我不能允许你在我的地界杀人！明白吗？”

利维亚人点点头，表示明白。维雷拉德愤怒地哼了一声。

“你有猎魔人的徽章？”

陌生人再次把手伸进夹克，拽出一枚挂在银色链子上的圆形徽章，上面雕绘着一头龇牙咧嘴的狼。

“你有没有名字？这样交流起来会方便些。”

“我叫杰洛特。”

“杰洛特，很好。听你的口音，从利维亚来？”

“从利维亚来。”

“好吧，关于这事，你了解多少？”维雷拉德轻轻拍拍公告，“这可不是什么轻松活儿。很多人试过，都以失败告终。我的朋友，这可不像灭掉几个无赖那么轻松。”

“我知道。我的工作就是这个，维雷拉德。公告上提到悬赏三千奥伦。”

“对，三千奥伦。”维雷拉德皱了皱眉，“还有谣言说，奖赏包括迎娶公主为妻，尽管我们高贵的弗尔泰斯特王并没在公告上如此宣布。”

“我对公主没兴趣。”杰洛特冷静地说。他一动不动地坐着，两手放在膝盖上。“我只想要那三千奥伦。”

“什么世道，”市长叹息，“他妈的，什么世道！换作二十年前，谁相信猎魔人这种职业真的存在？就算烂醉的酒鬼也不会。云游四方的石化蜥蜴杀手！到处旅行的恶龙和水鬼屠夫！哦，杰洛特，你这行禁酒吗？”

“当然不。”

维雷拉德拍拍双手。

“啤酒！”他喊道，“还有，坐近点儿，杰洛特。我还有什么好害怕的？”

漂着泡沫的冰啤酒很快送了上来。

“世道糟透了，”维雷拉德嘟囔着，喝了一大口啤酒，“各种肮脏怪物都冒出来了。玛哈坎山上狸怪横行，以前森林里最多也就有几声狼叫，现在换成了狼人和各种怪物，吐口唾沫都能砸到狗头人或小矮妖。妖精和水泽仙女从村中掳走数以百计的孩童。闻所未闻的疾病接连爆发，让人寒毛倒竖。而最耸人听闻还是这件事！”他把卷成一团的羊皮扔过桌子，“所以说，杰洛特，我们需要猎魔人帮忙，一点也不奇怪。”

“市长先生，关于那张公告，”杰洛特抬头看他，“你知道细节吗？”

维雷拉德一屁股坐回椅子，一只手捂着胃。

“细节？当然，我全知道。也许不是亲眼所见，但来源绝对靠谱。”

“我都想知道。”

“如果你坚持要听，那就听着吧。”维雷拉德又喝了口啤酒，然后压低声音开始讲述，“当我们可爱的国王还是储君时，也就是他父亲老曼德尔当政时期，他就向我们证明了他的才能。非凡的才能。虽然我们期待年龄的增长能减少他的情欲，但加冕过后，他反而变本加厉，把我们都吓傻了——他上了他的亲妹妹，还让她怀了孩子。他和他妹妹雅妲的关系一直很好，但没人相信会好到这种地步，或许王太后曾经……想想吧，雅妲突然挺起个大肚子，而弗尔泰斯特开始筹划跟他亲妹妹的婚礼。偏偏这个节骨眼，瑞达尼亚的维兹米尔王不知道哪儿来的主意，想把女儿达尔卡嫁给弗尔泰斯特，甚至派出了使节。我们好说歹说才没让弗尔泰斯特当众羞辱使节。直接拒绝维兹米尔王肯定会让对方龙颜大怒。我们只能求助于雅妲，毕竟她在她兄长面前很好说话。最终在我们的劝说下，国王放弃了跟他妹妹的闪电婚礼。

“后来，雅妲生下了孩子——听仔细了，因为这才是一切的开始。没几个人见过生下的孩子，据说产婆一看到婴儿，马上从高塔窗户跳了出去，当场摔死，其他目击者也都精神崩溃了。据我推测，这个王室私生女，对，是个女孩，长得不怎么样。不过她一出生就死掉了。

“忙乱中，没人想到给孩子扎脐带，所以雅妲，诸神保佑，也在生产中死去了。

“随后，弗尔泰斯特又做出个愚蠢的决定。明智的选择是把那私生女烧成灰，或者埋到荒郊野外去。可是，我们可爱的国王陛下却让她躺在王宫墓穴精美的石棺里。”

“你们这是后知后觉。”杰洛特抬起头，“应该早点找些智者处理这事。”

“你说那些帽子上画星星的江湖骗子？他们当然来过。躺在石棺里的东西出名之后——当然了，她晚上还会从石棺里爬出来——接二连三来了十多个‘智者’。还好，这一切不是马上发生的。葬礼之后还算风平浪静，过了七年，一个满月的夜晚，宫殿的尖叫、怒骂和呼喊声乱成一团！剩下的不用我说了，你就是干这行的，公告上也明明白白地写着……那婴儿在棺材里长大了，你真该看看她那副尖牙利嘴！总之，她长成了一只吸血妖鸟。

“可惜你没看到我瞧见的那些尸体，我敢打赌，要是你看到了，肯定会对维吉玛避而远之。”

杰洛特一言不发。

“后来嘛，”维雷拉德续道，“弗尔泰斯特召集了一大群巫师。他们叽叽喳喳、吵来吵去，就差没拿手杖相互掐架了——那东西用来打狗倒不错，他们肯定经常这么干。抱歉，杰洛特，也许你对巫师有不同看法，但要我说，他们就是一群骗子加傻瓜。而你们猎魔人能给人们带来信心。至少你们的方法直截了当。”

杰洛特笑了笑，但仍未置一词。

“好了，言归正传。”市长看着眼前的杯子，替自己和利维亚人再次满上，“有些巫师的建议还算靠谱。有人建议把妖鸟、宫殿和石棺一齐烧掉；有人主张砍掉她的头；其他人则倾向等那女魔头白天筋疲力尽、躺在石棺里时，把白杨木桩钉进她的身体。不幸的是，有个戴尖帽子的秃头小丑兼驼背隐士认定这是魔法造成的，而咒语可以解除，能把妖鸟变回弗尔泰斯特的小女儿，就跟画像里一样漂亮——只要有人在墓穴里过一晚，就这么简单。你知道他有多蠢吗？他真去宫殿里过夜了。到了早晨，他的身体已经没剩下多少残渣了，只有帽子和手杖扔在地上。然而弗尔泰斯特把这想法当成了救命稻草。他拒绝采纳任何试图杀死妖鸟的主意，开始在维吉玛各地搜寻招摇撞骗的江湖郎中，试图解除咒语，把她变回小公主。那都是群什么人啊！驼背老太婆、瘸腿老头，浑身脏兮兮的，爬满跳蚤。简直让人没法直视。

“我们让这群人实验他们的把戏，但大多不值一提，其中有些被弗尔泰斯特挂到了宫殿外的栅栏上，我真恨不得把他们全都吊死。不管他们是不是骗子，反正妖鸟把所有站到她面前的人都吃了，所有咒语都没起效。当然，弗尔泰斯特早就不住宫里了，如今没人再敢住那儿了。”

维雷拉德停顿一下，喝了点啤酒，猎魔人继续保持沉默。

“就这样，到现在七年了，杰洛特，她现在十四岁了。我们还得担心别的事，比如与瑞达尼亚国王维兹米尔的战争——还是这类问题更实际一些——为了边境的划分，而不是公主或联姻的问题。弗尔泰斯特偶尔也会提到结婚的事，也会看看邻国候选新娘的肖像，然后随手扔进茅坑里。他偏执的老毛病时不时就会发作，然后派出骑手四处寻找巫师。他承诺的三千奥伦赏金吸引了王国里的各色怪人，包括几个流浪骑士，甚至还有个牧羊人——公认的大傻瓜，希望他泉下安息。但妖鸟依然生龙活虎，不时找个人打打牙祭。慢慢的，大家也就习惯了，那怪物在窝边就能吃饱，所以从不走出宫殿。弗尔泰斯特建了个新宫殿，当然，也是相当华美的。”

“七年了，”杰洛特抬起头，“七年了，就没人想出点办法?”

“真可惜，没有。”维雷拉德沉重地看了眼猎魔人，“这事根本没法解决。我们只能忍气吞声，尤其是弗尔泰斯特，我们可爱可敬的立法者，还在路口继续张贴这些公告，尽管现在已经没什么人来了。哦，最近倒是有个，但他坚持要先拿那三千奥伦。于是我们把他装进袋子、扔进湖里了。”

“世上从来不缺骗子。”

“而且大为过剩。”市长附和道，他望向猎魔人，“所以说，如果你去宫里，千万别张嘴就要赏金。如果你真要去的话。”

“我当然要去。”

“随你便吧，但要记住我的建议。说到奖赏，最近有谣言说，国王提出了附加奖励。我刚才跟你提过了，就是迎娶公主为妻。不知道是谁编出来的。不过嘛，如果吸血妖鸟真长成传说那个样子，那可真是个残酷的玩笑。可是总有白痴前仆后继地前往宫殿，想要加入王室。准确地说，是两个鞋匠学徒。杰洛特，你说鞋匠为何总这么蠢?”

“我不知道。市长大人，可有猎魔人来过?”

“有几个。但他们听说只能解除咒语，却不能杀死妖鸟，大都耸耸肩走掉了。杰洛特，这也让我对猎魔人的敬重日益加深。也有一个猎魔人孤身前往了，比你年轻些，我不记得他的名字了，也许他根本没说名字。他去试了。”

“然后呢?”

“那位牙尖嘴利的公主把他的内脏撒了一地。”

杰洛特点点头。“就他一个?”

“还有一个。”维雷拉德沉默了一会儿，猎魔人并未催促。

“是的，”市长最后说，“还有一个。最开始，弗尔泰斯特威胁说，如果他敢杀了妖鸟就绞死他，他大笑几声，准备收拾东西走人。但后来……”维雷拉德弯下身子，声音压得更低，仿佛耳语。“……后来，他接受了任务。你瞧，杰洛特，维吉玛的官员里还是有些聪明人的，他们已经受够了这一切。谣传他们找到猎魔人，私下商量，说不用白费力气解除咒语，只要把妖鸟送上西天，然后告诉国王解咒失败，为了自卫，猎魔人不得不杀死国王那可爱的女儿——只是工作时的意外事故而已。国王当然会大发雷霆，而且不会给猎魔人一个子儿，但这破事却能尘埃落定。但那明智的猎魔人却回答，要是没钱，就让我们自己去灭掉妖鸟吧。天啊，我们怎么可能办到？我们只好凑些钱财……但后来就没下文了。”

杰洛特抬起眼睛。

“没下文了。”维雷拉德重复道，“那个猎魔人不想第一天晚上就动手。他在宫殿周围转了整整一晚。最后，听他们说，他看到了吸血妖鸟——当时她在狩猎。她爬出石棺，可不只为伸伸懒腰。结果他一见她就跑掉了，一个字都没多说。”

杰洛特嘴角动了动，像是笑了一下。

“结果，”他问道，“那些聪明人的钱始终没付出去，对吧？猎魔人不会先要钱。”

“当然不会。”维雷拉德回答。

“传言有没有说，那些聪明人打算付多少？”

维雷拉德咧嘴一笑。“有人说是八百奥伦……”

杰洛特摇摇头。

“还有人说，”市长小声道，“一千奥伦。”

“考虑到市井谣传，这可不算多。国王可是悬赏三千。”

“外加我们可爱的公主。”维雷拉德调侃道，“你什么意思？毫无疑问，你拿不到那三千奥伦。”

“为何毫无疑问？”

维雷拉德拍案而起。“杰洛特，不要坏了我对猎魔人的好印象！这事儿已持续了七年，妖鸟每年都要结果五十条性命——这几年少了点，因为人们知道绕着宫殿走。哦不，我的朋友，我相信魔法，我已经看到了它的神威。在某种程度上，我也相信巫师和猎魔人的能力。但声称咒语可以解除的，是个满脸鼻涕、弓腰驼背的老头，他隐修时一定把脑仁饿成浆糊了，他的鬼话只有弗尔泰斯特一人相信。雅妲上了她哥哥的床，才生出这只妖鸟！这才是事实！让咒语什么的见鬼去吧！现在妖鸟正在残害百姓，做掉她才是理所应当。听着，两年前，玛哈坎附近某个穷乡僻壤的农民饱受一条恶龙侵扰，因为它抓了他们很多羊。他们聚到一起，把那条龙乱棍打死了，也没觉得有什么好夸口的。现在，我们维吉玛就等待这样一个奇迹！每到月圆之夜，我们只能把门窗钉死，再把罪犯绑到宫殿门口的木桩上，期待那怪物吃饱之后爬回墓穴去。”

“这办法不错。”猎魔人笑了，“罪犯是不是少了很多？”

“一点儿没见少。”

“怎么去宫殿？我是指，新建的那个。”

“我亲自带你去。你不考虑一下那些聪明人的建议？”

“市长，”杰洛特道，“咱们何必如此轻率呢？毕竟，我的工作本来就有可能发生意外，这与我个人的意愿无关。为防万一，那些聪明人最好考虑一下，怎么帮我在国王的震怒下脱罪，并尽早筹好一千五百奥伦，就像某些谣言里传说的那样。”

“只有一千奥伦。”

“不，维雷拉德大人。”猎魔人断然回绝，“要价一千的猎魔人只看一眼妖鸟就会跑掉，连讨价还价都免了，所以我要冒的风险绝对超过一千奥伦，甚至可能超过一千五——如果真是那样，我也只好走人了。”

“杰洛特，”维雷拉德挠了挠搔脑袋，“一千两百奥伦？”

“不，这不是个轻松活儿。国王出价三千呢，而且有些时候，解除咒语确实比杀死怪物轻松得多。但这事儿如果真这么简单，在我之前早有人下手了。你以为，他们会因为国王的震怒而放弃赚钱的机会？”

“好吧，猎魔人。”维雷拉德不情不愿地点点头，“成交。但我建议你，在国王面前，千万别提解咒过程中可能发生意外，一个字也别提。”

三

弗尔泰斯特身材纤瘦，有张英俊的脸庞——甚至可谓英俊得过分。猎魔人猜他还不到四十岁。国王坐在一张黑木雕成的矮扶手椅上，两脚伸到火炉边，两条狗蜷在他脚边取暖。他旁边坐个体格健壮的蓄须男人，身后还站着一位。那人穿着华丽，神情倨傲，看来是个重要角色。

“来自利维亚的猎魔人？”听完维雷拉德的介绍，国王沉默半晌，方才开口。

“是的，陛下。”杰洛特低下头颅。

“你为何一头白发？因为魔法吗？看得出，你实际年龄并不老，而我对此相当好奇。你一定经验老到，对吗？”

“是的，陛下。”

“我想听听你的经历。”

杰洛特的头垂得更低了。“陛下，您知道的，我们的职业守则禁止我们透露工作内容。”

“一个省事的规定，猎魔人，真省事啊。但能否告诉我，你对付过小矮妖吗？”

“对付过。”

“吸血鬼呢？林精呢？”

“都遇见过。”

弗尔泰斯特犹豫一下。“那吸血妖鸟呢？”

杰洛特抬起头，直视国王的双眼。“是的，遇见过。”

弗尔泰斯特把眼睛转向别处。“维雷拉德！”

“陛下，微臣在。”

“你跟他说过详细情况了？”

“是的，陛下。他说，公主的咒语可以解除。”

“我就知道。怎么解除，猎魔人？好吧，我忘了，你有你们的职业守则，但我可以给你一点建议。已经有几位猎魔人来过了，维雷拉德，你可曾告诉他？很好。我知道你们擅长杀戮，比解咒更擅长。但这绝对不行。哪怕我女儿只掉一根头发，你也别想保住脑袋。好了，奥斯崔特，还有塞格林男爵，你们把需要的信息都告诉他吧，猎魔人总会问东问西的。说完就带他去用餐，在宫里备个房间，总不能让他住旅店吧？”

国王站起来，冲他的狗打个呼哨，往门口走去，靴子带起屋内铺设的稻草。他在门口停下脚步。

“如果你能成功，猎魔人，那赏金都是你的。如果做得好，额外另有奖励。当然，坊间流传我会赏赐公主，那都是胡说八道。把女儿的幸福交给一个陌生人，我相信你也不会这么想，对吧？”

“陛下，我当然不这么想。”

“很好。看来你还算聪明。”

弗尔泰斯特离开时，带上了身后的大门。一直站着的维雷拉德和那个富豪立即坐下。市长喝光了国王剩下的半杯酒，然后盯着空酒壶低声暗骂。奥斯崔特则坐在弗尔泰斯特的椅子上，一边轻抚椅子扶手，一面阴沉地盯着猎魔人。那个蓄须男人——塞格林男爵——冲杰洛特轻轻点头。

“坐吧，猎魔人，晚饭很快就上。你想知道些什么呢？维雷拉德市长应该已经知无不言了，我了解他。他这人能说一千，就绝不说八百。”

“我还有几个问题。”

“问吧。”

“市长大人说，妖鸟出现后，国王请来了很多智者。”

“没错，不过在这儿别叫妖鸟，要叫公主。在国王面前不能说走嘴——否则吃不了兜着走。”

“有没有请到出名的智者？声名卓著的？”

“有。但我不记得他们的名字了。奥斯崔特大人，你记得吗？”

“我也想不起来。”富豪说，“不过其中有几位肯定享有盛名，誉满全境。很多人谈论过他们。”

“他们一致认同，咒语可以解除？”

“他们的观点往往大相径庭，”塞格林笑了，“很多事都是，但在解咒方面却难得一致。他们说，方法很简单，甚至不需要使用魔力。总结起来就是，只要有人能在石棺里待一整晚——从日落到第二天鸡鸣三次——咒语就会解除。”

“的确易如反掌。”维雷拉德嘲笑道。

“我想听听目击者对……公主的描述。”

维雷拉德一下子从椅子上跳了起来。“公主看起来就像个吸血妖鸟！”他喊道，“她是我听说过最像吸血妖鸟的东西！我们这位王室小甜心，该死的杂种，现在有四腕尺高，身材像个啤酒桶，一张大嘴咧到耳根，里面排列着匕首一样的尖牙，还有红色的眼睛和破布一般的红发！她的爪子上长着比野猫还锋利的指甲，一直垂到地面！我很诧异，我们怎么没把她的肖像送到邻国去？这位杀千刀的小公主已经十四岁了，早该把她嫁出去了！”

“够了，维雷拉德。”奥斯崔特皱了皱眉，看了眼门口。塞格林微微一笑。

“他描述得栩栩如生，也算精到准确，我想这正是你需要的吧，猎魔人先生？不过维雷拉德忘了说，我们的公主迅疾如风，还有跟身材极不相称的怪力，而且，她喝了十四年人血，不知这些有没有参考价值？”

“任何信息都有价值。”猎魔人道，“袭击只发生在月圆之夜？”

“没错。”塞格林回答，“对旧宫殿以外的人是这样。至于旧宫殿里的人，无论月相如何都会送命。她只在月圆之夜外出觅食，但也不是每次都去。”

“可曾发生过白天袭人的情况？”

“没有。”

“她每次都会吃掉猎物吗？”

维雷拉德狠狠踢了一脚稻草。“别说了，杰洛特，马上用餐了。呸！当然，她会吃掉一部分，也会留下一部分——毫无疑问，取决于她的心情。有个人只被她敲掉脑袋，大多数人被吃掉内脏，还有些被剔净骨头，吸干血液。你可以想象。她母亲真该死……”

“说话注意点儿，维雷拉德。”奥斯崔特喝道，“只说你对吸血妖鸟的想法就够了！别在我面前侮辱雅妲，就像你不要在国王面前放肆一样！”

“受害者有生还的吗？”猎魔人问，显然并不在乎那位大人的情绪失控。

塞格林和奥斯崔特面面相觑。

“有。”塞格林说，“就在七年前，她第一次袭击人的时候。她跳到墓穴外两个士兵站岗的地方。其中一个士兵逃掉了……”

“后来，”维雷拉德插话，“还有一个。她在城镇附近袭击了一个磨坊主。你不记得了？”

四

第二天深夜，磨坊主被带到守卫室一间小屋内，接受猎魔人的询问。一名裹得严严实实的士兵领他进门。

询问没能得出任何有价值的结论。磨坊主吓坏了，他结结巴巴，语焉不详，反倒是那身伤疤给出了更多信息。看来，妖鸟的嘴能张到难以置信的程度，牙齿异常锋利，包括上颌长长的尖牙—— 一共四枚，左右各二。她的指甲比山猫锋利得多，但要更直一些。正因如此，磨坊主才能侥幸逃脱。

检查完磨坊主，杰洛特点点头，放他离开。士兵将磨坊主推出门廊，然后除下兜帽，竟是国王弗尔泰斯特本人。

“坐吧，不用起身。”国王道，“我是微服私访。你的调查还算顺利？我听说，今天上午你一直在宫里。”

“是的，陛下。”

“那你打算什么时候行动？”

“还有四天才到月圆之夜。要等到那个时候。”

“对付她之前，你不打算亲眼看看她?”

“没有必要。而且等那……等公主吃饱，行动就没那么灵活了。”

“妖鸟，猎魔人先生，是妖鸟。收起你的虚礼吧。不过我一直坚信，她以后还将是个公主。麻烦你私下告诉我，实话实说：咒语真能解除吗？别再提你的守则了。”

杰洛特揉揉额头。“陛下，我确信咒语可以破除——只要有人在宫殿待一晚就行，除非我判断失误。在清晨鸡鸣三声以前，把妖鸟留在石棺外，咒语的效力就会结束。这是对付吸血妖鸟的一贯做法。”

“就这么简单?”

“不简单。首先，你得挺过一整晚。有时还会有例外，比如不止一晚，而是连续三晚。还有些时候……好吧……是没法解决的。”

“是啊。”弗尔泰斯特挺了挺腰，“有人一直这么告诉我。他们要我杀死怪物，因为这次的咒语没法解开。猎魔人先生，我相信他们已经找过你了，对不对？让你直接砍死那头食人恶魔，免得节外生枝，然后告诉国王，说你没别的选择。我不会给钱，但他们会。这样更方便，更便宜。因为国王会砍了猎魔人的头，或者绞死他，金子则会留在他们的口袋里。”

“国王真会不明不白地砍了猎魔人的头?”杰洛特扮个鬼脸。

弗尔泰斯特盯着利维亚人的双眼，就这么过了好一会儿。

“国王不知道。”他最后说，“但猎魔人应该记住，有这种可能。”

杰洛特沉默了一会儿。“我会尽力而为。”他说，“但如果情况恶化，我会优先保住自己的性命。陛下，您也必须为这种可能做好准备。”

弗尔泰斯特站起身。“你没听懂我的意思。如果情况危急，你当然会杀死她，不管我乐不乐意都没用。否则她会杀了你。你为了自卫而杀她，我不会处死你；但你什么都不做，上来就抽剑砍人，那我绝不允许。已经有人试图放火烧掉旧宫殿了。他们朝她射箭，挖坑设伏，布置圈套陷阱，直到我吊死其中几个，他们才有所收敛。好吧，这些都不是重点。猎魔人，你听着……”

“我在听。”

“鸡鸣三声后，如果我没理解错，妖鸟将不复存在，但留下的会是什么?”

“如果一切顺利，会是个十四岁的女孩。”

“长着红眼睛? 还有鳄鱼的牙齿?”

“一个正常的十四岁女孩。只不过……”

“不过什么?”

“不过，只是肉体恢复正常。”

“我懂了。那心智呢? 难道她每天要喝人血当早餐? 还是要啃条小女孩的大腿?”

“不。心智上……很难预料。我想，可能只相当于三四岁的小孩儿。她可能需要长时间的精心照料。”

“理所应当。猎魔人?”

“我在听。”

“这一切以后有可能重演吗?”

杰洛特沉默了。

“啊，”国王叹道，“还有可能重演。会在何时呢?”

“如果她昏迷数日，随后死去，那就该立刻烧毁她的尸体。”

弗尔泰斯特脸色一沉。

“我认为这种情况不会发生。”杰洛特补充道，“但要以防万一。现在我给您一些建议，陛下，好把危险降到最低。”

“现在？会不会太早了，猎魔人先生？如果……”

“就是现在。”利维亚人打断他，“可能发生很多种情况，陛下。也许到了清晨，你会见到咒语被破除的公主，以及我的尸体。”

“你会死？就算我允许你保护自己的性命？听起来，好像你就没把性命当回事。”

“这很重要，陛下。风险也很大。所以你必须听好：公主被救下之后，必须时刻佩戴蓝宝石项链，最好是有瑕疵的，配上银链，日夜不离身。

“瑕疵?”

“就是里面有气泡的蓝宝石。除此以外，她房间的壁炉里必须经常焚烧杜松、金雀花和山杨木。”

弗尔泰斯特的语气变得忧伤。“感谢你的建议，猎魔人，我会注意的——不过现在，请认真听我说。如果你觉得她没救了，请杀了她。如果你解开了咒语，但她没能……变得正常，或你无法确定她已百分之百恢复原样，也请杀了她。不用担心，我不会惩罚你的。我会当众朝你怒吼，把你驱逐出宫殿和城市，但也仅此而已。当然，我不会给你赏金，不过你可以找那些愿意给的人交涉。”

二人一时相对无言。

“杰洛特。”弗尔泰斯特第一次叫出猎魔人的名字。

“在。”

“有传言说，因为雅妲是我妹妹，所以才会生出这样的孩子。这里有多少真实成分?”

“不太多。有咒语就有施咒者，诅咒不会自行出现。但我认为，你和你妹妹的结合，也许正是那人施咒的原因，所以才导致了今天的局面。”

“跟我想的一样。某些智者也这么说过，虽然他们的意见并不一致。杰洛特，这些东西是从何而来的呢？这些咒语、魔法?”

“我不知道，陛下。智者会研究这些现象的成因，但我们猎魔人只要知道，集中精神是施法的关键就够了。当然，还有对抗它们的方法。”

“通过杀戮?”

“通常是。顾客找我们就是为了除掉怪物，只有少数人会要求解除咒语。陛下，通常人们只想明哲保身。如果怪物还残存着人类的理智，难免会做出报复行为。”

国王站起来，在房内踱了几步，最后停在猎魔人挂在墙上的利剑前。

“就用这个?”他看着剑，问杰洛特。

“不。这把是对付人的。”

“跟我听说的一样。知道吗，杰洛特，我要跟你一同进入墓穴。”

“绝不可能。”

弗尔泰斯特转过身，眼中有什么东西在闪烁。“知道吗，猎魔人？我还没见过她呢。她出生时没见到，之后也没机会。我很害怕。也许我再也见不到她了，不是吗？至少在你杀掉她时，我要亲自在场。”

“我再说一遍，绝不可能。除非你和我都想找死。只要我的注意力、我的意志有一丝动摇，都会……坚决不行，陛下。”

弗尔泰斯特转过身，缓缓走向门口。杰洛特以为，他会一言不发地离去，不再道别，但国王却停下脚步，再次看向他。

“我相信你。”他说，“我知道你的手段有多狠辣。我听说了酒馆里发生的事。我敢肯定，你杀掉那些家伙，不过是为立威，为震慑百姓，也为引起我的注意。其实你不用杀他们的。恐怕我永远无法得知，你来这里是为拯救我的女儿，还是为了杀害她。但我同意交给你处理。我必须同意。你知道为什么吗？”

杰洛特没有回答。

“因为我觉得，”国王颤抖着说，“我觉得她很痛苦。对不对？”

猎魔人看着国王，眼神仿佛能洞穿他的灵魂。他没有附和，没有点头，也没做任何回应。

但在他的眼睛里，弗尔泰斯特看到了答案。

五

杰洛特最后一次望向宫殿窗外。灰尘纷乱地飘散在空气中。湖对岸，维吉玛城的灯光在黑暗中明灭闪烁。旧宫殿周围一片荒芜。过去七年里，城市与这块险恶之地划清了界线，只留下几座废墟和腐朽的梁木，还有一道破烂不堪、明显不值得拆除或迁移的栅栏。国王将新宫殿建得尽可能远，位于城市另一头。深蓝的夜幕下，新宫殿那粗矮的塔楼只剩黑色的轮廓。

这是一间被洗劫过的空屋，只剩一张脏兮兮的桌子。猎魔人来到桌前，冷静细致地准备着。他知道，时间很充足，直到午夜之前，妖鸟都不会离开她的墓穴。

他把一只箱子放到桌面上，打开上面的金属小锁。箱子有几个格子，垫着干草，堆满黑色玻璃制成的小药瓶。猎魔人拿出其中三个。

他又从地板上捡起一只厚实的长方形羊皮包裹，上面系着皮革绑带。他打开包裹，抽出一把剑。剑柄很精致，闪闪发光的黑色剑鞘上满是符文和符号。他拔出长剑，室内立刻流淌着清冷的寒光。纯银的剑光。

杰洛特低声念出一句咒语，再依序喝下两瓶药水。每喝一瓶，他都将左手按在剑刃上。随后，他用黑斗篷裹住自己，坐在地板上。房内没有椅子，整间宫殿都找不到一把椅子。

他闭上双眼，一动不动地坐着。他的呼吸起初平稳，随后开始加快，变得急促而紧张，最后完全停止。他喝的是用藜芦、曼陀罗、山楂、大戟等草药混合制成的药剂，能让他彻底控制自己的身体。当然，其中还有别的原料，但人类语言中没有与之对应的名字。若不是杰洛特从孩提时代就习惯了药性，这种药剂无异于致命的猛毒。

猎魔人突然看向身后。现在，他的双耳无比敏锐，十分轻易地就从一片寂静中，听到了穿越庭院、踩踏蓖麻的脚步声。那不可能是妖鸟的声音，太轻了。杰洛特把银剑背到背上，把他那堆东西塞到早已废弃的壁炉中，随后悄无声息地跑向楼下。

庭院中，光线还很明亮，足以让来人看清猎魔人的脸。

是奥斯崔特。他被突然出现的猎魔人惊得后退几步，脸上带着下意识的恐惧和无法掩饰的厌恶。猎魔人的嘴角噙着冷笑——他知道，他现在看起来很吓人。药剂中的毒毛莨、乌头荠和小米草会让他的面孔丧失血色，虹膜完全被瞳孔替代。但那混合药剂能让人的眼力穿透最浓稠的黑暗，这正是杰洛特需要的。

奥斯崔特很快恢复镇定。

“你看上去像个死人，猎魔人。”他说，“肯定是被吓的。不用害怕，我是来解救你的。”

猎魔人未置一词。

“你这利维亚骗子，没听见我的话吗？你得救了，还有钱拿！”奥斯崔特举起手里的大钱袋，晃了晃，扔到杰洛特脚下。“一千奥伦，拿着，然后滚吧，哪儿来的滚回哪儿去！”

利维亚人还是一言不发。

“别傻盯着我了！”奥斯崔特抬高嗓门，“也别浪费我的时间！我可不想在这儿站到午夜。你还不明白吗？我不想你解除咒语。不，你猜错了，我跟维雷拉德和塞格林他们不是一伙的。我不想你杀她，你只要离开就行。让一切保持原样就好。”

猎魔人没动。他不想让这位大人知道，现在他的动作和反应有多快。黑夜即将降临，这让他松了口气，因为即使是昏暗的暮色，对他扩大的瞳孔来说，依然太亮了。

“可为什么呢，先生？为什么要让一切保持原样？”他努力拖长每一个字。

“这些，”奥斯崔特傲慢地挺了挺脖子，“跟你这种人有什么关系？”

“如果我已经知道了呢？”

“说说看！”

“如果纵容妖鸟继续威胁百姓，把弗尔泰斯特推下王座会更容易，不是吗？王室的愚行迟早会彻底惹恼平民和贵族，对吧？来这儿的路上，我经过了瑞达尼亚和诺维格瑞。那儿的人们都在谈论，说维吉玛有些人把维兹米尔王视为救星和真正的君主。不过嘛，奥斯崔特大人，政局变动、王位继承，或是宫廷内的波谲云诡，确实跟我一点关系都没有。我来这儿是要完成我的使命。你应该知道什么叫职业操守吧？你也应该听过一种说法，叫做忠于使命、不负所托！”

“大胆！也不看看你在跟谁讲话，你这流浪汉！”奥斯崔特一只手搭上剑柄，粗野地喊道，“我受够了。我才懒得跟你这种人浪费口水！听听你都说了什么——规范、守则、操守?！你也配？就凭你这没来多久就大开杀戒的无赖？是谁在弗尔泰斯特面前卑躬屈膝，又背着他跟维雷拉德做交易？你这奴才，还敢在我面前狐假虎威？你想装智者还是巫师？你们这些诡计多端的猎魔人！在我一剑把你劈成两半之前，赶紧给我滚！”

这番话传到猎魔人耳中，仿佛石沉大海，他依然平静地站着。

“奥斯崔特，你该走了。”他说，“天快黑了。”

奥斯崔特后退一小步，同时迅速抽出长剑。

“你自找的，无赖！我要杀了你。你那些把戏帮不了你，因为我带着龟形石。”

杰洛特笑了，龟形石可谓声名远扬，但它传言中的作用却是彻头彻尾的谬误。但猎魔人没打算浪费精力施展咒语，更不想用银剑对付奥斯崔特的钢剑。他只是俯身躲过挥来的利刃，用掌根和镶银的袖口打中对方的额角。

六

奥斯崔特很快清醒过来，茫然地看着周围的黑暗。他发现自己被绑了起来。他没看到杰洛特就站在身旁，但很快意识到自己身在何处，随即发出一声长长的、惊慌的号叫。

“安静。”猎魔人说，“除非你想把她提前引出来。”

“你这该死的杀人犯！你在哪儿？快给我松绑，混蛋！我要吊死你，你这婊子养的！”

“安静。”

奥斯崔特沉重地喘息起来。

“你绑着我，想把我喂给她吗？”他放低声音问道，随后又轻声咒骂一句。

“不。”猎魔人说，“我会放你走，但不是现在。”

“你这恶棍，”奥斯崔特嘶声道，“你要用我吸引妖鸟？”

“对。”

奥斯崔特安静下来。他不再挣扎，静静地躺在那里。

“猎魔人？”

“嗯？”

“我的确想把弗尔泰斯特扳倒。这么想的人多了去了，但只有我一心一意想让他死。我要让他受尽折磨，让他发疯，让他活生生腐烂殆尽。你知道为什么吗？”

杰洛特沉默不语。

“我爱雅妲。她是国王的妹妹、国王的情妇、国王的妓女……但我爱她……猎魔人，你还在吗？”

“在。”

“我知道你在想什么，但事实不是那样，相信我，我没下任何咒语。我对魔法一无所知。只有一次，我在盛怒中说……只有一次。猎魔人？你在听吗？”

“在听。”

“是他母亲，王太后。肯定是她。她不能忍受他跟雅妲在一起——不是我。我曾想劝阻他们，可雅妲她……猎魔人！我当时气疯了，就说……猎魔人？是因为我吗？是不是因为我？”

“已经不重要了。”

“猎魔人，快到午夜了吧？”

“快了。”

“让我走吧，多给我点时间。”

“不行。”

奥斯崔特没听到石棺盖被推到一旁的刮擦声，但猎魔人听到了。他俯下身子，用匕首割断捆住奥斯崔特的绳子。奥斯崔特没等他说话，连忙爬起身，拖着麻木的双腿跑了出去。他的双眼已经适应了黑暗，足以看清夜色下通往出口的路。

挡住墓穴入口的大石板向前移去，随后“砰”的一声砸在地上。杰洛特小心地站在楼梯扶手后面，看着妖鸟畸形的身体，迅速而准确地追向奥斯崔特离开的方向，她奔跑时竟然全无声响。

骇人而疯狂的号叫声撕裂了夜空，令老旧的宫墙为之摇晃，声音忽高忽低，颤抖不休。猎魔人无法确定号叫声距此有多远——过度增强的听觉反倒平添了麻烦——但他知道，妖鸟很快就要追上奥斯崔特了，比他预计得更快。

他走到大厅中间，站在墓穴入口处。他脱下外套，活动双肩，调整长剑的位置，最后戴上护手。他还有些时间。他知道，上个月圆之夜过后，吸血妖鸟并不缺少食物，但她不会放过奥斯崔特的尸体。心和肝是她长眠中的最佳补品。

猎魔人在等待。根据他的计算，距黎明大概还有三个小时。公鸡的啼叫只可能误导他，但这附近恐怕已经没有公鸡了。

他听到了她的声音。她拖着步子，在地上缓缓前进。随后，他看到了她。

那些描述分毫不差。粗短的脖子上长着一颗大得不成比例的脑袋，上面长满纠结肮脏的红色毛发，眼睛像野兽一样，在黑夜中闪着红光。妖鸟站定不动，目光定格在杰洛特身上。她突然张开血盆大口——仿佛对那嘴锋利的白牙很是骄傲——接着“咔嚓”一声咬合在一起，就像箱盖合拢的声音。她高高跃起，染血的利爪挥向猎魔人。

杰洛特跳到一旁，以单脚为圆心，迅速转身。妖鸟与他擦身而过，随着他转过身去。她的利爪划破空气，但并没有失去平衡，转身后便再次发起进攻，咬合的利齿距杰洛特的胸口仅有一寸。利维亚人向后一跳，再次改变转身方向以迷惑妖鸟。跳开的同时，他挥起指关节上镶嵌着银钉的护手，狠狠砸向妖鸟的侧脑。

整个宫殿回荡起妖鸟低沉的咆哮。她巨大的身躯倒在地上，动弹不得，发出愤怒而空洞的哀嚎。

猎魔人露出恶狠狠的微笑。首次尝试得到了预期的效果。跟大多数通过魔法诞生的怪物一样，银器对妖鸟也是致命的武器。这只妖鸟很可能跟其他妖鸟一样——也就是说，它身上的咒语或许可以解除，而在危机时刻，这把银剑也能救他一命。

妖鸟并不急于展开下一轮进攻。她一点点逼近，炫耀着自己的尖牙，上面不断滴落恶心的唾液。杰洛特缓缓后退，小心地选择踏足之处，绕了个半圆。凭借忽快忽慢的移动，他成功地打乱了妖鸟的步调，让她无法确定合适的起跳时机。在移动的同时，猎魔人解开一条又长又粗、末端挂着重物的银质链条。

就在妖鸟绷紧身体、即将跳起的一瞬间，银链呼啸，破空而去，仿如长蛇盘卷，缠住了妖鸟的肩膀、脖子和脑袋。妖鸟再次重重地摔在地上，愤怒的咆哮声几乎刺穿人的耳膜。她在地上扭动挣扎，发出骇人的尖叫，不知是出于愤怒，还是由于那可恶金属带来的灼痛。杰洛特对这结果很是满意——如果他想杀了这只妖鸟，简直易如反掌。但猎魔人没有拔出银剑。从妖鸟的反应来看，她的咒语还是可以解除的。杰洛特向后退到安全的距离，深呼吸，集中注意力，双眼始终不离痛得打滚的怪物。

银链断了。白银链环如雨点般散落在石地上，发出清脆的响声。妖鸟已经气疯了，她咆哮着，跌跌撞撞地扑了上来。杰洛特高举右手，静待时机，随后在面前勾勒出阿尔德法印的图案。

妖鸟像被木棒狠狠打了一下，朝后退去。但她很快站稳，伸出锋利的爪子，露出雪白的獠牙。她的毛发摇曳起来，仿佛在暴风中行走。她每前进一步都带着刺耳的噪音，靠近杰洛特艰难而缓慢。但她的的确确在前进。

杰洛特有些不安。他没指望一个简单的法印就能彻底制服妖鸟，但也没想到，妖鸟竟能如此轻松地与自己对抗。他没法长时间维持法印，这太过耗费精力，而妖鸟距他已不到十步的距离。他突然解除法印，同时跳向一旁。妖鸟猝不及防，就这么踉跄着向前冲去，顺着楼梯滑进地板上的墓穴入口。她在墓穴内愤怒地嚎叫起来，声音仿佛来自地狱的恶鬼。

杰洛特跳上通往走廊的台阶，好争取更多时间。但他刚爬一半，妖鸟就如同一只巨大的黑蜘蛛从墓穴里冲了出来。猎魔人站在原地，在她快要追上时，翻过扶手一跃而下。妖鸟急忙转身，也跟着跳下十米高的楼梯，朝他扑来。这次她没被猎魔人的侧旋迷惑，在他的皮外套上留下两道明显的爪痕。但与此同时，猎魔人护手上的银钉也狠狠打中了她，迫使她退开。杰洛特心中怒意渐长，他身子后仰，用力一脚，将妖鸟踢翻在地。

妖鸟发出打斗以来最响亮的一声嚎叫，震得天花板上的灰泥簌簌飞落。

妖鸟一跃而起，怒火完全蒙蔽了她的心智，现在她只想撕碎眼前的猎魔人。杰洛特等待着。他拔出剑，在空气中和妖鸟周围不断地画圈，努力让剑招与脚步保持不同的节奏。妖鸟并没有扑来，她缓缓接近，追随着让她眼花缭乱的剑光。

杰洛特突然停下脚步，举起长剑，一动不动。妖鸟也困惑地停了下来。猎魔人用剑缓缓画出一个半圆，趁势向前迈出半步，接着又是一步。随后他向前跃去，长剑在妖鸟头顶虚晃一招。

妖鸟一蜷身，迂回地向后退去。杰洛特再次欺身上前，手中利刃闪闪发光。他眼中跳动着鬼魅般的火焰，牙缝间挤出低沉的嘶吼。妖鸟连连后退，被猎魔人的怒火、恨意和杀气压得喘不过气来。这杀意从猎魔人身上散发，侵入她的四肢百骸、心神头脑。这些陌生的感受让妖鸟惊惶而痛苦，最终她长啸一声，当即转身，不顾一切地在黑暗繁复的宫殿走廊中疯狂逃窜。

杰洛特孤身一人站在大厅。*尽管花了很长时间，他心想，但这场疯狂的搏斗、这段深渊边缘的恐怖双人舞还是达到了预定目标*。他在身体上与对手达成同步，进而触及到潜藏在妖鸟内心深处、影响其一举一动的想法——令吸血妖鸟诞生的那些邪恶而扭曲的想法。猎魔人回忆着刚才的情景，依然心惊肉跳：他就像一面镜子，将妖鸟的恶意反射到她自己身上。他从未感受过如此浓烈的恨意和暴怒，即便以残暴著称的石化蜥蜴也无法与之比肩。

这样更好，他一边走向墓穴入口，一边想到。黑暗从中蔓延出来，仿佛一摊广袤的泥浆。这样更好，这样吸血妖鸟受到的打击会更重。在那只怪物镇定下来之前，他也有了更多时间。猎魔人估计，他没办法再这么来一次了。药剂的效力开始减退，可距黎明还有很长时间。在第一缕阳光到来之前，妖鸟决不能回到石棺中，不然他的努力就白费了。

他走下台阶。墓穴不算太大，除了三尊石棺再没剩多少空间。第一尊棺盖半掩。杰洛特从皮外套下取出三瓶药水，迅速一饮而尽，随后爬进石棺，伸展一下四肢。如他所料，这是口双人石棺——装殓着母亲和女儿。

刚刚阖上石棺盖，外面就再次响起妖鸟的咆哮。他躺在已然化成干尸的雅妲旁边，在石板内侧画了个亚登法印。他将长剑置于胸口，在身边立了个装着荧光沙的沙漏，双手交叉，叠放在胸前。

渐渐地，他听不到妖鸟那声震宫殿的咆哮了。药水中的雏菊和白屈菜发挥效力，他再也听不到任何声音了。

七

杰洛特醒来时，沙漏中的沙子已完全到底，说明他睡得比预计中长。他侧耳倾听，周围寂静无声。他的感官已恢复正常。

他拿起剑，低声吟诵咒语，一只手拂过棺盖。最后，他将棺盖移开几寸，周围一片静谧。

他把棺盖再推开些，坐了起来，警觉地握着武器，探出头去。墓穴内依然漆黑一片，但猎魔人知道，外面已是黎明。他点燃一盏灯，扫视四周，摇曳的火光在墓穴墙壁上投下诡异的影子。

墓穴内空空如也。

他从石棺内爬出，带着一身酸痛、麻木和寒冷。这时，他看到了她。她赤身裸体地昏倒在那里，背靠着石棺。

她看起来很是丑陋，身体修长，有一对小巧坚挺的乳房，浑身脏兮兮的，头发几乎长及腰间，泛着黯淡的红色。他把灯放在棺盖上，走到她身旁，俯下身子。她双唇惨白，被他殴打过的脸颊血迹斑斑。杰洛特脱下护手，将长剑放到一旁，用手指翻开她的上唇。她的牙齿已恢复正常。他把手伸向她埋在纠结长发中的双手。在碰到那双手之前，他看到她的眼睛突然睁开，但为时已晚。

她的利爪猛地划过猎魔人的脖子，留下一道深深的伤口，鲜血泼洒到她脸上。她咆哮一声，另一只手抠向猎魔人的双眼。他扑上去，握住她的手腕，把她按在地板上。她的牙齿咬向猎魔人的脸——只是如今已变回正常尺寸，因此落了空。猎魔人用前额撞击她的面孔，更加用力地抵住她的手脚。她没有了原先的力气，只能在猎魔人身下不断扭动、狂叫，吐出不断涌进嘴里的鲜血——猎魔人的血。他的血正在飞速流失。没时间了。猎魔人咒骂一声，用力咬住她耳朵下方的脖颈。他的牙齿愈发深入，直到她野蛮的嚎叫声渐渐变成微弱绝望的尖叫，最后化成十四岁女孩受伤的呜咽。

最后，她停止挣扎。猎魔人松开牙齿，跪坐起来，从袖袋里抽出一块帆布，按在脖颈的伤口上。他拿起长剑，剑刃贴着昏迷过去的女孩的喉咙，低头检查她的手指。她的指甲肮脏碎裂，残留着血迹，但……已经变回了正常人的指甲。再正常不过了。

猎魔人艰难地站起身。清晨独有的潮湿黏腻的雾气涌进墓穴入口。他朝台阶走去，结果一个趔趄坐在地上。鲜血已浸透帆布，流过捂着伤口的手，顺着袖管滴滴答答坠到地上。他解开外衣，将衬衫撕成长条，绑在脖子上。他知道自己没多少时间，马上就要昏过去了……

等他包扎好脖子上的伤，果然晕了过去。

湖水另一边，维吉玛城内，一只公鸡抖了抖被晨露打湿的羽毛，嘶哑地鸣叫三声。

八

他睁开眼，看到粉刷得雪白的墙壁和横梁之上的天花板。他晃晃头，刺痛和呻吟随之而来。他的脖子被包裹得严严实实，手法很专业。

“躺着别动，猎魔人。”维雷拉德说，“躺好，不要动。”

“我的……剑……”

“是啊是啊，你的剑。当然了，银剑是你们猎魔人的命。在这儿呢，别担心。你的剑和那口小箱子都在这儿呢，还有三千奥伦。好了好了，什么也别说了。我才是个大傻瓜，而你是聪明的猎魔人。过去两天，弗尔泰斯特把这话重复过无数遍。”

“两……”

“哦，是啊，两天。她把你的脖子彻底撕开了，从伤口都能看见颈椎骨。你流了很多血。幸好鸡鸣三声刚刚结束，我们就赶了过去。那天晚上，维吉玛没人睡得着，根本不可能，你不知道你弄出了多可怕的动静。你还有力气说话吗？”

“那公……主呢？”

“公主总算有个公主的样子了，就是有点瘦，脑子不大好使。她整日哭闹，眼泪打湿了床单。但弗尔泰斯特说，一切都会变好。我想也是，应该不会再变坏了，你说呢，杰洛特？”

猎魔人闭上眼睛。

“好吧，我该走了。你好好休息吧。”维雷拉德站起来，“杰洛特，我走之前，能不能告诉我，为什么你差点咬死她？呃？杰洛特？”

猎魔人已经进入了梦乡。

理性之声　二

一

“杰洛特。”

他从梦中惊醒，抬起头。窗外骄阳正炽，将金子般的光芒送进百叶窗的缝隙，照进屋内。猎魔人本能地抬手遮挡光线。其实没必要，他只要缩小瞳孔，就可以直面阳光了。

“很晚了。”南尼克边说边打开百叶窗，“你睡过头了。爱若拉，忙你的去吧。”

女孩一下子从床上坐起，弯身捡起扔在地上的斗篷。猎魔人感觉到，之前被她吻过的双肩划过阵阵凉风。

“等等……”他犹豫地说。她看了他一眼，旋即转过身去。

她变样了。不再有任何一处形似水中宁芙，也没有哪一处像散发着洋甘菊香气和柔和光芒的幽魂。她的眼睛是蓝色的，而非黑色。她鼻子两旁、颈部和双肩布满雀斑——虽然它们不怎么引人注意，反倒很适合她的肤色和红发。当她清晨闯进他梦中时，他并没有发现它们。他羞愧地发现自己有些恨她，恨她没在梦境结束前离开。

“等等。”他重复道，“爱若拉……我想……”

"别跟她说话，杰洛特。"南尼克说，"她不会回答你的。忙你的去吧，爱若拉。"

女孩披上斗篷，轻快地跑向门口，赤裸的双脚踏过地板——凌乱笨拙，却又欢快轻佻。不再有任何一处让猎魔人联想到……

叶妮芙。

"南尼克，"他一边穿衬衫，一边说，"希望你不要为这事生气——你不会惩罚她的，对吧？"

"废话。"女祭司轻蔑地说，"你忘了这是哪儿吗？这不是什么隐居处，也不是普通修道院，这里是梅里泰莉神殿！我们的女神不会为任何事惩罚祭司。任何事。"

"可你不让我跟她说话。"

"我没有阻止你，只是那么做没什么意义。爱若拉不说话。"

"什么？"

"她不会说话的。她发过静默誓言，这是某种献祭，可以……嘿，跟你解释这个干吗，你不会懂的，而且你从来没想要搞懂。我知道你对宗教的看法。别，先别穿衣服。我得检查一下你的脖子。"

她坐在床边，熟练地解开缠在猎魔人脖子上的亚麻布绷带。他因为疼痛不断地吸气。

在维吉玛，鞋匠本来帮他缝好了颈部伤口，就是针脚比较粗糙。可一到艾尔兰德，南尼克又把伤口拆开，重新缝了一遍。其实他到神殿时，基本已经痊愈，就是动作有点僵硬，结果现在又得重新养伤，并且疼痛缠身。但他没有抗议。他认识这位女祭司很多年了，知道她在治疗和药剂方面都有渊博的造诣。在梅里泰莉神殿养伤期间，虽然无所事事，但总体不坏。

南尼克检查完伤口，仔细清洗后开始施咒。他早就熟悉了这套流程。她从第一天起就是这么做的，并且每次看到被维吉玛公主的利爪留下的记号都会咒骂不止。

“太糟糕了，竟让一只普通的妖鸟把你伤成这样。肌肉、肌腱——她就差没挑断你的大动脉了！梅里泰莉在上！杰洛特，到底怎么回事？她怎么可能近你的身？你想对她做什么？上她？”

猎魔人没有回答，只是虚弱地笑笑。

“别总咧着个嘴傻笑。”女祭司跳起来，从腰间拽出一袋草药。尽管她又矮又胖，动作却十分敏捷优雅。“一点儿都不好笑。你的反应大不如前了，杰洛特。”

“你在夸大其词。”

“我一点儿都没夸张。”南尼克往伤口涂上一种散发着强烈桉树味道的绿色药膏，“你本不该让自己受伤的，可你不但伤到了，伤势还很严重，几乎致命。就算你有异乎寻常的恢复能力，脖子完全康复也要几个月之后。我警告你，这段时间不能对付特别敏捷的对手。”

“多谢忠告。也许你还可以告诉我：这段时间我该怎么过活？找几个女孩，买辆马车，四处风流快活？”

南尼克耸耸肩，动作娴熟地扎好脖子上的绷带。“要我教你怎么过日子？我又不是你妈。好，弄完了，你可以穿衣服了。食堂为你留了早餐。你最好快点儿，不然就自己做吧。我可不想让我的女孩一上午都在厨房里等。”

“一会儿我去哪儿找你？神殿？”

“不。”南尼克站起来，“别去神殿。这里欢迎你，猎魔人，但你别到神殿周围晃悠。出去走走吧，如果我想找你的话，我自然能找到。”

“好吧。”

二

杰洛特四处闲逛，有那么几次，他走到通往神殿群的主路旁。神殿掩映在高耸的巨石间，看不真切。

他简单斟酌一下，决定不回住处，先到花园和神殿看看。无数穿着灰色衣裙的女祭司正在忙碌，播撒种子，喂养鸡群。大部分女祭司都很年轻，有的还是孩子。有些人看见他，或点点头，或报以微笑，然后继续做事。他点头回应，但一个都不认识。尽管他经常拜访神殿—— 一年一次，甚至两次——但他能认出来的面孔超不过四个。女孩们来了又走——去其他神殿担当预言者，或者产婆、替妇孺看病的医师、流浪传教士、教师及保姆。但这里从不缺少女祭司，她们从四面八方涌来，甚至极其遥远的地区。艾尔兰德的梅里泰莉神殿广为人知、声名卓著。

梅里泰莉是时间最古老、传播最广泛的信仰之一，起源的具体年代已不可考。实际上，每个先民种族和原始游牧民族都有一位属于自己的丰收女神、一位农场和庭院的守护者、一位爱与婚姻的见证人。而对这些女神的信仰最终都汇聚到梅里泰莉身上。

时间，这位冷酷的审判者，把若干信仰和神明无情地尘封在记忆深处，孤立在人迹罕至的小神殿中，任它们在焚毁的建筑中灰飞烟灭，最终又把众多信徒仁慈地带给梅里泰莉，导致她的追随者和资助者遍及整个大陆。学者们试图解释这种崇拜女性神明的现象，他们通常将其归根于对母性的崇拜，对生育繁衍的敬重，以及对自然母亲生生不息、天道循环的敬畏。杰洛特有位朋友叫丹德里恩，是个吟游诗人，因对各个领域的广博知识而声名远播。针对这个现象，他似乎找到了一个更简单的解释。他推断，梅里泰莉是女性的典型崇拜对象，她是丰收和生产的女神，被产婆们供奉。而分娩时的女人通常会大呼小叫，除了那些最常见的内容——比如发誓，这辈子再也不会献身给愚蠢的男人——她们还会恳求神明的帮助，而这时，梅里泰莉就是最好的选择。由于女性过去、现在和未来都要生儿育女，因此梅里泰莉永远都不缺少信徒。这便是这位诗人的理论了。

“杰洛特。”

“南尼克，我正找你呢。”

“找我?”女祭司的嘴角微微上翘，语气里带着些许嘲弄，“不找爱若拉?”

“也找她。”他承认，“方便吗?”

“现在不方便。我不希望你现在去打扰她。她正在做准备，在祈祷，看看这次催眠会带来些什么。”

“我跟你说过，”他冷冷地说，“我不想要任何催眠。催眠对我毫无帮助。”

“可是，”南尼克的语气软了下来，“对你也没什么坏处，不是吗?”

“没人能催眠我，我对催眠术有免疫力。我只担心爱若拉。让自身作为媒介，实在太耗精力了。”

“爱若拉不是媒介，也不是什么精神错乱的预言家。那孩子天赋异禀。哦，别摆出一张臭脸。我说过，我知道你对宗教的态度，与之相对，我也不是什么狂信徒。你有权相信万事万物都生于自然，包括她体内的力量。你也可以认为各路神明，包括我的梅里泰莉，都仅仅是这些自然力量的人格化身，他们被人为创造出来，好帮助那些傻瓜更好地理解并接受这些力量。对你来说，这些都是哄人的借口，但对我，杰洛特，信念让我有所期待，期待女神所代表的秩序、法则、良善，还有希望。”

“我知道。”

“既然你知道，为何还对催眠心存抗拒？你在恐惧什么？怕我引诱你在圣像前磕头、高唱圣歌？杰洛特，我们可以一起坐一会儿——就你、我和爱若拉——看看她的天赋能否穿透你周身的旋涡。或许我们能发现一些有价值的东西，或许什么都不会发现。也许你的力量和命运无法预测，会继续隐藏在迷雾之中。我不知道，但为何不能试试？”

“因为这么做没意义。我身边没什么旋涡或命运。就算有，我也没有深究的打算。”

“杰洛特，你生病了。”

“你是说我受伤了吧？”

“不，你生病了。你身上有些不为人知的东西，我能感觉到。毕竟我是看着你从小长大的。第一次见你时，你只到我的腰，但现在，有种可怕的诅咒围绕着你，像蚕茧一样越裹越厚，并正慢慢地收紧束缚。我想知道到底是怎么回事。但我自己无法完成，必须借助爱若拉的天赋。”

“哪来的什么诅咒？如果你非要听，我可以给你讲讲我这几年的经历。随便哪件事，放到任何时候都称得上耸人听闻。我可以给你讲一整晚——不过要记得，请准备一桶啤酒帮我润喉。我们可以马上开始，但你肯定会听烦的，因为这里根本没有什么旋涡或束缚，只有猎魔人的寻常经历罢了。”

“我很乐意听听。不过我再说一遍，你需要一次催眠，反正没什么害处。”

“难道你不觉得，”他笑了，“我对信仰的缺乏，岂不会让催眠变得毫无意义?”

“不，我不这么觉得。你可知为什么?”

“愿闻其详。”

南尼克突然靠近，紧紧盯着猎魔人的双眼，惨白的嘴唇勾勒出诡异的微笑。

“因为我从未听说，任何人对信仰的缺乏会对宗教仪式产生什么影响。”

真爱如血

一

清晨的雾气为明亮的天空披上一层薄纱衣，几个在空中移动的黑点吸引了猎魔人的注意。是鸟。它们在空中缓缓盘旋，突然向下俯冲，然后再次拔高，快速扇动着翅膀。

猎魔人盯着它们看了很久——他在回忆大陆的地形、丛林的疏密，以及可能经过的溪流的宽度与深浅——同时还要计算路程，以及需要多少时间才能抵达。最后，他掀起外套，紧了紧胸口的皮带。长剑斜挎在背，剑柄高高越过双肩。他沉默地凝望着远处的大陆。

“可能要绕些路，洛奇。”他说，“我们可能要离开大路看看。鸟群停留在那里，不可能没有原因。”

母马温顺地迈开脚步。

“可能是头死鹿，”杰洛特说，“但也可能是别的。谁知道呢?”

那里有一条意料之中的小溪，猎魔人的眼睛快速扫过遮住小溪的浓密树冠。河床早已干枯，胡乱散落着荆棘和腐朽的树木。他轻而易举穿过河床。对岸是片桦树林，穿过树林，便到了一块荒芜的林间空地，植物的根茎和枝干遍布其中，像地狱中魔鬼伸出的触须。

鸟儿被不速之客吓了一跳，四散飞开，只留下一片嘶哑的悲鸣。

杰洛特立刻看到了第一具尸体——在黄色莎草丛映衬之下，白色羊皮夹克和蓝色裙子显得十分打眼。而在另一具尸体旁边，三匹狼蹲坐在那里，冷冷地盯着猎魔人。老马打个喷嚏，三匹狼像得到命令一般，调头跑向森林。它们跑得不紧不慢，时不时回头看看这位不速之客。杰洛特跳下母马。

穿羊皮夹克和蓝裙子的是个女人，脸和喉咙都不见了，大部分左腿也不翼而飞。猎魔人没有俯身查看，而是朝另一具尸体走去。

男人面向下趴着。既然饿狼和鸟群都没有空手而归，杰洛特也就没必要把他翻过来。尸体用不着仔细检查——他肩膀和后背的紧身毛衣上凝结着厚厚的黑色血块。致命的是脖子上的伤口，狼群是在他死后才找来的。

男人系着一条宽皮带，上挂一把木鞘匕首，旁边还有个皮革包。猎魔人把包拽下来，将里面的东西一样样倒在草地上：一块打火石、一支记号笔、密封蜡、一把银币、一把兽骨手柄的银色折叠小刀、一对兔耳朵、三把钥匙、一个带生殖器标志的护身符。还有两封写在帆布上的信，被露水和雨水蹂躏后，已经无法辨认。第三封信写在羊皮纸上，尽管也已受潮，字迹尚可辨认。这是张贷款凭证，算不上一笔巨款，由莫瑞维尔的矮人银行开具，给一位叫卢乐·阿斯皮尔或阿斯皮恩的人。杰洛特弯腰提起男人的右手。不出意料，一枚铜戒指紧紧嵌在男人肿胀发紫的手指上，上面有军械师公会的标志：一顶带面甲的制式头盔、两把交叉长剑，以及下面的字母“A”。

猎魔人回到女尸旁。他把尸体翻过来时，手指被什么刺痛了——是一朵别在裙子上的玫瑰。花朵已经枯萎，但仍保留着色彩：花瓣是深蓝色，很深的蓝。杰洛特头一次见到这样的玫瑰。他把女人的尸体完全翻转过来，不由打了个激灵。

女人鲜血淋漓的脖子上有道十分明显的牙印，绝不是来自那些狼。

猎魔人小心翼翼地回到马旁，眼睛一刻也没离开丛林边缘。他一边警惕地四处观望，一边爬上马鞍，随后仔细检查地面。

“你看，洛奇，”他轻声说，“事情很明显了。军械师和女人从森林那个方向来到这片山脊。他们是从莫瑞维尔回家的，因为没人会带着一张未兑现的贷款凭证。为什么他们不选大路，偏要走这条小路呢？这我就不知道了。反正他们一起穿过荒野。随后——还是不知为何——他们一起跳下、或摔下了马。军械师当场就死了。女人跑了几步，也死掉了。攻击他们的东西——它可一点线索都没留下——把她在地上拖了一段距离，用牙齿撕开她的喉咙。马都跑掉了。袭击应该发生在两三天前。”

母马不安地打了个响鼻，为他的话平添了几分恐怖色彩。

“杀他们的东西，”杰洛特盯着森林边缘，继续说道，“既不是狼人，也不是林精，这两者会把尸体啃个精光。如果附近有沼泽，那有可能是奇奇摩或沼蛇……但附近根本没有沼泽。”猎魔人边说边俯下身，把母马一侧的毯子盖好，同时掀开另一侧毯子，从鞍袋中抽出另一把长剑——长剑把手闪闪发光，雕刻着华丽的黑色纹饰。

“好吧，洛奇。我们正处在十字路口，最好去弄明白这个军械师和女人干吗不走大路，非要穿越森林。如果不管不顾地离开，恐怕就挣不够你的口粮了，不是吗？”

母马顺从地继续向前，小心地绕开地上的坑洼，慢慢穿过荒野。

“就算不是狼人，也不能疏忽大意。”猎魔人边说边拿出一串干的乌头荠，挂在马嚼子上。母马打了个响鼻。杰洛特解开上衣，拽出一块徽章，上面刻着露出獠牙的狼。徽章用银链拴住，随着母马的步伐，上下颠簸晃动，在阳光下反射出水银般的光芒。

二

他正打算抄近路钻进森林，突然看到山顶高塔那红色的圆顶。山坡上有片已掉光叶子的榛树林，铺着一层厚厚的金黄落叶，这样的山坡不利于骑行。于是猎魔人退回来，小心引导母马走下斜坡，回到主路上。他骑得非常缓慢，时不时停下马匹，直起身来，寻找好走的路。

母马不断晃着脑袋，暴躁地嘶鸣，不安地用蹄子刨地，弄得地上落叶四处翻飞。杰洛特用左臂环住母马的脖子，安抚她，让她继续前进，右手则在母马头顶上方画出亚克席法印，同时低声念诵咒语。

“真有这么糟吗?”他一边自言自语，一边扫视四周，并始终维持着法印，“没事的，洛奇，没事的。”

具有魅惑效力的法印很快生效，但母马的蹄子却被木刺扎伤。现在它只能踉跄前行，无法保持原来轻快的步伐了。猎魔人敏捷地跳下马背，牵着缰绳缓步前行。他看到了一面墙。

高墙和森林之间没有鸿沟，也没有任何明显的隔断。新树苗和杜松丛被蜿蜒而上的常春藤和葡萄藤紧紧缠绕，依附在高墙上。杰洛特抬头望去，觉得脖子有一点点刺痛，好像某种无形的柔软生物缠上了他，撩起他的头发。

他被盯上了。

他冷静地转过身。洛奇紧张地打了个响鼻，脖子上的肌肉快速跳动，隔着皮肤也清晰可见。

一个女孩站在猎魔人刚刚爬过的缓坡上，一只手扶着一棵古树。她穿着曳地长裙。在白色裙子映衬之下，散在肩头的长发更显漆黑如墨。她似乎在微笑，但两人距离太远，看不清。

“你好。”他友好地打个招呼，向前迈了一步。女孩在他靠近时微微转开头。她的脸色十分苍白，有双大而漆黑的眼睛。她脸上的微笑——如果算是微笑的话——迅速消失了，仿佛被人用布擦掉。杰洛特又前进一步，脚下的树叶沙沙作响。然而女孩如一只受惊的小鹿，转身就跑。她灵巧地穿过枝丫纠缠的树林，像风一样倏然而逝，长长的裙裾对她的行动没有丝毫影响。

马儿甩着头，不安地嘶鸣。杰洛特本能地再次施展亚克席法印，但眼睛始终注视着女孩离去的方向。最后他牵着马，在牛蒡丛中，继续沿着高墙前行。

终于，他停在一扇坚固的大门前，门上镶嵌着铁钉和已经生锈的铰链，装饰着黄铜门环。杰洛特犹豫一下，伸手叩了叩生锈的门环，随即立刻朝后退去。与此同时，大门轰然打开，伴着刺耳的吱呀声，将门前的杂草、石头和树枝扫到旁边。门后空无一人，只见荒芜的庭院，野草蔓生，毫无生气。猎魔人牵着母马走进去。母马依然被法印控制着，所以没有反抗，只是拖着僵硬的步伐，犹犹豫豫地跟在猎魔人身后。

庭院的三面墙边均长满树木，墙壁旁还靠着一些残余的木质脚手架。第四面墙前坐落着一幢大屋，上面的石灰涂料已脱落不少，很多地方布满苔藓和茂盛的常春藤。百叶窗的油漆脱落殆尽，和门一样，紧紧关闭。

杰洛特把缰绳拴在门旁的柱子上，踩着碎石铺就的小径缓缓走向大屋。小径经过一个装饰用的喷泉，杰洛特看了看，里面只有落叶和垃圾。喷泉中心有尊海豚雕像，坐落在精雕细琢的白色石基上，尾巴有个缺口，向上高高翘起。喷泉后有片蔷薇花丛，很久以前应该是片花床。

花丛没什么特别的，除了颜色——花朵都是靛蓝色，有些花瓣边缘还带着淡淡的紫。猎魔人摘了一朵，凑到鼻前，深嗅一口。花朵有玫瑰特有的芬芳，但比普通玫瑰更浓一些。

前面传来一声巨响，房屋的窗子和门同时打开。杰洛特猛抬头，发现小路尽头出现一只怪物。它把小径的石子踩得吱嘎作响，径直向猎魔人冲来。

猎魔人左手一拽胸前的皮带，同时举起右手，电光火石间，就从右肩后抽出长剑。剑刃在空中划出一道寒光闪闪的半圆，指向那只咆哮而来的怪物。

看到对方长剑出鞘，怪物猛然停下，激起的石子四散飞溅。猎魔人毫不退缩，仔细打量眼前的怪物。这生物酷似人形，还穿着衣服——尽管衣服已破烂不堪，但能看出做工上乘，甚至可谓款式新颖、装饰精妙。说他像人，是因为束腰外衣下能看出脏兮兮的脖子，但脖子上长了颗巨熊般硕大的脑袋，毛发纠结，两侧伸着巨大的耳朵，一对眼睛闪着凶狠暴虐的光，血盆大口长满弯曲的獠牙，鲜红的舌头如火焰般闪烁摇曳。

“滚开，人类！”怪物咆哮着，用爪子拍打地面，但不再前进一步，“否则我吃了你！把你撕成碎片！”猎魔人不为所动，长剑未曾移动分毫。“你聋了吗？快滚！”怪物发出一声长长的尖啸，类似猪和牡鹿嚎叫声的混合，震得百叶窗哗啦直响，碎石和泥土从墙上簌簌落下。

猎魔人和怪物都没动。

“赶紧滚，趁你还没受伤！”怪物再次喊道，似乎没刚才那么自信了，“如果你不滚，那等一会儿……”

“等一会儿怎样？”杰洛特问。

怪物突然急促地喘息起来，低下了巨大的头。“看看他，多勇敢啊！”他露出长长的獠牙，用充血的眼睛紧盯着杰洛特，“你不介意放下剑吧？大概你还没意识到，你是在鄙人的庭院中？还是说，这是你的习惯，不论在哪儿都用剑指着主人？”

“的确是习惯。”杰洛特点点头，“更别提我面前是个用尖啸和吼叫招呼客人的主人，他还声称要把我撕成碎片。”

“该死！”怪物激动起来，“你敢侮辱我，你这流浪汉。客人？自顾自走进花园，攀折主人的花，还想受到盛情款待？我呸！”

怪物啐了一口，喘了几口粗气，终于闭上嘴巴。他下面的獠牙露在外面，让他看上去像头野猪。

“那么，”一段沉默后，猎魔人放下长剑，“我们就一直这么站着？”

“不然你想怎样？躺着吗？”怪物回敬一句，“把剑放下，我说过了。”

猎魔人敏捷地还剑入鞘，但没放下手臂，他的手仍然握着剑柄。

“我希望你……”猎魔人道，“别搞什么突然袭击。我随时都能拔出剑来，速度快得超出你的想象。”

“我注意到了。”怪物恼怒地说，“要不是因为这个，你早被我一脚踢出大门了。你来这儿想干吗？你怎么找到这儿的？”

“我迷路了。”猎魔人撒了个谎。

“你迷路了。”怪物重复一遍，嘴角裂出个不怀好意的笑，“好吧，我来帮你指路。出大门之后，让你的左耳朵始终对准太阳，一直走，很快就能找到大路了。明白了吗？你还愣在那儿干吗?”

“这儿有水吗?”杰洛特冷静地问，“我的马很渴，我也是。如果方便的话，我们想讨口水喝。”

怪物换只脚站立，抓了抓耳朵。“听着。”他说，“你真不怕我?”

“我应该怕吗?”

怪物朝四周看了看，清清嗓子，又使劲提了提松垮垮的裤子。

“该死的，请客人进屋坐坐有什么！你这种家伙不是每天都能遇到。大多数人一见到我，不是晕倒就是一溜烟跑掉。好吧，如果你是个旅途劳顿的正派人，我欢迎你。但如果你是土匪或窃贼，那我警告你：我这房子会叫你吃不了兜着走！这里可是我的地盘!”

他抬起毛茸茸的爪子。所有百叶窗哗啦啦合上，海豚雕像下方传来隆隆的响声。

“欢迎你。”他说。

杰洛特没动，仔细打量着怪物。“你一个人住?”

“跟你有啥关系?”怪物张开血盆大口，生气地说。它声音提高，听着有些嘶哑。“哦，明白了，你想知道，我是不是还有一帮跟我一样漂亮的仆人。没有！该死的，你打算接受我慷慨的邀请吗？如果不想，大门就在那边。”

杰洛特僵硬地鞠了一躬。“我接受你的邀请。”他一本正经地说，“主人盛情，却之不恭。”

“那就把这儿当成自己的家。”怪物也一本正经地回敬道，尽管语气丝毫不客气，“尊贵的客人，请走这边。把马留在这儿吧，拴在井边就好。”

屋内相当整洁干净，但明显需要大规模整修。家具都是能工巧匠之作，价值连城——放在十几年前的话。杰洛特一进去，就闻到黑暗的屋内弥漫着灰尘的刺鼻味道。

“点灯！”怪物高喊。屋内铁架上的火把随之迸发出火焰和黑烟。

“不错。”猎魔人评价。

怪物哈哈一笑，“这就不错？我还以为这些过时的花招打动不了你呢。我告诉你，这栋房子会听从我的号令。请走这边。小心点，这儿的台阶很陡。点灯！”

在台阶上，怪物回身问道：“尊贵的客人，你脖子上挂的是什么？”

“自己看。”

怪物用毛茸茸的爪子拿起徽章，举到眼前仔细观看。银链微微勒紧了杰洛特的脖子。

“面相不善的动物。这是什么？”

“我的徽章。”

“哦，你是做牲口口套的？走这边。点灯！”

大屋没有任何窗户，中间有张巨大的橡木桌子，上面摆着一只已经生出绿锈的黄铜烛台，烛台上布满结块的硬蜡。在怪物的命令下，蜡烛燃起摇曳的火光，给黑暗的屋内稍微增添了一点光亮。

一面墙上挂满武器，有圆盾、交叉的长戟、标枪和长钩刀、重剑和长柄斧。另一面墙被巨大的壁炉占据，壁炉上方悬挂着一排斑驳陆离的肖像。正对门的墙上则摆满了狩猎纪念品——麋鹿和牡鹿的头，它们的双角在野猪、熊和山猫龇牙咧嘴的脸上映出张狂的影子，下方还有羽毛凌乱残缺的鹰隼。最显眼的位置摆了条岩龙的头，染成褐色，填充了干草。杰洛特仔细看了看这东西。

“我祖父杀掉的。”怪物一边对杰洛特说，一边往壁炉里塞了块巨大的原木，“恐怕是附近地区最后一条岩龙了。坐吧，客人。你饿了吗?”

“确实有点儿，尊贵的主人。”

怪物坐在桌边，低下头，用毛茸茸的爪子捂住胃部，一边低声念诵什么，一边转动粗大的拇指。少顷，他大喊一声，爪子“砰”地捶在桌子上。锡和银质的餐具与盘子浮出桌面，水晶般剔透的酒杯“叮叮当当”地在桌上跳舞。空气中弥漫着食物的香味，大蒜、墨角兰和肉豆蔻的味道交织着，让人食指大动。

但杰洛特一点都没表现出惊讶。

“没错，”怪物抹抹手，“比仆人好用多了，不是吗？别客气，客人，这些是禽类，这是野猪腿，这个砂锅里是……我也不知道，反正是吃的。这是榛子炖松鸡。该死，不对，是鹧鸪。我总是弄错咒语。吃吧，吃啊。都是真的食物，别担心。”

“我不担心。”杰洛特把鹧鸪撕成两半。

“我都忘了，”怪物微微一笑，“你胆子很大的。我该怎么称呼你?”

“杰洛特。你呢?”

“纳威伦，但附近的人叫我德根或凡格尔。他们还拿我的名号吓唬小孩子。”

怪物灌了一大杯酒，把手指插进肉糜，直接舀走了大半锅。

“吓唬小孩子，”杰洛特嘴里塞满食物，含糊不清地说，“不需要什么理由，对吧？”

“没错！为你的健康干杯，杰洛特！”

“干杯，纳威伦。”

“酒怎么样？有没有发现是用葡萄而非苹果酿的？如果你不喜欢，我可以再变瓶不一样的出来。”

“不用了，这酒不赖。你的能力是与生俱来的？”

“不是。是我变成这样之后才有的。这根本是个陷阱。我不知道怎么就变成了这样，但这房子总能满足我的愿望。都不是什么大事：召唤食物、酒水、衣服、干净的床单、热水、香皂。如果找个女人，不用魔法也能做到这些。我能控制门窗的开关。我能点着火把。都是些鸡毛蒜皮的小事。”

“这个，嗯……按你的说法，这个陷阱，是多久以前的事了？”

“十二年了。”

“最开始是怎么出现的？”

“跟你有啥关系？再给你自个儿倒杯酒吧。”

“好吧。是跟我没啥关系，只是好奇。”

“这个理由可以接受，”怪物哈哈大笑，“但我不想回答。这跟你毫无关系。当然，我可以稍稍满足你的好奇心，让你看看我曾经的样子。请看那些肖像画。从壁炉数起第一幅是我父亲。第二幅，鬼知道是谁。第三幅就是我。你能看清吗？”

在被灰尘和蛛网遮盖的画框里，一双雾蒙蒙的眼睛长在一张傲慢阴翳的脸上，从高处盯着屋内之人。杰洛特早就见惯了画师为讨好顾客而信手涂抹的手法，因此只是点点头。

“你能看清吗？”纳威伦露出獠牙，又问了一次。

“能。”

“你是谁?”

“什么意思?”

“什么意思?”怪物抬起头，眼睛像猫一样在黑暗中发出幽幽的光，“我的肖像挂在烛光照不到的地方。我能看到它，因为我不是人，至少现在不是。人类想看清我的肖像，就必须站起来，走近它，毫无疑问，还得拿着烛台。这些你都不用，所以结论很明显了。不过我还是要问你一句：你是人吗?”

杰洛特依然盯着肖像，沉默了一会儿。“既然你这么问了，那么，好吧，不完全是。”

“啊。那我斗胆问问你，你是什么?”

“猎魔人。”

“啊。”纳威伦愣了一下，旋即说道，“如果我没记错的话，猎魔人的谋生之道很有趣——他们以杀戮怪物为生。”

“你没记错。”

沉默再次降临。

烛火在黑暗中不断跳跃颤抖，在晶莹剔透的酒杯上反射出点点光芒。烛泪像小瀑布一样流到烛台上。

纳威伦仍然坐着，但那对大耳朵开始微微抽搐。“我们假设，”他最后说，“你能在我扑向你之前拔出长剑。但就算你把我一剑砍翻，以我的体重，你还是不能完全阻止我，我的冲势仍能将你扑倒。到时就要靠牙齿一决胜负了。你怎么想，猎魔人? 咱们俩谁更有机会割开对方的喉咙呢?”

杰洛特拔掉玻璃瓶的白蜡塞，给自己倒了些葡萄酒，抿了一小口，然后朝后一仰，靠在椅子上。他盯着怪物，露出阴森森的笑。

“是……啊……”纳威伦一边缓缓地说，一边用指甲剔着牙，“肯定有人告诉过你，不论我问什么都不要回答。但接下来这个问题让我很好奇：谁付钱让你对付我的？”

“没人。我是偶然找到这儿的。”

“你没说谎？”

“我不习惯说谎。”

“那你习惯做什么？猎魔人的传闻我听过不少——他们诱拐小孩，领回去灌下各种魔法草药，活下来的孩子就会成为猎魔人，变成拥有非人力量的施法者。他们学习杀戮，将所有人类的感情磨灭殆尽。为了消灭怪物，他们把自己也变成了怪物。甚至有人说，现在该猎杀猎魔人了，因为怪物越来越少，而猎魔人却越来越多。吃点鹧鸪吧，快冷掉了。”

纳威伦从盘子里拿起鹧鸪，用爪子撕开，像嚼面包一样嚼碎，连骨带肉一起在嘴里磨成碎片。

“你为何一言不发？”怪物嘴里塞着食物，含含糊糊地问，“这些关于猎魔人的传言中，有多少是真的？”

“几乎没有。”

“哪些是谎言？”

“比如说，怪物越来越少。”

“的确。怪物相当多。”纳威伦龇了龇牙，“你面前就坐着一个，他还在纠结，把你请进来到底是对还是错。我的客人，打一开始，我就不喜欢你的徽章。”

“你不是怪物，纳威伦。”猎魔人冷冷地说。

“该死的，这听着可真新鲜。那我是什么？草莓布丁？在凄惨的十一月清晨南飞的大雁？还是磨坊主丰满的女儿在春天失去的贞操？好吧，杰洛特，你说我是什么？好奇心都让我浑身发抖了。”

“你不是怪物，否则你无法触碰这银托盘，更别提碰我的徽章了。”

“哈！”纳威伦大叫一声，震得烛火颤抖一下，“今天，就在今天，你揭露了一个多么伟大又多么可怕的秘密啊！就好比告诉我，我长这么一对耳朵，是因为我小时候不喜欢喝麦片粥！”

“不是，纳威伦，”杰洛特冷静地说，“你变成这样是因为咒语。我敢打赌，你知道是谁下的咒。”

“知道又怎样？”

“大部分情况下，咒语是可以解除的。”

“你，一个猎魔人，能在大部分情况下解除咒语？”

“我能。想不想让我试试？”

“不，不想。”怪物伸出舌头，舔舔嘴唇，那舌头有常人的两倍大，鲜红如血，“你很惊讶，是不是？”

“的确。”杰洛特点点头。

怪物咯咯地笑了起来，懒洋洋地靠在扶手椅上。“我就知道。”他说，“你再给自己倒点儿酒，舒舒服服地坐好，听我讲讲前因后果吧。不管是不是猎魔人，你看起来很诚实，我也想找个人说说话了。多倒点儿。”

“已经没了。”

“该死的！”怪物清清嗓子，用爪子使劲拍了下桌子。一只盛在篮中的大型陶酒罐，从已经空了的玻璃酒瓶旁凭空出现。纳威伦用牙齿咬开酒罐塞子。

“不用说，你也注意到了，”他倒满酒，开始讲述，“这儿是个相当偏僻的地方，离最近的人家都要走上好远。部分原因在于我祖父和我父亲，他们活着时不怎么讨邻居和过路商人的喜欢。如果我父亲在瞭望塔上发现，有人误入我家的地盘，他最起码会被抢去钱财——这还是最好的情况。附近几个村落甚至被一把火烧了个精光，因为我父亲认为他们缴税太慢。没人喜欢我父亲，当然，除了我。有一天，我父亲抢回来一辆马车，结果被车里蹦出来的家伙一剑捅死了。当时我哭得那叫一个凄惨哟。我祖父从不参与抢劫，因为……大概是被流星锤砸过脑袋，他有很严重的口吃，总是不合时宜地流口水。我呢，后来便继承了他们的事业。

“那时我很年轻，”纳威伦续道，“就是个乳臭未干的小娃娃。帮会里的小子们动动指头就能把我掀个跟头，我被大伙儿玩弄于股掌之中。我们很快开始做些父亲生前绝不允许的勾当。细节就不说了，直奔主题。有天我们跑到吉尔里柏，在米尔特附近洗劫了一座神殿。里面有位年轻的女祭司。”

“纳威伦，你说的是哪座神殿？”

“鬼才知道，反正不是什么好地方。祭坛上摆着头骨和散落的骨头，我记得清清楚楚，上面还燃着绿色的火焰。那里面的臭味叫人没法忍受。还是说重点吧，那帮小子被女色冲昏了头，剥光了女祭司的衣服，然后说我该成为男人了。就这样，我成了个拖着鼻涕的男人。在我展示男子汉气概的时候，女祭司朝着我的脸吐口水，高声尖叫着什么。”

“叫了什么？”

“大意是说，我是个披着人皮的怪物，我终将披上怪物的皮囊，还有什么爱和鲜血之类……记不太清了。当时她肯定把一把匕首藏在头发了里。她自杀了。后来……我们逃离了那里，杰洛特，我跟你说——我们几乎是连滚带爬逃走的。那神殿真不是个好地方。”

“继续。”

“随后，一切就成真了。几天后，几个仆人看到我起床，当场尖叫起来，然后拔腿就跑。我走到镜子前……你知道的，杰洛特，我当时惊惶不已，却又产生了像打人的冲动。我记不清当时的感觉了，就像踩在云端一样。简而言之，最后留下的只有尸体。好几具尸体。我随手拿起什么就砸向他们——我变得异乎寻常地强壮。房子也很配合，大门猛地关上，家具飘浮在空中，火焰盘旋如龙。能跑的全跑了——我姑妈和堂弟，跟我一起厮混的那帮小子。我那只叫饭桶的猫也跑掉了。就连我姑妈的鹦鹉，也因为恐惧踢开了笼子。我一个人站在房里，大吼大叫，近乎疯狂，将手边一切东西都砸个粉碎，尤其是镜子。”

纳威伦停下来，深深地呼吸几下。

“疯狂结束之后，”他续道，“一切都太晚了。只剩我一个人。谁也不信我的解释，谁会相信呢？谁会相信这恐怖的外表下其实是个傻傻的年轻人？这个年轻人站在空荡荡的大屋里，伏在仆人的尸体上抽抽搭搭地哭泣。我一度担心他们会回来，在我开口解释前就杀了我。但没人回来。”

怪物再次沉默下来，用袖口使劲儿擦着鼻子。“最初几个月，我根本不敢回想。一想就痛苦难耐。之后很长一段时间，很长……很长一段时间，我就这么坐着，像只老鼠一样安静，周围的一切都没法引起我的注意。如果有人出现了——尽管很少发生——我都懒得出去看一眼。我告诉屋子，关上所有门窗，然后冲着滴水嘴的孔洞，朝外面大声咆哮，通常来人听到声音就会匆忙跑掉。事情就是这样，直到我在某个苍白的黎明向窗外望去——我看到了什么？有个入侵者竟然在偷我姑妈花圃里的玫瑰。那可不是普通的旧花圃，那是来自那赛尔的蓝玫瑰，是我祖父买来的花种。我狂怒地冲到院子里。

“那个胖家伙一见我出来，吓得连话都不会说了，最后颤巍巍地解释说，他只想摘几朵花给他女儿。我可以原谅他的，饶过他的狗命，放他安全离开。在我还保持清醒时，我只想把他一脚踹出大门。但我忽然想起了王子变青蛙的童话，我的保姆曾跟我讲过……该死的，我想，如果一个漂亮女孩真能把青蛙变成王子，或把王子变成青蛙，那么也许……也许这些童话也能成真……于是我跳起来足有四码高，咆哮声震得墙外的藤蔓都连连发抖。我喊道：‘你或你女儿的命，你自己挑！’我想不出更好的词了。那个商人，哦，那家伙是个商人，开始哭，最后坦白说，他女儿才八岁。你说好笑不?”

“不好笑。”

“我这狗屎运啊，我都不知该哭还是该笑。我对吓坏这个老商人感到很内疚，再一看他浑身发抖的模样，心里更不好受。于是我请他进来坐坐，热情地招待他，临走前还往他的袋子里塞满了金子和宝石。地窖里有我父亲留下来的一大笔财产呢。我不太清楚该做什么，所以只能做到这些。那个商人满脸堆笑，说谢谢的次数连他自己都数不清了。他走之后，肯定到处吹嘘了他的冒险经历。因为不到两周，又有一个商人跑来了。他带了好大一个袋子，还有他的女儿，年龄刚刚好。”

纳威伦在桌子下面伸伸腿，直到椅子发出吱嘎声，才恢复原来的坐姿。

“我很快就明白了那人的意图。”他继续说，“他把女孩留在我家一年。我呢，最后得帮他把袋子放上骡背，他自己都抬不动了。”

“那个女孩呢?”

“我看她蛮顺眼的。她以为我会吃了她，但一个月后，我们就在一张桌子上吃饭聊天了，偶尔还到附近散步。她很善良，而且异常聪明，我跟她聊天时总显得笨嘴拙舌。杰洛特，跟女孩子在一起时，我总会害羞，总成为大家的笑柄，就算天天在牛棚里翻牛粪的乡下姑娘都能随意调笑我。她们总爱拿我开涮，更不用说像现在这样、拖个怪物皮囊的我了。

“我不晓得自己为啥要花这么高的代价，只为与她相处一年。时间飞逝，最后，那个商人回来带走了她。

“接着我把自己锁在屋里，自暴自弃，几个月没再搭理那些把女儿送来的商人。但过去的那一年，让我深深地意识到，没人陪伴的生活会有多么悲惨。”怪物叹息一声，但听起来更像打嗝。

“后来，”他停了一会儿，“来了个叫做芬尼的。她个子很小，欢快活泼，像只戴菊莺。她一点儿都不怕我。在我的束发纪念日，我们喝了太多蜂蜜酒，后来……哈，哈，完事之后，我从床上一跃而起，跑到镜子前。必须承认，当时我心里五味杂陈，失望和绝望一起涌上心头。咒语还是一如既往、如影随形，我甚至看起来更傻了。他们说，故事里蕴涵着经年的智慧，简直胡说八道，不然会是这样的结果吗?

“芬尼试图缓解我的伤心。她是个开心果。你知道她怎么想的?让我们一起吓唬那些讨厌的不速之客吧。想想吧，陌生人走进院子，东张西望。这时，一声长啸响起，我四脚着地朝他冲去，芬尼赤身裸体，骑在我背上，吹响我祖父的狩猎号角!”

纳威伦边说边笑，椅子都跟着晃悠起来，白花花的牙齿在他嘴里也闪烁着开心的光芒。“芬尼，”他继续说，“跟我待了一年，然后带着一大笔嫁妆回家了。她知道自己要嫁给一个客栈老板，一个鳏夫。”

“继续说，纳威伦，你的故事很吸引人。”

“你真这么觉得？”怪物用刺耳的声音问，“好吧，下一个叫瑞缪拉，是个贫困潦倒的骑士的女儿。那个骑士，来这儿时带着一匹瘦得皮包骨的老马、一副锈迹斑斑的长剑和盔甲，还有一屁股债。我跟你说，他长得就像坨牛粪，味道也像。我敢拿我的右手打赌，瑞缪拉在她父亲去打仗时就被上过了，但她太漂亮了。她也没被我吓到，哈哈，不过这也不奇怪，因为比起她父亲，我已经算标致了。她脾气很好，而我那时已经在吹号角的日子里找回了一些自信。两周后，瑞缪拉和我走得很近了。她喜欢扯着我的耳朵喊‘咬死我吧，你这怪物！’或者‘把我撕碎吧，野兽！’这类傻乎乎的话。我有事没事就会跑到镜子前，但都白费，杰洛特，我越看自己越觉得焦躁不安。后来我越来越不想恢复原形。你想啊，我曾经弱不禁风，现在又高又壮。我以前总爱生病，爱咳嗽，鼻涕流个不停，现在却百病不侵。还有我的牙，你想象不出我以前的牙烂成什么德行！现在呢？我能咬碎凳子腿。要我给你演示一下吗？”

“不，不用了。”

“或许不看也好。”怪物干笑两声，“我过去常为取悦女孩而炫耀，所以屋里已经没几张完整的凳子了。”纳威伦打了个哈欠，舌头绕成一个卷。

“我说累了，杰洛特。长话短说吧：瑞缪拉之后，又来了两个女孩，伊尔卡和莱尼米拉。两个都让人厌倦。开始是恐惧和抗拒，一段时间后会夹杂一点同情，然后是‘咬我啊，吃掉我吧！’随后父亲们回来了，最后是个感人的道别加上我宝库的缩水。于是我决定花更长时间独居。当然，我早就不相信‘处女之吻能改变我的外貌’这档子鬼话了。我认命了，甚至觉得这样挺好，完全没有改变的必要。”

“真的，纳威伦？你不想变回去了？”

“真的。首先，变成这样之后，我像马一样健康。其次，我的与众不同对女孩来说就像催情剂。别笑！要知道，如果我还是人类，这几个女孩随便哪个我都追不上。比如说莱尼米拉吧，她可是个绝色尤物，我敢保证，就凭画像里那家伙，她绝对不会看上第二眼。第三，这样很安全。我父亲有好多对头，其中不少还存活于世，那些因为我糟糕的领导能力进了坟墓的手下也有亲戚。地窖里金币成堆。要不是怕我，早有人来抢了，甚至是那些举着草叉的农夫。”

“看起来，”杰洛特把玩着空空的高脚杯，“你很确定，你变成这样后再没冒犯过任何人。那些父亲、女儿、他们的亲戚，还有女孩未来的丈夫……”

“够了，杰洛特。”纳威伦有些生气，“你说什么呢？那些父亲正偷着乐呢！我告诉你，我可是相当慷慨。至于那些女孩？你没看到她们刚来时穿的破裙子，她们那因为长期劳作而擦伤的小手，因为背重物而佝偻的肩膀。瑞缪拉来这儿两个星期，肩膀上还有筐绳勒出的印子，大腿上还有她那位骑士父亲打出的伤痕。她们在这儿可以挺胸抬头，像个骄傲的公主，除了扇子，手里不会再拿其他重物，甚至连厨房在哪儿都不必知道。我让她们穿绸裹缎，从头到脚挂满首饰。只要动动手指，我就能命令锡制浴盆装满热水，那是我父亲从阿森加尔抢来送我母亲的。你能想象吗？锡制浴盆啊！就算是领主，哦，不，就算国王都很难弄到一个。对她们来说，这房子就是童话里的恩赐，杰洛特，我连床铺都给她们准备好了。当然……该死的，如今处女比岩龙还稀少了。但杰洛特，我绝没有强迫其中任何一个。”

“但你起先以为，有人付钱来让我杀你。会是谁呢?”

“一个没有女儿却觊觎我地窖里财产的恶棍。”纳威伦肯定地说，“人类的贪欲永无止境。”

“不会是其他人?”

“不会是其他人。”

二人盯着摇曳的烛火，沉默不语。

“纳威伦，”猎魔人突然说，“你现在是一个人住吗?”

“猎魔人，”怪物犹豫一下，“我觉得我该羞辱你一顿，拎着你的脖子，把你从台阶扔下去。你知道为什么吗？因为你把我当傻瓜。我看到你的耳朵竖起来了，眼睛一直盯着门口。你知道我不是一个人住，对吧?”

“的确。实在抱歉。”

“去你妈的抱歉。你见过她了吧?”

“是啊，在森林里，院门旁边。她就是这段时间，其他父女空手而归的原因吧?”

“这你都知道？对，她就是原因。”

“你是否介意我问问……”

“我介意。”

沉默再次降临。

“好吧，我不勉强。”猎魔人站了起来，“感谢款待，尊贵的主人。我该上路了。”

“很好。”纳威伦也站了起来，“很明显，我不能留你过夜，但也不赞成你在森林里露营。自从这院子被遗弃，周围一到夜里就非常恐怖。你最好在夜色降临之前返回大路。”

“谨记于心，纳威伦。你当真确定不需要我的帮助?”

怪物疑惑地看着他。“你确定你能帮我？你确定你能解开这咒语?”

“我说的不只是这类帮助。”

“你还没回答我的问题。也许……也许你的确做得到。但这次不行。”

杰洛特直视他的眼睛。“你确实走了霉运。”他道，“吉尔里柏和尼姆纳峡谷的所有神殿中，你偏偏踩中了恶兆之神的神殿，那个顶着狮头的蜘蛛神。要想解除恶兆之神女祭司所下的咒语，所需的知识和力量超出了我的能力。”

“那谁知道?”

“所以，你终究还是想变回来？可你刚才说你满足于现状。”

“现状好是好，但也许还能更好。我担心……”

“担心什么?”

怪物停在门口，转过身。“我受够你的问题了，猎魔人。你一直在提问，却对我的问题避而不答。听着，最近我经常做噩梦，或许用‘恐怖’这个词更恰当。我是不是应该担心？麻烦你解释得简短点儿。”

“你从这种梦中醒来时，脚上是不是沾着泥巴？有没有松针钻进你的被子?”

“没有。”

“那是否……”

“没有。请你长话短说。”

“你的担心是有道理的。”

“怎样才能阻止这种事？还是请你长话短说。”

“没有。”

“那好。走吧，我送你出去。”

杰洛特在院子里调整鞍袋。纳威伦抚摸着马鼻子，拍拍它的脖子。洛奇享受地低下头。

“动物都喜欢我。”怪物自夸道，“我也喜欢他们。我的猫，饭桶，一开始跑掉了，但后来又回来了。有很长一段时间，它是唯一陪伴我的活物。薇瑞娜也是……”他停下话头，扮了个鬼脸。

杰洛特笑了。“她也喜欢猫吗？”

“她喜欢鸟。”纳威伦也笑起来，“我自己把名字说出来了，该死，反正也没什么坏处。她不是商人的女儿，杰洛特，也不属于我在童话里寻求的希望。我们是认真的，我们彼此相爱。你要敢笑，看我不一拳砸扁你。”

杰洛特没笑。“你的薇瑞娜，”他道，“会不会是水泽仙女？”

“我也这么想。她纤细柔弱，隐于黑暗，很少说话，而且说的是我不曾掌握的一种语言。她不吃人类的食物。她会在森林里连续消失几天，然后回来。这些能证明什么？”

“或多或少能证明一些。”猎魔人系紧洛奇的缰绳，“你是不是觉得，如果你变回人类，她就不会再回到你身边了？”

“我很确定这点。你应该知道水泽仙女有多害怕人类，近年来几乎没人亲眼见过她们。但薇瑞娜和我……该死的！杰洛特，保重。”

“你也是，纳威伦。”猎魔人用脚跟踢了踢母马，引导它走向大门。怪物缓缓跟在他旁边。

“杰洛特?”

“什么?”

“我不像你想的那样傻。有几个商人最近来过，你肯定是跟着他们的足迹找到这儿的。他们出事了?”

“对。”

“最后来这儿的是三天前的一对。顺便说，他女儿不是很漂亮。我让房子关上所有门窗，造成没人的假象。他们在院子里转了一圈就走了。女孩从花床里采了朵蓝玫瑰，别在裙子上。去别处找他们吧。但要小心，这是块恐怖的土地。我告诉过你，夜晚的森林不安全。丑恶的生物四处潜伏。”

“谢谢，纳威伦。我不会忘了你的。谁知道会不会有一天，我能找到……”

“也许能，也许不能。这是我的事，杰洛特，这是我的人生和我的罪孽，我已经学会了坦然面对。即便情况恶化，我也会努力适应。如果某一天，事情变得无法挽回，请你独自前来，结束这一切，履行猎魔人的职责。前路保重，杰洛特。”

说完这些，纳威伦转身走回庄园，再也没回头。

三

这片土地满目荒芜，野草蔓生，凶险暗藏。杰洛特没在天黑前回到大路，他不想绕路，所以决定横穿森林。他在一座光秃秃的小山顶上过夜，长剑横在膝上，靠在一堆微弱的篝火旁，时不时扔进一捆乌头荠。午夜时分，他发现远处溪谷里闪烁着火光；他听见癫狂的咆哮与歌唱，其中夹杂着女人痛苦的尖叫。天刚破晓，杰洛特就迅速赶到那里，但除了被踩踏出的林间空地，还有余温尚存的灰烬中的几块骨头，其他什么都没有。巨大的橡树树冠上传来阵阵尖啸啼鸣，可能是只鸟身女妖，也可能只是普通的山猫。但猎魔人没打算去确认。

四

正午，杰洛特正在溪边饮马，母马突然焦躁地嘶鸣一声，向后退去，用力咬着马嚼子。杰洛特用法印让她冷静下来，随后，他看到了一圈围在苔藓上的红蘑菇。

“你还真是草木皆兵啊，洛奇。”他说，“不过是普通的恶魔之戒。干吗大惊小怪的?”

母马喷了喷鼻子，把头转向他。猎魔人揉揉前额，皱起眉头，陷入沉思。最后他跳上马鞍，绕了一圈，沿来时的足迹返回。

“动物喜欢我。”他自言自语，“抱歉，洛奇。看来你比我聪明得多。”

五

母马耷拉着耳朵，喷着响鼻，蹄子不情愿地刨着地。她不想回去。这次杰洛特没用法印，他翻身下马，拉着缰绳前行。他背上的蜥蜴皮剑鞘中，原来的长剑早已不见，取而代之的是把寒光闪烁、做工精美的十字细剑，有着沉重的剑柄和白色金属制成的圆头。

这次大门没有为他打开——因为它开着，跟他离开时一个样。

他听到了歌声。他不懂歌词，甚至无法分辨那是哪种语言。但这不重要——猎魔人能抓住最本质、最关键的东西，比如这貌似安逸宁静、动人心弦的歌声中，流露的却是令人作呕、无法抑制的威胁。

歌声戛然而止，猎魔人看到了她。

干涸的喷泉中间，她攀附在那只海豚身上，细弱的双手抱着布满青苔的石材。她看起来如此苍白，近乎透明，暴风雨般蓬乱的长发下，一双乌黑如墨的眼睛睁得大大的。

杰洛特慢慢靠近，脚步轻柔矫健，小心地绕过高墙和蓝玫瑰花圃。女孩紧紧抱着海豚雕像，眼睛一直盯着猎魔人不放。她的小脸上充满渴望的神情，几乎让人难以自持。他甚至还能听见歌声，尽管她那两片没有血色的薄嘴唇抿得紧紧的。

离她十步左右，猎魔人停了下来，从后背缓缓抽出长剑。

“银的，”他说，“这把剑是用纯银打造的。”

苍白的脸上平静如水，漆黑的眸子古井无波。

“你看起来真像水泽仙女，”猎魔人冷静地续道，“几乎骗过了所有人。而且你这种存在如此稀少，就像一只长着黑发的鸟儿。但马不会认错，它们对你这种生物有着本能而精准的反应。你是什么？我猜你是吸血夜魔，或者吸血鬼女。普通吸血鬼无法在太阳下行走。”

女孩苍白的嘴角微微抽搐一下。

“纳威伦的外形吸引了你，是不是？是你唤起了他的梦。我能猜到那些梦是什么，我同情他。”

女孩还是一动不动。

“你喜欢鸟，”猎魔人续道，“但这阻止不了你照人类的喉咙咬上一口，不论男女，对吧？你和纳威伦，真般配！真是天生一对儿！一头怪物和一只吸血鬼，统治着一所林间大屋。你永远渴望鲜血，而他是你的守护者、你忠诚的仆人、你的杀人工具——但首先，他得完全变成怪物，而不是披着怪物皮囊的人类。”

女孩的瞳孔一下子收缩了。

“他在哪儿，黑发小鸟儿？你刚刚在唱歌，说明你饱饮过鲜血。你采取了终极手段，说明你没能束缚住他的灵魂。我说得对吗？”

女孩微微点头，黑色发丝在空气中颤动。她的嘴角抽搐得更厉害了。小脸上的表情让人越发恐怖。

“你决定亲自接管这间大屋了？”

女孩又点点头，这次动作很明显。

“你是吸血夜魔？”

女孩缓缓摇头。一阵令人压抑的嘶嘶声几乎渗透猎魔人的骨髓，这只可能来自对面那恐怖的双唇，尽管它们一动没动。

“吸血鬼女？”

依然否定。

猎魔人退后几步，剑柄握得更紧了。“这说明，你是……”

女孩的嘴角扬得越来越高，终于，猛地张开了嘴……

“吸血女妖！”猎魔人大喊一声，人已向喷泉冲去。

苍白的嘴唇后面，是闪着寒光的锋利獠牙。吸血女妖跳起来，后背像豹子一样拱起，冲猎魔人喷出尖锐的咆哮。

声浪如一把重锤，狠狠地砸向猎魔人，扼住他的喉咙，冲击他的肋骨，更像尖利的长矛一样扎进他的耳朵和大脑。他退开几步，勉强结出一个希里奥托普法印。咒语帮他挡住了一部分冲击力，即便这样，他仍觉天昏地暗，大口大口地喘着气。

海豚背上，刚刚还坐着个身穿白裙的秀丽女孩，现在却变成一只巨大的黑蝙蝠。它展开闪着光泽的身躯，张开细长的嘴，露出两排针一样的牙齿。薄膜般的双翼飞起来毫无声响，带着它的身体，像弩箭般冲向猎魔人。

杰洛特忍着嘴里鲜血的腥味，大声念出咒语，双手飞快地在身前结出一个昆恩法印。蝙蝠嘶嘶鸣叫，突然转头飞向天空，又迅速扑向杰洛特的后颈。杰洛特跳到一边，回手一剑，却与蝙蝠擦肩而过。蝙蝠优雅地一挥翅膀，调转身形，张开寒光闪闪的大嘴，再度发动进攻。

杰洛特静待时机，双手握剑，剑尖始终追随蝙蝠的方向。最后一刻，他一跃而起，但不是跳向侧面，而是径直向前，长剑呼啸着破空而去。

但这一剑落空了。这完全出乎杰洛特的意料，以致他的脚步都被打乱了。趁这工夫，蝙蝠的爪子搭上他的脸，潮湿柔软的翅膀拍打着他的脖子。他在地上打了个滚，将所有力量集中在右腿，狠狠地向后踢去，结果，敏捷的蝙蝠再次躲开。

蝙蝠拍打翅膀，尖啸着飞回喷泉。当她用弯曲的爪子抓住石头时，那巨大而畸形的鼻子暂时缩了回去，又变成了苍白的双唇，但仍遮盖不住杀气腾腾的獠牙。

吸血女妖放声尖啸，声音仿佛自地狱传来。她用满怀恨意的双眼怒视猎魔人，再次发出尖叫。

强大的声浪穿透了法印。杰洛特眼前金星直冒，额头青筋暴跳，耳内传来钻心的疼痛。他听到哭号和呻吟，听到长笛和双簧管的乐声，听到狂风的呼啸。他脸上的皮肤变得麻木而冰冷。他单脚跪地，用力晃着头。

她又化成黑色的蝙蝠，张开满是獠牙的大口，安静地飞向他。杰洛特仍然承受着声波的痛苦，但本能地做出反应。他一跃而起，飞快地跟上怪物飞行的速度，向前三步，躲开蝙蝠的攻击，同时转个半圈，双手持剑，迅疾绝伦地挥出一击。剑刃几乎没遇到任何阻力……但只是几乎。他听到一声尖啸，这次是因为碰到纯银而引起的痛呼。

吸血女妖嚎叫着，在海豚背上变回人形。在她左乳上方，白色的裙子上现出一道仅有小指宽的开口，还有一块红色的血污。猎魔人咬着牙——这一剑足能将野兽劈成两半，却只在她身上留下了一点点皮外伤。

“喊呐，吸血女妖！”他擦了把脸上的鲜血，咆哮道，“把你的五脏六腑都喊出来，把你的力气都嚎光，然后看我一剑砍下你那漂亮的脑袋！”

是你。你才会先耗尽气力，猎魔人。我会杀了你！

吸血女妖的嘴唇一动不动，声音却清晰地传进猎魔人的耳朵。它们在他脑海中响起，仿佛在水下回荡。

“走着瞧。”透过紧咬的牙关，他挤出这几个字，俯身朝喷泉奔去。

我会杀了你。我会杀了你。我会杀了你。

“走着瞧。”

“薇瑞娜！”是纳威伦，他低垂着头，双手扶着门框，从屋里踉跄走出。他一步步挪向喷泉，挥舞着爪子以保持平衡。鲜血浸透了他的袖口。

“薇瑞娜！”他再次喊道。

吸血女妖僵硬地朝他转过头。杰洛特趁机举起长剑，砍了过去。但吸血女妖的反应太快了。又一声尖叫响起，声浪将杰洛特掀翻在地。

他仰面朝天倒下，重重地摔在石子路上。吸血女妖弓起身子，全身绷紧，准备跳起，獠牙如匕首般闪着寒光。纳威伦张开双臂，打算抓住她。她却回头一吼，用声波将纳威伦震飞到墙边的木头脚手架上。后者噼啪断裂，把他埋在一堆木料下面。

杰洛特早已站起，绕着院子迂回前行，试图让吸血女妖的注意力从纳威伦身上移开。吸血女妖脚不沾地，向猎魔人冲去，带动长裙翩翩飞舞，活像一只翻飞的蝴蝶。她不再尖啸，也没再变身。猎魔人知道，她累了，但杀伤力依然惊人。在杰洛特身后，纳威伦在脚手架下挣扎，咆哮不止。

杰洛特向左闪身，长剑舞个剑花，以迷惑疾速接近的吸血女妖——她化作一团黑白相间的影子，带起咆哮的风声。他低估了她，吸血女妖再次尖啸。猎魔人没能及时结成法印，结果被声波鼓荡，向后飞去，狠狠地撞在墙上。脊柱传来的疼痛迅速蔓延至全身，让他两肩瘫痪，两腿酸软。他跪在地上。吸血女妖发出愉悦的嚎叫，朝他飞扑而来。

“薇瑞娜！”纳威伦再次喊道。

她转过身去——只见纳威伦手举一根三米长的断裂木棍，将尖端猛地刺进她的胸口。她这次没有尖叫，只是发出一声叹息。

猎魔人听见叹息，不由颤抖了一下。

他们就这么站着：纳威伦岔开双腿，两手稳稳握住木棍，末端紧紧夹在腋下。而吸血女妖像只被钉住的白蝴蝶，挂在木棍另一端，也用双手握住了木棍。她发出痛苦的喘息，突然将木棍朝自己的胸口按了进去。

杰洛特看着这骇人的一幕：吸血女妖背后一片殷红，白色衣裙被木棍刺穿的部位间歇性地喷出鲜血。纳威伦尖叫起来，向后退了一步，再退一步，想要远离她，但他没有放开木棍，所以拖着吸血女妖一起后退。他又退一步，后背靠在屋子上，木棍另一端抵到了墙壁。

薇瑞娜双手握着木棍，缓缓朝纳威伦靠近，木棍从她身后探出。直到将近一米的木杆被染红时，她睁大了双眼，头向后仰去，呼吸变得凌乱而急促。

杰洛特站了起来，但仍震惊得无法动弹。他听到低沉的声音在颅骨内响起，仿佛在冰冷潮湿的地牢间反射的回声：

你是我的。你只属于我。我爱你。爱你。

她又叹息一声，被鲜血呛了一下。吸血女妖沿着木棍继续向前，张开双臂。纳威伦绝望地咆哮一声。他没松开木棍，而是试图把薇瑞娜推回去——可惜，没用。她一点点向前靠近，最后抱住他的头。他疯狂地摇头，尖叫着。薇瑞娜继续沿木棍向前，俯下头，凑近纳威伦的喉咙，尖锐的獠牙闪过一道寒光。

杰洛特跳了起来。他每一个动作、每一下踏步都出自本能，每一个细节都因历经磨砺而精准致命。迅疾的三步。尤其是第三步，就像他已重复过的数百次一样，用左脚坚定而有力地踏下。他扭动上身，挥出强有力的一剑。他看到了她的眼睛。一切已成定数。他听到了她的声音。定数。他大喊着，试图盖过薇瑞娜不断重复的话语。一切已成定数。他砍了下去。

他的剑刃决然劈下——这动作，他已重复过数百次——随后按同样的节奏，向前迈出第四步，然后半转过身，利剑在空中划过一道鲜红的扇面。她那渡鸦般漆黑的长发飘舞在空中，在微风中舞蹈翩跹……

那颗头颅终于落在石子路上。

怪物越来越少了吗?

那我呢?我又是什么?

谁在叫?是鸟儿吗?

穿着羊皮夹克和蓝色裙子的女人?

那赛尔的玫瑰?

好安静啊!

好空啊,

我的心里,

为何如此空虚。

纳威伦在墙边的荨麻丛里缩成一团,把头埋在双臂里,身子不停地战栗。

“站起来。”猎魔人说。

一个帅气健硕的小伙子,脸色苍白,躺在墙边。他抬起头,茫然地四下张望,使劲用手揉了揉眼睛。他看了看双手,又摸了摸自己的脸,轻声说了句什么,随后把手指伸进嘴里,来回划拉好几下。他再次摸向自己的脸,碰到脸颊上四条肿胀的血痕,呻吟了一声。他开始呜咽,随后又哈哈大笑。

“杰洛特!怎么回事?怎么会这样……杰洛特?”

“站起来,纳威伦。站起来,自己走两步。我鞍袋里有药,我们都得吃点儿。”

“我不再是……不再是了,对不对?杰洛特?为什么?”

猎魔人帮他站起来,目光下意识地避开那对瘦弱的手——苍白、近乎透明的手，紧紧握住那根木棍，后者还插在她纤弱而血肉模糊的胸口上。

纳威伦再次呻吟起来。“薇瑞娜……”

“别看。我们走。”

他们相互扶持，穿过庭院，走过蓝玫瑰花丛。

纳威伦不断用另一只手摸着自己的脸。“太难以置信了，杰洛特。过了这么多年，怎么可能?”

“每篇童话里都有点滴的真实存在。”猎魔人轻轻地说，“爱和鲜血蕴藏着惊人的力量。多年来，巫师和学者绞尽脑汁，但却一无所获，除了一点……”

“是什么？杰洛特?”

“必须是真爱。”

理性之声　三

“我是摩恩伯爵法尔维克。这位是泰勒斯骑士，来自多恩戴尔。”

杰洛特随意地鞠了一躬，同时打量着面前这两位骑士。他们穿着盔甲，外罩猩红色披风，左肩有白蔷薇徽记。他有点惊讶，据他所知，附近并没有这个骑士团的指挥所。

一脸轻松笑容的南尼克察觉到他的讶异。“这些出身高贵的绅士，”她漫不经心地说着，在那把如王座般的扶手椅上换个更舒服的坐姿，“效命于对待子民最为宽宏大量的希沃德公爵。”

“是亲王。”较为年轻的泰勒斯骑士断然纠正她的话，并用饱含敌意的淡蓝色双眼凝视着女祭司，“希沃德亲王。”

“别在头衔和细节方面浪费时间了。”南尼克讽刺地笑笑，“想当初，只有皇亲贵胄才会被称为亲王，不过看来，如今已不是这么回事了。我们还是谈谈，诸位白蔷薇骑士为何大驾光临我的神殿吧。你知道的，杰洛特，骑士团的参事会正向希沃德请求授权许可，所以才会有这么多玫瑰骑士为他效力。有些当地人——比如这位泰勒斯——也立下了誓言，还以为这条红披风有多了不起。”

“真是荣幸。”猎魔人又鞠一躬，动作同先前一样随意。

“我想你搞错了。”女祭司冷冷地说，“他们来找你，并非是为表达敬意。恰恰相反，他们想让你尽快离开，是来赶你走的。你还会感到荣幸吗？我觉得这是种侮辱。”

“骑士大人的担心完全没有必要。”杰洛特耸耸肩，“我没打算在这儿定居。无需多加催促，我也会自行离开，应该不会太久了。”

“现在就走！”泰勒斯吼道，“一刻也别耽搁！亲王殿下命令……”

“在这神殿里，只有我才能发号施令。”南尼克用冰冷威严的语气打断他，“通常来讲，只要希沃德的要求合情合理，我会保证自己不跟他发生太大冲突。可他竟然这么不讲道理，那我也没必要跟他客气了。利维亚的猎魔人是我的客人，我喜欢他在这里做客。他在我的神殿想待多久就待多久。”

“臭女人，你敢违抗亲王殿下的命令？”泰勒斯大喊道，把披风甩向身后，露出黄铜镶边的华丽雕花胸甲，“你胆敢质疑统治者的权威？”

“安静！”南尼克呵斥道，两眼眯缝起来，“声音放低些。你以为你在跟谁讲话？”

“我知道我在跟谁讲话！”骑士踏前一步。较年长的骑士法尔维克紧紧抓住他的手肘，手上的力道令铁甲手套嘎吱作响。泰勒斯用力抽出胳膊。“我的话就代表亲王殿下，代表此地的领主大人！院子里有我们带来的士兵，臭女人……”

南尼克把手伸进腰带上的小袋，取出一个小瓷罐。“如果我把它在你脚下摔碎，”她平静地说，“不知道会发生什么，泰勒斯。也许你的肺会炸开，也许你浑身会长满软毛，也许两者会同时发生，谁知道呢？只有仁慈的梅里泰莉才能知道。”

“别拿你的咒语威胁我，女祭司！我们的士兵……”

“如果你们哪个士兵敢碰梅里泰莉的女祭司，在黄昏之前，他就会被吊死在镇门口路边的刺槐树上。你也一样，泰勒斯，所以别做傻事。你是我亲手接生的，下贱的狗崽子，你母亲很不幸，但这是她的命。别逼我教你什么叫礼貌！”

“好了，好了。”猎魔人不耐烦地插嘴道，“看来我就是这场冲突的起因。但我觉得，这完全没有必要。法尔维克阁下，你似乎比你这位年轻气盛的同伴要稳重些。所以听着，法尔维克，我向你们保证，我会在几天内离开。我也保证，我没打算在这儿工作，更不会接受任何委托和命令。我不是作为猎魔人前来的，我只是有些私人事务要处理。”

法尔维克伯爵与他四目相对。杰洛特发现自己错了。这位白蔷薇骑士的双眼带着无法动摇的、纯粹的恨意。猎魔人断定，要赶他走的并非希沃德公爵，其实是法尔维克这群人。

骑士转身面对南尼克，毕恭毕敬地鞠了一躬，然后说起话来。他的语气平静礼貌，言辞逻辑分明。但杰洛特知道，他吐出的每个字都是谎言。

“请原谅，尊敬的南尼克大人，希沃德亲王不能容忍这个猎魔人出现在他的领地。他是来狩猎怪物，还是有私人事务，这些并不重要——其实亲王殿下清楚，猎魔人没有私人事务，而且他们会像磁石一样招惹麻烦。巫师们开始抗命，还寄来了请愿书，德鲁伊们则威胁……”

“我觉得，本地巫师和德鲁伊的无法无天不关杰洛特的事。”女祭司打断他，“况且，希沃德从什么时候开始关心起他们的想法了？”

“到此为止吧。”法尔维克语气僵硬地说，“我说得还不够清楚吗，尊敬的南尼克大人？那我说得再清楚点儿？无论亲王殿下还是骑士团参事会，都不能容忍这位猎魔人——布拉维坎的屠夫杰洛特——在艾尔兰德多待一天。”

“这里不是艾尔兰德！”女祭司跳了起来，“这里是梅里泰莉的神殿！而我，南尼克，梅里泰莉的高阶祭司，也无法容忍你们在神殿的土地上多待一刻了！”

“法尔维克阁下，”猎魔人平静地说，“拜托你倾听一下理性之声吧。我不想惹麻烦，当然了，其实你们也不在乎我会不会惹麻烦。我会在三天内离开。不，南尼克，什么也别说了。我确实该走了。三天。我不要求更多。”

“你也用不着要求。”没等法尔维克反应过来，女祭司就发话了，“小伙子们，听见没？猎魔人会在这里再待三天，这是他自己的意愿。而我，伟大的梅里泰莉的女祭司，会再当他三天的东道主，这也是我自己的意愿。把这话转告给希沃德。不对，不是希沃德，把这话转告给他老婆，高贵的埃梅丽雅。再加一句：如果她希望我的药房能为她源源不断地提供催情药，就最好让她的公爵大人冷静下来。让她管管他的臭脾气和奇思怪想——那越来越像白痴的症状了。”

“够了！”泰勒斯的尖调已经抬升到假音的领域，“我不会坐视江湖郎中侮辱我的领主及其夫人！我不会充耳不闻！白蔷薇骑士团将接管这里，如今就是你这黑暗迷信的巢穴迎来末日的时刻！而我，身为一名白蔷薇骑士……”

“闭嘴吧，小崽子。”杰洛特露出坏笑，“管好你那不听话的舌头。你在跟一位值得尊敬的女士讲话，身为白蔷薇骑士，更应该放尊重些。

不可否认，最近要成为白蔷薇骑士其实相当容易，只要向参议会金库支付一千诺维格瑞克朗就够了，所以骑士团里挤满了放贷人和裁缝的儿子——但你们总该懂点礼貌吧？还是说，连这点我都猜错了？”

泰勒斯脸色发白，把手伸向腰间。

“法尔维克阁下，”杰洛特笑意不减，“如果他敢动手，我会夺走他的剑，用剑身狠揍这个鼻涕小鬼的屁股，最后把他踢出门去。”

泰勒斯双手发抖，从腰带上抽出一只铁护手，重重地摔在猎魔人脚边。

“我要用你的鲜血清洗你对骑士团的侮辱，怪物！”他尖叫道，“到外面去！院子里！”

“你掉了东西，小子。”南尼克冷静地说，“赶紧捡起来，我们这儿不能乱丢垃圾。这里是神殿。法尔维克，把这傻子带走，不然他的下场会很惨。你知道该怎么对希沃德说。哦，算了，依我看，你们不像靠谱的信使，我还是亲自给他写封信好了。现在，给我出去。还记得怎么出门吧？”

法尔维克用铁掌按住怒不可遏的泰勒斯，鞠了一躬，铠甲咔嗒作响。然后他盯着猎魔人的双眼。猎魔人没有笑。法尔维克把猩红色披风甩到身后。

“这不会是我们最后一次到访，尊敬的南尼克大人。”他说，“我们还会来的。”

“我就担心这个。”女祭司冷冷地答道，“我一点也不觉得荣幸。”

勿以恶小

一

同往常一样，最先发现他的是猫和孩子们。一只斑纹公猫正在浸透阳光的温暖柴堆上睡懒觉，突然打了个哆嗦。它抬起圆滚滚的脑袋，竖起耳朵，嘶叫着跑进荨麻丛。渔夫崔格拉的儿子、三岁大的德拉格米尔坐在小屋门口，努力把身上那件本就脏兮兮的衬衫弄得更脏，当骑手从旁经过时，他惊恐地尖叫起来。

猎魔人放缓马速，前面有辆堵路的干草拖车，但他全然没有赶超的打算。一头驴子在他身后快步走着，伸长脖子，不断拉拽缚在猎魔人剑柄上的绳索。除了普通行李，这头长耳朵牲畜还驮了个裹在鞍布里的大家伙。驴子灰白的两肋覆满一条条已然干涸的黑色血迹。

拖车终于转上通往谷仓的小路。海风吹自港口那边，带来焦油和牛尿的臭味。杰洛特敦促马匹加快步子。一只瘦骨嶙峋的爪子探出鞍褥、随着驴子的脚步上下晃动。一个卖菜的女人看到了，当即捂住嘴巴，尖叫起来。但杰洛特毫无反应。

身后渐渐集结起骚动不安的人群，他也没回头看。一如以往，镇长家门前停着许多马车。杰洛特跳下马背，调整一下背上长剑的位置，把缰绳套在木栅栏上。身后的人群绕着驴子，围成个半圈。

即便身在屋内，镇长的喊声仍旧清晰可闻。

“我告诉你，不行！该死的，不行！听不懂我的话吗，你这无赖？”

杰洛特进门。只见矮矮胖胖的镇长气得面红耳赤，面前站着个村民，后者手里还抱着一只不断挣扎的鹅。

“怎么……诸神哪！是你吗，杰洛特？我没眼花吧？”他转头看向那个农夫，“快拿走，乡巴佬！你聋了吗？”

“他们说，”村民瞥了瞥那只鹅，含糊不清地说，“总得给管事大人一点好处，要不……”

“谁说的？”镇长大喊，“谁？谁说我会收受贿赂？告诉你，我不收！赶紧给我滚！你好啊，杰洛特。”

“你好，凯尔迪米恩。”

镇长握握猎魔人的手，拍拍他的肩膀。“你有两年整没来了，对不，杰洛特？你没法在一个地方留太久，是不是？这回打哪儿来啊？呃，废话，打哪儿来又有什么分别？喂，谁拿点啤酒来？请坐，杰洛特，请坐。明天有个集市，所以这儿乱七八糟的。最近过得怎样？跟我说说吧！”

“回头说。先出来。”

屋外，围观者的数量增加了一倍，但驴子周围的空间丝毫不见减少。杰洛特掀开鞍褥，众人倒抽一口凉气，连连后退。凯尔迪米恩的嘴巴也张大了。

“诸神哪，杰洛特！这是什么玩意儿？”

“一头奇奇摩。我能拿到赏金吗？”

凯尔迪米恩把重心从一只脚换到另一只，看着那具蜘蛛般的黑色干尸，看着它无神的双眼里垂直的瞳孔，还有血淋淋的嘴巴中尖针般的利牙。

“这……这是从哪儿……？”

“河堤旁，离镇子不到四里，就在沼泽那边。凯尔迪米恩，肯定有人在那儿失踪过。比如孩子。”

“哦，是啊，确实如此。可没人……谁能料到呢……嘿，伙计们，回家去，回去干活！这不是表演！把它盖上，杰洛特。苍蝇都招来了。”

回到屋里，镇长一言不发，抄起大酒壶一饮而尽。然后他重重叹口气，吸了吸鼻子。“没有赏金，”他郁郁地说，“没人想到盐沼里会躲着这种东西。确实有几个人在那附近失踪，可……很少有人去河堤边溜达。你又为什么去那儿的？为什么不走大路？”

“走大路的话，我就很难谋生了，凯尔迪米恩。”

“我忘了。”镇长强压下打嗝的冲动，缓缓吐出一口气，“在过去，这儿是个多和平的地方啊，连小恶鬼也很少往牛奶里撒尿。可这会儿，一头怪物近在眼前。抱歉，我只能向你表达谢意，但没法支付赏金。现在资金不足。”

“真遗憾。我正需要一笔小钱过冬。”猎魔人抿了口酒，擦去嘴角的泡沫，“我准备去伊斯帕登，但我不知能否在大雪封路前赶到那儿。也许我会被困在卢顿斯基大路旁的某个小镇上。”

“那你能在布拉维坎多待段时间吗？”

“不，我没时间可以浪费。毕竟凛冬将至。”

“你打算在哪儿过冬？留在我这儿如何？阁楼上还有个空房间。干吗要送上门去被那些旅店老板敲诈呢？他们都是贼！我们可以聊聊天，你可以告诉我，外面的广大世界都发生了什么。”

“我是很想。可丽波希会怎么看？上回她明显对我不冷不热。”

“在我家，女人的话不算数。不过我们私下说一句，吃晚饭时，你别在她面前干上次那事了。”

“你是说，我朝老鼠丢叉子？”

“不。我是说你居然叉中了暗处的老鼠。”

“我还以为很有趣呢。”

“是很有趣，但别在丽波希眼皮子底下这么干。还有，听着，这个……叫什么来着……奇……”

“奇奇摩。”

“你拿它还有用吗？”

“我要它干吗？如果没有赏金，把它丢进粪池好啦。”

“这主意不坏。嘿，卡雷卡、博格、凯瑞裴布！你们在吗？”

一个肩扛长戟的城镇卫兵走进门，戟刃刮到了门框。

“凯瑞裴布，”凯尔迪米恩说，“找人帮忙，牵走那头驴，牵到猪圈后头，把它背上那只奇奇摩丢进粪池。明白了吗？”

“遵命。可……镇长大人……”

“什么？”

“把这吓人的怪物丢进粪池之前……”

“怎么？”

“我们可以拿去给伊利翁大师。没准他用得上。”

凯尔迪米恩拍了拍额头。

“你还挺有脑子的，凯瑞裴布。听着，杰洛特，没准我们当地的巫师会拿点什么来换你这具死尸。渔夫常把最最奇怪的鱼带给他——比如八爪怪、克莱巴特鱼和赫隆鱼。不少人靠这发了点小财。来吧，我们去塔楼。”

“你们找了个巫师？他打算长住还是路过？”

“长住。他叫伊利翁，在布拉维坎住一年了。他是个强大的巫师，杰洛特，从外表就看得出来。”

“我很怀疑一位强大的巫师会付钱买奇奇摩。”杰洛特做个鬼脸，“据我所知，没什么炼金配方需要它做原料。而且不用说，你们的伊利翁会羞辱我，猎魔人跟巫师一向处不来。”

“我从没听说伊利翁大师羞辱过任何人。当然，我也没法保证他肯定会付你钱，但试试总没坏处。没准儿沼泽地里还有奇奇摩，如果真这样怎么办？为防万一，让巫师瞧瞧这怪物，然后去沼地那边施些法术什么的也好。”

猎魔人思索片刻。“那好吧，凯尔迪米恩。总之，我们去会会这位伊利翁大师。现在就去？”

“现在就去。凯瑞裴布，把小孩儿赶走，再把那头大耳朵畜生牵过来。啊，我的帽子在哪儿？”

二

塔楼用切割平整的花岗岩块堆砌而成，顶端是齿状城垛，巍然耸立在零星散落的农田和歪歪扭扭的茅屋之间。

“看来他把塔楼修葺过了，”杰洛特评论道，“用魔法，还是说让你们帮过忙？”

“主要用魔法。”

“这个伊利翁是怎样的人?”

“很正派，有时会帮助邻里。他是个隐士，少言寡语，很少离开塔楼。”

饰有蔷薇色纹路的灰白木门上挂着硕大的门环—— 一个扁平的鼓眼鱼头，满是利齿的嘴里咬着一枚铜环。凯尔迪米恩驾轻就熟地走上前去，清了清嗓子，吟诵道：

“镇长凯尔迪米恩向您问好，此次有事相求伊利翁大师。同时代猎魔人杰洛特向您问好，他来此的目的跟我一样。”

半晌毫无异样，最后，鱼头动了动满是利齿的下颚，喷出一股水气。

“伊利翁大师现在不见客。回去吧，我的好邻居。”

凯尔迪米恩晃了晃身子，看向杰洛特。猎魔人耸耸肩。凯瑞裴布一本正经地挖着鼻孔。

“伊利翁大师现在不见客。”门环机械地重复道，“回去吧，我的好……”

“我不是什么好邻居。”杰洛特大声插嘴道，“我是个猎魔人。那头驴子驮着一只奇奇摩，是我在离镇子不远处杀掉的。照顾邻里安全是每个巫师应尽的职责。如果不愿意，伊利翁大师可以不跟我说话，也可以不见我，但请检查一下奇奇摩，得出自己的结论。凯瑞裴布，把奇奇摩弄下来，丢到门边。”

“杰洛特，”镇长小声说，“等你走了，我还得……”

“行了，凯尔迪米恩。凯瑞裴布，把手指从鼻孔里掏出来，照我说的做。”

“稍等。”门环用截然不同的声音说道，“杰洛特，真是你吗?”

猎魔人暗骂一句。

“我的耐心快耗尽了。对，真是我，那又如何?”

“到门边来。”门环说着喷出一股水汽，“就你自己。我让你进门。”

“那奇奇摩怎么办?”

“让它见鬼去。我想跟你谈谈，杰洛特，只有你。请原谅，镇长。”

“没关系，伊利翁大师。”凯尔迪米恩摆摆手，“保重，杰洛特，我们回头见。凯瑞裴布！把这头怪物丢进粪池!”

“遵命。”

猎魔人走近那扇饰有花纹的大门。门开了一条缝——足够让他挤进去——然后在他身后砰然合拢，全然的黑暗包围了他。

“嘿!”他毫不掩饰内心的愤怒，高喊道。

“稍等一下。”一个莫名熟悉的声音回答。

这感觉太出乎意料。猎魔人伸出双手，想寻找支撑，却一无所获。

果园里盛开着白色和粉色的花，洋溢着雨水的气息。缤纷的彩虹将天空分割成两半，又将茂密的树冠和远方蔚蓝的群山连接起来。一间端端正正的小屋坐落在果园正中，周围长满浓密的蜀葵。杰洛特低下头，发现自己站在及膝深的百里香丛中。

“哦，来吧，杰洛特。”那声音道，“我就在屋子前面。”

他走进果园，穿行于林间。他听到左边有动静，于是转过头去，只见一个全身赤裸的金发女孩走在灌木丛边，手里抱着满满一篮苹果。猎魔人向自己保证，无论发生什么，他都不会再吃惊了。

“终于到了。你好啊，猎魔人。”

“斯崔葛布!”杰洛特还是吃了一惊。

在这一生中，猎魔人见识过议员般的窃贼、乞丐般的议员、公主般的妓女、母牛般的公主和窃贼般的国王。但无论依据任何标准和观念，斯崔葛布永远都像个巫师。他又高又瘦，些许驼背，有着极其浓密的棕色眉毛和长长的鹰钩鼻。他穿着一件黑色曳地长袍，袍袖宽得夸张，手里握着顶端镶有水晶的长杖。杰洛特认识的所有巫师都跟斯崔葛布不同，但令人惊讶的是，斯崔葛布却是个货真价实的巫师。

他们来到被蜀葵环绕的门廊，在一张白色大理石桌旁的柳条椅上落座。抱着苹果篮子的金发裸女走上前，笑了笑，然后转过身，腰肢轻摆，向果园走去。

“这也是幻术吗?”杰洛特目送她问道。

“没错，这儿的一切都是幻术。但这，我的朋友，可是第一流的幻术。花朵有香味，苹果可以吃，蜜蜂会蜇人，至于她……”巫师指了指金发女子，“你可以……”

“回头再说吧。”

“也好。你来这儿做什么，杰洛特？还是老样子，四处奔波，靠屠杀濒危物种换取钱财？你这只奇奇摩卖了多少？我猜你什么都没捞到，不然你根本不会来我这儿。还真有不撞南墙不死心的人啊。是这样吗?”

“不，我没想到会在这儿遇见你。如果我没记错，你以前住在柯维尔一幢类似的塔里。”

“之后发生了很多事。”

“比如你的名字。你现在是伊利翁大师了。”

“是这座塔的建造者的名字，他大概两百年前就死了。我觉得，既然我占了他的住处，也该以某种方式向他致敬才是。瞧，本地人大多靠海吃饭，你也知道，我擅长的除了幻术就是天气魔法。有时我会平息风暴，有时我将风暴召来，有时我会用西风将鳕鱼群赶向离海岸更近的地方。我靠这些维生。我是说……”他悲凉地说，“曾经靠这维生。”

“为什么说‘曾经’？你改名又是因为什么？”

“命运有许多张面孔。我的命运外表华丽，却隐藏着骇人的本质。她血腥的魔爪早就伸向了我……”

“你一点也没变，斯崔葛布。”杰洛特做个鬼脸，“每当你摆出睿智和意味深长的模样，吐出的就全是屁话。你就不能正常点说人话吗？”

“好吧，”巫师叹道，“如果能让你高兴的话。我好不容易来到这儿，一路躲躲藏藏，就是想避开某个可怕的生物，而它想谋害我的性命。可这场逃亡全是白费功夫——它找到了我。它可能明天就会来杀我，最迟不超过后天。”

“啊哈，”猎魔人不动声色地说，“现在我懂了。”

“我大限将至，你却毫不惊讶，对吗？”

“斯崔葛布，”杰洛特说，“世界就是这样。长期旅行在外，你能看到各种类似的事。比如两个农民为一块田地争得你死我活，到了第二天，田地却被两个伯爵和他们的手下夷平，然后这两拨人又开始自相残杀。人们被吊死在路边的树上，强盗割开商人的喉咙。在镇子里，每走一步都可能被贫民区的尸体绊倒。在宫殿里，人们用匕首彼此杀伐，宴会上每一分钟都有人倒在餐桌下，面孔因剧毒而发青。我已经习惯了。所以我为什么要为某人大限将至而吃惊呢？何况要死的还是你？”

“何况要死的还是我?”斯崔葛布讽刺地重复道，“亏我还拿你当朋友，指望你帮忙呢。”

“上次我们碰面，”杰洛特说，“是在柯维尔的伊迪王的宫廷里。当时我杀了滋扰民众的双头蛇怪，正要去领赏，而你和你的老乡扎维斯特却吵个不停，就为决定该叫我江湖骗子、无脑杀戮者还是食腐动物。结果，伊迪王不但没付我一个子儿，还限我十二小时内离开柯维尔——幸好他的沙漏坏了，我才勉强活着离开。现在你还指望我帮忙，说有怪物追你。你怕什么呢，斯崔葛布？如果它抓住你，你就告诉它你喜欢怪物嘛，说你一直保护在它们，确保没有哪个食腐猎魔人会来打扰它们的安宁，这不就得了？说真的，要是那头怪物把你开膛破肚，吞进肚里，那它还真是忘恩负义啊。”

巫师沉默地转过脸去。杰洛特哈哈大笑。“别像青蛙似的噘着嘴了，巫师先生。告诉我，是什么东西在威胁你？让我们瞧瞧能做什么。”

“你听说过‘黑日诅咒’吗?”

“当然。不过它以前叫‘疯子埃提巴德狂热症’，以引发骚动的巫师命名。十几位好人家出身——甚至包括贵族出身——的女孩因此遭到杀害，或被囚禁在高塔里。他声称她们被恶魔附体，受了诅咒，或是被所谓的‘黑日’污染了。在你们浮夸的行话里，再普通不过的日蚀也能叫做‘黑日’。”

“不！埃提巴德一点儿也不疯。他解译了沃兹格大陵寝里道克巨碑上的文字，又调查了各种相关的传说，其中全都确凿无疑地提到了这场日蚀。黑日意味着莉莉特即将归来——如今，东方人仍以‘尼雅’的名字敬拜她——人类也将面临灭亡。要迎接莉莉特的归来，就必须

‘备好六十位头戴金冠的女子，以其鲜血填满河谷’。”

“胡说八道，”猎魔人道，“甚至都不押韵。正经预言都押韵。人人都知道，埃提巴德和巫师议会当时想干吗。你们利用一个疯子的胡话来巩固权威，就为打破同盟、破坏联姻、推翻王朝，简而言之，就为把那些王冠木偶的提线搞成一团乱麻。这个预言，就连集市上那些过气的说书人都不屑一提，而你居然跟我说这个？”

“你可以保留对埃提巴德的看法，也可以质疑他对预言的解释，但你没法反驳这个事实：日蚀之后出生的女孩当中，有很多人的身体出现了可怕的突变。”

“为什么没法反驳？我听说的情况恰恰相反。”

“我看过一次解剖现场。”巫师道，“杰洛特，我们在颅骨和骨髓里找到的东西，简直没法用语言形容。那就像某种红色的海绵，体内器官全都混到了一起，有些甚至彻底不见了。所有器官上都覆盖着会动的粉蓝色纤毛。心脏有六个心腔，其中两个萎缩了。这你怎么解释？”

“我见过长鹰爪和长狼牙的人。我见过关节多过常人、器官多过常人、感官多过常人之人。全是你们滥用魔法的结果。”

“你见过各种各样的突变者。”巫师抬起头，“在他们当中，你又屠杀了多少人去换取钱财，维持你身为猎魔人的职业生涯呢？嗯？有些人可能长着狼牙，却不过只朝旅店的妓女龇牙咧嘴而已；可有些人生来就长了副狼心狗肺，面对孩童都能痛下杀手。那些日蚀后出生的女孩就是这样。她们毫无保留地表现出疯狂的倾向，她们残忍、好斗、喜怒无常与放纵的行径早已广为人知。”

“这话适用于所有女人。”杰洛特嘲笑道，“你到底想说什么？你想质问我杀过多少突变者？你怎么不问问我替多少人解除过魔法、摆脱过诅咒？我，只是个被你们轻视的猎魔人。但反过来，你们又做了什么，伟大的巫师大人？”

“我们运用强大的法术，试图解除她们身上的诅咒。在不同的神殿里，我们和祭司都施展过。但所有尝试最终都会让那些女孩死去。”

“这只能证明你们的错误。哦对，这样你们就弄到了尸体。你刚刚提到的解剖样本就是这么来的，对吧？”

“够了，别这么看我。你很清楚，我们本来就有尸体可用。起先，我们打算把她们全都消灭。我们解决了几个……然后拿去做了解剖。甚至有一个是活体解剖的。”

“哈，你们这群狗娘养的还好意思谴责猎魔人？哦，斯崔葛布，总有一天，民众会擦亮眼睛，看清你们的真面目。”

“我觉得这天不会很快到来。”巫师嘲讽地说，“别忘了，我们的所作所为是为保护民众。这些变种女孩会将整个世界淹没在血海之中。”

“也就是说，你们巫师目前还高昂着头，以为自己全无瑕疵。既然谈到这个，你是不是想告诉我，在狩猎所谓‘突变者’的过程中，你们连一次错误也没犯过？”

“好吧。”沉默许久之后，斯崔葛布说，“我跟你说实话，虽然这对我自己没有任何好处。我们确实犯过错——而且不止一次。要在常人中间把她们分辨出来，实在太难了。所以我们停止了……‘清除’她们的做法，而是把她们隔离起来。”

“用你们鼎鼎大名的高塔。”猎魔人哼了一声。

“我们的高塔。结果那又导致了另一个错误。我们低估了她们。有很多突变者逃跑了。然后王子们开始推崇一项疯狂的运动——尤其是那些顺位较低、无事可做、也没什么可失去的年轻王子——‘解救被囚禁的美人’。可惜，他们中的大多数被囚犯扭断了脖子……”

“据我所知，塔里的囚犯很快就死光了。有传言说，是你们送了她们一程。”

“这是谎言。但确实，她们很快便对一切失去了兴趣，开始绝食……最有趣的是，濒死状态下，她们在超感能力方面会展现出惊人的天赋。这进一步证明了她们的突变。”

“你的证据越来越荒唐了。还有别的吗？”

“有。纳洛克的希尔文娜女士就是其中一例，我们一直没法接近她，因为她的权势增长得太快。但如今，纳洛克正在发生非常可怕的事。此外，艾弗米尔之女菲尔嘉用自制的绳索逃出了高塔，现今正在北维尔哈德肆虐。塔尔哥的贝妮嘉被一位愚蠢的王子释放出来。后来那位王子被关进地牢，双目失明，而在塔尔哥的大地上，绞架早已成为最常见的风景。哦，还有其他例子。”

“例子当然有。”猎魔人道，“比如统治亚姆拉克的老王阿布拉德。他得了结核病，牙齿掉得精光，恐怕早在日蚀前几百年就出生了。除非有人在他面前被折磨致死，否则他根本无法入睡。他杀光了所有血亲，而且——用你们的话怎么说来着？——还在狂怒之下处死了全国的半数百姓。他年轻时有个绰号，叫‘暴虐的阿布拉德’。哦，斯崔葛布，如果统治者的残忍都能用突变或诅咒来开脱，那该有多好。”

“听我说，杰洛特……”

“不。你说服不了我，也没法让我相信，埃提巴德不是个杀戮成性的疯子，所以我们还是说说威胁你的怪物吧。你最好明白，基于你给我的第一印象，我不会喜欢你的故事。但我会听你说完”

“你不会再愤愤不平地打断我了?”

“这我可没法保证。”

“好吧。”斯崔葛布把双手缩进长袍袖管，“你这样只能让我把时间拖得更久。故事始于北方的一个小公国克雷伊登。克雷伊登大公弗雷德福克的妻子叫艾瑞蒂娅，是个有教养又睿智的女子。她的家族里出了很多魔法技艺方面的行家，而她继承了一件罕有又强大的法器：内哈勒尼雅之镜。使用这种镜子的通常是先知和预言家，以便更加精准地预见未来——当然，未来本身依然复杂难解。艾瑞蒂娅经常对那镜子发问……”

“我猜，跟别人的问题一样，”杰洛特插嘴道，“‘谁才是世上最美丽的人?’我听说，内哈勒尼雅镜分为两种：一是明智且懂礼貌的，二是被主人砸成碎片的。”

“你错了。艾瑞蒂娅更关心国家的命运。而镜子的回答是：她本人和其他许多人会死得很惨，罪魁祸首正是弗雷德福克与其首任妻子生下的女儿。艾瑞蒂娅把消息送到巫师议会，于是议会派我去了克雷伊登——补充一句，弗雷德福克的长女，就是在日蚀不久后出生的。刚开始我还相当谨慎。在这期间，她虐待过一只金丝雀、两只小狗，还用梳柄剜出一个仆人的眼睛。我用咒语测试过几次，基本确定，这小家伙是个突变者。我带着消息去找艾瑞蒂娅，因为对弗雷德福克来说，女儿意味着一切。我说过的，艾瑞蒂娅并不蠢……”

“当然了。”杰洛特打断道，“而且毫无疑问，她对继女也算不上珍爱有加。她更希望自己的儿女继位。我能猜到接下来的事。是不是有人去掐死了她？就算别人不去，你不也刚好在场吗?”

斯崔葛布叹了口气，抬眼望天。那道绚丽的彩虹仍然高挂在空中，熠熠生辉。

“我打算把她关起来，可艾瑞蒂娅决定用别的法子。她叫那个小家伙跟着她雇来的恶棍—— 一个捕兽人——去了森林。但后来，我们在灌木丛中找到了捕兽人……没穿裤子的尸体。所以不难推断当时发生了什么。她把一枚胸针穿过耳孔，刺进了他的大脑，可想而知，当时他的注意力完全在另一件事上。”

“如果你觉得，我会可怜他，”杰洛特嘀咕道，“那你可错了。”

“我们组织追捕。”斯崔葛布续道，“但那小家伙踪影全无。因为弗雷德福克起了疑心，我只好匆忙离开了克雷伊登。

“四年后，艾瑞蒂娅写来一封信。她找到了那个小家伙：她跟七个侏儒一起，住在玛哈坎山中，并让他们相信，在矿井里吃灰远没有在大路上抢劫商人有赚头。她有了个绰号，叫‘伯劳鸟’，因为她喜欢把抓到的人钉在尖木杆上。哦，再想找人去解决她可就难了——伯劳鸟已经很出名了，还学会了用剑，连男人都没几个是她的对手。我应王后的召唤秘密赶到克雷伊登，有人却在这当口毒死了艾瑞蒂娅。大多数人相信是弗雷德福克的杰作，他给自己找了个更年轻、也更狂野的情妇——但我觉得，幕后黑手是伦芙芮。”

“伦芙芮？”

“那小家伙的名字。我认为，是她毒死了艾瑞蒂娅。过了不久，弗雷德福克国王在一场离奇的狩猎事故中死去，艾瑞蒂娅的长子也突然失踪——肯定也是那小家伙的杰作。虽然我说她‘小’，可她那时已经十七岁了，而且发育良好。

“与此同时……”巫师沉默片刻，“她和她的侏儒已经成了整个玛哈坎的噩梦。直到有一天，他们之间爆发了争吵，原因我不清楚——是分赃不均，还是晚上轮到谁跟她睡——总之，他们用刀子自相残杀，最后只有伯劳鸟活了下来。只有她。而我当时就在附近。我们打了个照面，她立刻认出我了，也明白了当年我在克雷伊登扮演的角色。我告诉你，杰洛特，当时我连咒语都没念完——我的手抖得跟什么似的——她已经拔剑朝我扑了过来。我把她变成了一块六厄尔宽、九厄尔长的匀称水晶，再把水晶扔进侏儒的矿井，并将隧道弄塌了。”

“真马虎。”杰洛特评论道，“这个咒语是能解除的。你就不能把她烧成灰吗？毕竟，你知道那么多了不起的咒语。”

“呃，那不是我的专长。不过你说得对，我确实有点草率了，结果某个蠢王子找到了她，花了一笔钱帮她解咒，消除了法术，还得意洋洋地把她带回东方一个遥远的王国。王子的父亲就是个山大王，但显然比他的小崽子更有见识。他痛打了儿子一顿，然后质问伯劳鸟，她和那些侏儒抢来的财宝都藏在哪儿。但他的错误在于，他把她揪出牢房、剥光衣服、送上死刑台时，是让另一个年长些的儿子帮的忙。结果第二天，帮他忙的儿子——如今是个无父无母也没兄弟的孤儿了——变成了王国统治者，伯劳鸟也成了新国王眼前的红人。”

“这说明她肯定不丑。”

“审美角度不同罢了。她作为红人的时间并不久，只到又一次宫廷政变为止——这么说有点夸张，因为那地方啊，与其说是宫廷，倒不如说是个谷仓。很快我发现，她根本没忘记我。在柯维尔，她曾三次试图暗杀我。我决定不给她第四次机会，于是去庞塔尔避难，但她再次找到了我。我逃去安格林，结果她又追了过去。我不清楚她是怎么办到的，因为我把行踪隐藏得很好。擅长追踪肯定是她的突变能力之一。”

“你为何不再施个法术，把她变成水晶？你犹豫了？”

“不。我一点儿也没犹豫。可她对魔法好像有了免疫力。”

“这不可能。”

“你错了，只要有相应的法器和防护光环就能做到。也可能跟她仍在继续突变有关。我逃离了安格林，躲到这里，弧海边的布拉维坎。我在平静中度过一年，可她又一次找到了我。”

“你怎么知道？她进镇子了？”

“对。我在水晶球里看到她了。”巫师抬起魔杖，“来的不止她一个。她带着一帮人，说明这次是认真的。杰洛特，我没地方可去了。我不知道还能躲去哪儿。你的到来肯定不是巧合。这是命运。”

猎魔人扬了扬眉毛。“你想怎样？”

“很明显。你应该杀了她。”

“我可不是拿钱干活的杀手，斯崔葛布。”

“你不是杀手，这我同意。”

“我杀怪物是为了钱，但我对付的全是威胁民众的怪物，或是你这种人施展魔法和巫术创造出来的噩梦。我不会随便杀人。”

“她不是人，就是头彻头彻尾的怪物—— 一个受诅咒的突变者。你带来了一头奇奇摩，但伯劳鸟比奇奇摩坏多了。奇奇摩杀戮是为果腹，伯劳鸟却是为取乐。只要杀了她，你开价多少我都接受。当然了，只要在合理范围之内。”

“我已经告诉你了。我觉得突变者和莉莉特的诅咒根本是胡说八道。这女孩有理由找你算账，我也没打算插手。去找镇长和卫兵吧。你是镇上的巫师，地方法规应该能保护你。”

“让法律和镇长都见鬼去吧!”斯崔葛布吼道，“我不要他们的保护，我要你杀了她！没人能进到塔里——我在这里是绝对安全的。但这算什么？我可不想把余生都耗在这儿，而只要我活着，伯劳鸟就不会善罢甘休。你要我在塔里坐着等死吗?”

“那年那些女孩不也一样？你知道吗，巫师？你应该把追捕女孩的活儿交给其他人，交给比你更强大的巫师。你该预见到后果的。”

“求你了，杰洛特。”

“我拒绝，斯崔葛布。”

巫师沉默了。虚幻天空中的虚幻太阳并未落向地平线，但猎魔人知道，布拉维坎已至黄昏。他饿了。

“杰洛特，”斯崔葛布说，“听埃提巴德讲述时，我们很多人都抱有怀疑。但我们决定选择小恶，对付大恶。现在我请求你做出相同的选择。”

“恶就是恶，斯崔葛布。”猎魔人站起身，语气严肃，“是小、是大，还是不小不大，全都一样。程度是相对的，界限是模糊的。我不是虔诚的隐士，这辈子也不可能全做善事，但若要我在两种恶行之间做出选择，我宁可两个都不选。我该走了。明天见。”

“好吧。”巫师说，“如果还能再见的话。”

三

这座乡间小镇的上等酒店“黄金王庭”拥挤喧闹。店里的顾客，无论是本地客还是外乡人，根据种族和职业不同，也在各忙其事。敬业的商人为了产品的价格和借贷利息跟矮人争执；不那么敬业的商人则忙着捏女侍的屁股；本地的蠢人装出见多识广的模样；妓女一边尽力取悦有钱的恩客，一边对没钱的穷鬼冷嘲热讽；赶车人和渔夫不要命地喝酒；几个水手唱起歌谣，歌颂大海的波涛、船长的英勇，还有人鱼的美貌——他们把后者描绘得栩栩如生，各种细节巨细无遗。

“使劲儿想想，伙计。”凯尔迪米恩对店主说。他趴在吧台上，好让声音盖过周围的喧嚣，“六个人和一个姑娘，都穿着诺维格瑞样式的黑色镶银皮衣。我在收税站那边瞧见他们了。他们到底在这儿，还是去了金枪鱼酒店?”

店主饱满的额头拧在一起，用围裙擦着一只大酒杯。“就在这儿，镇长大人。”他说，“他们说来参加集市，不过都带着剑，连那女人也是。打扮跟你说的一样，一身黑。”

“哦。”镇长点点头，“他们现在在哪儿？我没瞧见人。”

“在小隔间。他们付了金子。”

“我一个人进去。”杰洛特插嘴，“没必要把动静搞那么大，至少暂时不用。我会带她出来。”

“也许这样最好。但要小心，我不想惹麻烦。”

“我会小心。”

根据越来越不堪入耳的歌词判断，水手的歌谣已经唱到最后的高潮部分。杰洛特掀开硬邦邦、沾满灰尘的门帘，走进隔间。

六个人坐在桌边，但伯劳鸟不在。

“你想干吗?”率先发现他的人吼道。那是个光头，脸上破了相，一条伤疤贯穿左眉、鼻梁和右脸颊。

“我想见伯劳鸟。”

两个相同的身影站了起来——同样面无表情的脸，同样凌乱、长可及肩的头发，同样的紧身外套上闪烁着银饰的光。随着同样的动作，这对双胞胎从长凳上抄起两把一模一样的剑。

“冷静点，维尔。坐下，尼米尔。”伤疤脸说着，双肘拄在桌上。“你说你想见谁，伙计？伯劳鸟是谁？”

“你很清楚我说的是谁。”

“这家伙是谁？”一个赤裸上身、汗流浃背、交叉挎着皮带、前臂绑块钉板的壮汉问，“你认识他吗，诺霍恩？”

“不认识。”伤疤脸说。

“他是个白化病人。”坐在诺霍恩身旁的瘦削黑发男子咯咯笑道，他有精致的五官，硕大的黑眼睛，以及一对尖耳朵，说明他是个混血的半精灵。“白化病人，突变者，天生的怪胎。这种东西居然能混进公共场合，跟体面人为伍。”

“我在哪儿见过他。”一个身材粗壮、扎着辫子的沧桑男人眯起眼睛，用邪恶的眼神打量着杰洛特。

“你在哪儿见过他并不重要，塔维克。”诺霍恩道，“听着，西弗瑞尔刚才狠狠地侮辱了你，你不跟他讨个说法吗？今晚太无聊了。”

“不。”猎魔人冷静地说。

“那我把这碗鱼汤倒在你头上，你会跟我讨个说法吗？”赤裸上身的男人咯咯笑道。

“冷静点，十五。”诺霍恩道，“他说不，意思就是不。至少暂时是。哦，朋友，说完你要说的话，然后赶紧走吧。你还有机会离开。如果你不接受，我只能让跑堂的把你抬出去了。”

“我没话跟你们说。我想见伯劳鸟。伦芙芮。”

“听见没，伙计们？”诺霍恩扫视他的同伴，“他想见伦芙芮。能告诉我原因吗?”

“不能。”

诺霍恩抬起头，看着踏前一步的双胞胎，他们高筒靴上的银扣子叮当作响。

“我想起来了。”留辫子那人突然道，“我知道在哪儿见过他了!”

“你嘟囔什么呢，塔维克?”

“就在镇长家门口。他带来一头怪物，一头蜘蛛和鳄鱼的混血怪物，他想拿玩意儿换钱。人们说他是个猎魔人。”

“猎魔人是啥?”十五问，“呃？西弗瑞尔?”

“就是雇佣魔法师，”半精灵道，“为了一把银币就到处施法的巫师。我说过了，他们是天生的怪胎，是对人类和人类遵循的神圣律法的侮辱。他这种人就该被活活烧死。”

“我们不喜欢巫师。”塔维克尖声道，他眯缝的双眼分毫不离杰洛特，“在我看来，西弗瑞尔，这鬼地方的活儿比我们想象的还多。这儿的巫师不止一个，而且人人都知道，他们特别团结。”

“他们是一丘之貉。”半精灵恶毒地笑了，“光是想想他们就够我受的了。是谁养出了这群怪胎?”

“麻烦你再忍耐一下。”杰洛特平静地说，“我猜你母亲不止一次森林里走丢，所以你才会经常思考自己究竟打哪儿来。”

“也许吧。”半精灵笑容不改，“但我至少知道我母亲是谁。你们猎魔人连自己的身世都不清楚。”

杰洛特面色发白，抿紧嘴唇。看到这一幕，诺霍恩大笑起来。“哦，伙计，你不该容忍这样的羞辱。你背上那玩意儿看起来像把剑。怎么样？要不要跟西弗瑞尔出去解决？今晚太乏味了。”

猎魔人毫无反应。

“可耻的懦夫。”塔维克嗤之以鼻。

“他刚才怎么说西弗瑞尔的母亲的？”诺霍恩用同样的语气续道，下巴放在交扣的双手上，“我记得是些非常下流的话。说她很放荡什么的。嘿，十五，坐视流浪汉羞辱同伴的母亲，是不是很不应该？狗娘养的东西，母亲可是很神圣的！”

十五欣然起身，取下佩剑，丢在桌上。他挺直身子，调整一下镶有银钉的护肩，吐了口唾沫，踏前一步。

“如果你有话要问，”诺霍恩道，“十五会先跟你比比拳头。我早说过了，他们得把你抬出去。让出地儿来。”

十五靠上前，抬起拳头。杰洛特把手按在剑柄上。

“留神。”他说，“再走一步，你会看到自己的手掉在地板上。”

诺霍恩和塔维克跳了起来，抓住各自的佩剑。沉默的双胞胎用同样的动作拔出武器。十五退后几步。只有西弗瑞尔一动没动。

“该死的，怎么回事？我连一分钟都不能离开吗？”

杰洛特缓缓转身，看到一对海蓝色的双眸。

她几乎跟他一样高，稻草色的头发修剪得参差不齐，仅及耳垂。她一手按在门上，穿着一件天鹅绒紧身皮衣，腰间围着一条华丽的皮带。她的裙子也不太对称——左边垂到小腿肚，右边却露出麋鹿皮靴上方健美的大腿。她身子左侧挂着剑，右边有把匕首，柄头有块硕大的红宝石。

“怎么不说话了？”

“他是个猎魔人。”诺霍恩嘟囔道。

“那又怎样？”

“他想跟你谈谈。”

“那又怎样?”

“他是个巫师!”十五吼道。

“我们不喜欢巫师。”塔维克咆哮道。

“放松点儿，伙计们。”女孩说，“他只想跟我说说话，这又不犯法。你们继续找乐子吧。别惹麻烦，明天有集市，你们肯定不想打扰这祥和小镇的重大盛事吧?”

随之而来的沉默中，响起一阵恶毒的轻笑。发笑的是依然漫不经心、仰躺在长椅上的西弗瑞尔。

“得了吧，伦芙芮。”半精灵哧哧笑道，“重大……盛事!”

“你给我闭嘴，西弗瑞尔。马上。”

西弗瑞尔马上不笑了。杰洛特一点也不惊讶，因为伦芙芮的语气里有种古怪的味道——让他联想起刀刃上反射的红色火光、垂死者的哀号，以及马嘶与血腥气。其他人肯定也有类似的联想，就连塔维克那沧桑的脸也变得有些苍白。

“好吧，白发佬。”伦芙芮打破沉默，“我们去宽敞点儿的地方谈。嗯，去找跟你一起来的镇长吧。不用说，他肯定也想跟我谈谈。”

看到他俩，等在吧台边的凯尔迪米恩中断了与店主的低声交谈，挺直身子，双臂抱在胸口。

“年轻的女士，”他省去寒暄，开门见山地说，“从这位利维亚的猎魔人口中，我得知了你来布拉维坎的目的。显然，您对我们的巫师怀恨在心。”

“也许吧。那又怎样?”伦芙芮用同样直率的语气说。

“这边有处理此类恩怨的法庭。在弧海这边，所有用刀剑了结私人恩怨之人都会被当成盗匪。所以，要么你带着你的同伙，明天一早离开布拉维坎，要么我就得把你们丢进大牢，以防……那话怎么说来着，杰洛特?”

“以防万一。”

“没错。明白了吗，年轻的女士?”

伦芙芮把手伸进腰间的袋子，抽出一张折成好几叠的羊皮纸。

“如果你识字的话，镇长大人，看一看。顺便，别再叫我‘年轻的女士’了。”

凯尔迪米恩接过那张纸，看了很长时间，然后一言不发地递给杰洛特。

“‘致各位诸侯、领主与自由民，’”猎魔人大声念道，“‘致全体臣民。我宣布，克雷伊登的伦芙芮公主得到了我们的尊敬和帮助，任何胆敢对她无利者将招致我们的怒火。——奥杜恩国王。’这里应该是‘无礼’才对。不过印章好像是真的。”

“就是真的。”伦芙芮把羊皮纸从他手里抽走，“署名是你们仁慈的主子奥杜恩，所以我建议你，别对我做出无礼的举动。拼写是否正确并不重要，重要的是，你们将迎来悲惨的结局。尊敬的镇长大人，你无权把我丢进监狱，也别再叫我‘年轻的女士’了。我没触犯任何法律。暂时还没有。”

“如果你敢有一丁点儿违法行为，”凯尔迪米恩露出嫌恶的表情，“我会把你扔进地牢，连同这张纸片儿一起。我向所有神明发誓，年轻的女士。杰洛特，我们走。”

“你，猎魔人。”伦芙芮拍拍杰洛特的肩膀，“我有话跟你说。”

“晚饭别迟到了。”镇长转过身去，“不然丽波希会发火的。”

“我不会的。”

杰洛特斜倚吧台，拨弄着挂在脖子上的狼头徽章，看着女孩蓝中带绿的双眸。

“我听说过你。”她说，“你是杰洛特，利维亚的白狼。斯崔葛布是你朋友?”

“不是。”

“那就简单了。”

“没那么简单。别指望我会袖手旁观。”

伦芙芮眯起双眼。“斯崔葛布会在明天死去。”她平静地说着，拂开额前的发梢，“就他一个死。这只算小恶罢了。”

“真是这样就好了。但事实上，在斯崔葛布死前，恐怕还会再搭上几个人。我不相信还有其他可能性。”

“几个？猎魔人，你未免太乐观了吧?”

“光凭言语吓不倒我，伯劳鸟。”

“别叫我伯劳鸟，我不喜欢这个称呼。重点在于，我觉得有其他可能。值得商讨的可能……但丽波希在等你。那个丽波希，她漂亮吗?”

“你只想跟我说这个?”

“不是。但你得走了。丽波希在等你。”

四

阁楼的小房间里有人，杰洛特还没走到门边，就察觉到徽章发出轻微的震动。于是他吹熄照亮楼梯的油灯，抽出靴子里的匕首，别在背后的腰带上，然后转动门把。房间里伸手不见五指，但对猎魔人来说并非如此。

他用无比缓慢的动作跨进门去，小心翼翼地关紧房门。下一秒，他扑向坐在床上的人影。二人在床单上滚做一团，他把手臂抵在对方颚下，伸手去摸匕首。但他没把它抽出来。情况有点不对劲儿。

“不坏的开始。”她压低声音，一动不动地躺在他身下，“我料到这种事迟早会发生，但没想到我们这么快就会上床。麻烦你，把手从我喉咙上拿开好吗？”

“是你。”

“是我。现在你有两个选择。你可以从我身上下来，跟我好好谈谈；也可以保持这个姿势，但我希望，至少你把靴子脱了。”

猎魔人放开女孩。后者叹了口气，坐起身，整了整头发和衣裙。

“点亮蜡烛吧。”她说，“我跟你不一样，我在黑暗里看不见，我想看清楚跟我谈话的人。”

她迈开穿着高筒靴的长腿，走到桌边，坐下。她身材高挑、苗条，身手灵活，看起来没带任何武器。

“你有喝的吗？”

“没有。”

“还好我带了。”她大笑着，把一只酒囊和两个皮制酒杯放到桌上。

“快半夜了。”杰洛特冷冰冰地说，“能直接说重点吗？”

“别急嘛。来，喝一杯。这杯敬你，杰洛特。”

“也敬你，伯劳鸟。”

“该死，我叫伦芙芮。”她抬起头，“我允许你省略我的王家头衔，但别再叫我什么伯劳鸟了！”

“小点声，你会把整屋子人都吵醒的。能告诉我，为什么要从窗口溜进来吗?”

“你可真笨啊，猎魔人，我是为了让布拉维坎免遭屠戮。我像三月里的母猫一样爬上房顶，就为跟你谈谈心，你应该心存感激才对。”

“我很感激。”杰洛特道，“但我不知道我们究竟能谈些什么。情况已经很明确了。斯崔葛布躲在他的塔楼里，你得攻破高墙才能抓住他，但你这么做，你的赦免文书就没用了。你敢公开违法，那连奥杜恩都保不了你。镇长、卫兵和整个布拉维坎都将与你为敌。”

“与我为敌，整个布拉维坎都会后悔的。”伦芙芮笑了笑，露出森森白牙，“见过我的同伴没有？我向你保证，他们都是老手。你觉得他们打起架来会是什么样？那些蠢卫兵肯定会被自己的长戟绊倒。”

“那你觉得我会袖手旁观吗？你也看到了，我住在镇长家里。如有必要，我会站在他那边。”

“对此我并不怀疑。”伦芙芮的语气严肃起来，“我想你会的。但恐怕你将孤身一人，剩下的家伙都会躲进地下室瑟瑟发抖。在这世上，没人能同时对付七名剑手。所以说，白发佬，咱们别再互相威胁了。就像我说的：屠杀和流血是可以避免的。有两个人能避免这一切。”

“我洗耳恭听。”

“第一个，”伦芙芮道，“是斯崔葛布本人。如果他自愿离开塔楼，我会把他带到荒无人烟的地方，让布拉维坎人继续过着麻木不仁的快活日子，忘掉整件事。”

“斯崔葛布也许像个疯子，但没疯到这种地步。”

“谁知道呢，猎魔人，谁知道呢？有些条件是无法拒绝的，比如‘崔丹姆的最后通牒’。我打算把这份通牒送给他。”

“什么通牒？”

“那是我的小秘密。”

“好吧，但我怀疑它的效力。提到你时，斯崔葛布连牙齿都在打颤。能说服他束手就擒的最后通牒，一定得足够厉害才行。另一个是谁？让我猜猜。”

“我也想看看，你有多精明，白发佬。”

“是你，伦芙芮。你会展现出真正的贵族气度——我是说，高贵王室的气度，放弃这场复仇。我猜得对吗？”

伦芙芮仰起头，用手捂着嘴，大笑出声。最后她沉默下来，用闪闪发亮的双眼盯着猎魔人。

“杰洛特，”她说，“我曾经是个公主，拥有梦想的一切：俯首听命的仆人、衣服、鞋子、细麻纱内裤、珠宝首饰、小马、池塘里的金鱼、玩偶，还有比这房子更大的玩偶屋。这就是我的生活。直到斯崔葛布来了，然后那个下贱的婊子艾瑞蒂娅就命令一个猎人，在森林里杀掉我，把我的心肝带回去。多棒啊，不是吗？”

“一点都不。万幸的是，你从猎人手里逃脱了，伦芙芮。”

“放屁。是他可怜我，放我走的。但这狗娘养的强暴了我，还把我的东西洗劫一空。”

杰洛特摆弄着徽章，直视她的双眼。她没有避让。

“公主的生活到此为止。”她续道，“衣裙破烂，肮脏不堪。然后是污垢、饥饿、臭气和虐待交织的人生。我把自己卖给那些老流浪汉，只为换一碗汤，或一晚遮风避雨之处。你知道我的头发过去是什么样子吗？就像丝绸，而且很长很长。但我长了虱子，只好用羊毛剪把它们齐根剪掉，后来，我的头发再也长不齐了。”

她沉默片刻，徒劳地拨开额前的发梢，“我为了不饿死而偷窃，为了不被杀而杀人。我被关在满是尿骚味的监牢里，不知他们明早会吊死我，还是鞭打之后把我放走。可就算这样，我的继母和你那位巫师仍旧穷追不舍，送来毒药、刺客，还有魔法。你想让我展现贵族气度？让我庄严地宽恕他？我只会庄严地扯掉他的脑袋。”

“艾瑞蒂娅和斯崔葛布想毒死你？”

“用涂了夜影茄的苹果。有个侏儒用一种能让人把五脏六腑全吐出来的催吐剂救了我，我活了下来。”

“七个侏儒之一？”

伦芙芮握住酒囊的手僵住了。

“哦，”她说，“你对我的了解还不少嘛。怎么，你对侏儒这种类人生物有偏见吗？他们对我比大多数人类都好。斯崔葛布和艾瑞蒂娅像狩猎野兽一样不断追捕我，直到我变成猎手的那一天。艾瑞蒂娅死在自己的床上，算她运气好，我还没来得及接近她——我可为她精心准备了一番呢。而现在，我也为那个巫师做好了准备。你不觉得他罪该万死吗？”

“我不是法官。我只是个猎魔人。”

“是啊。我说过，有两个人能阻止这场流血。第二个人是你。巫师会让你进塔，而你可以杀了他。”

“伦芙芮，”杰洛特平静地说，“你跳进我房间时，是脑袋先着地吗？”

“见鬼，你到底是不是猎魔人？他们说你杀了一只奇奇摩，用驴子驮到这里想换赏金。斯崔葛布比奇奇摩可恶得多。奇奇摩是无脑嗜杀的野兽，这是诸神赐给它的本性。斯崔葛布却是个人面兽心的畜生，是真正的怪物。用驴子把他的尸体驮来，我不会吝啬酬金的。”

“我不是拿钱干活的杀手，伯劳鸟。”

“你不是。”她笑着赞同，随即靠向椅背，两腿交叠放在桌上，丝毫没有掩饰裙底春光的意思。“你是猎魔人，是让人民免受邪恶伤害的保护者。所谓邪恶，就是我们刀兵相见，给这里带来血光之灾。你不觉得我的提议才是小恶，才是更好的解决之道吗？就算对那狗娘养的斯崔葛布也一样。你可以仁慈点儿，一剑给他个痛快，让他在不知不觉中死去，没有丝毫痛苦。我保证，如果位置倒过来，他会做出同样的选择。”

杰洛特依旧沉默不语。

伦芙芮抬起双臂，伸了个懒腰。“我知道你在犹豫，”她说，“但我现在就要答案。”

“你知道斯崔葛布和艾瑞蒂娅为什么要杀你吗？”

伦芙芮突然挺直身子，放下双腿。“太明显了！”她吼道，“我是继承人。艾瑞蒂娅的儿女只是私生子，没有任何权利可言。”

“不对。”

伦芙芮低下头，但只有一瞬间。她的双眼闪过精光。“好吧，他们觉得我被诅咒了，在母腹里就受到污染。他们觉得我是……”

“是什么？”

“是个怪物。”

“你是吗？”

在那转瞬即逝的一刻，她显得无助而震惊，而且悲伤至极。

“我不知道，杰洛特。”她低声道，然后她的表情又变得坚定。“该死的，我怎么可能知道？我手指割破会流血。我每个月那几天都会流血。我吃多了会胃胀，喝醉了会宿醉。我高兴时会唱歌，生气时会骂人，恨人时会杀掉他们，当我……够了！我要你的回答，猎魔人。”

“我的回答是不。”

“你还记得我说过的话吗？”沉默片刻后，她问，“我能开出你无法拒绝的价码，也能带来同样可怕的后果。二选一。仔细考虑一下吧。”

“我仔细考虑过了。我也是认真的。”

伦芙芮沉默半晌，拨弄着一条在她匀称的脖颈间盘绕三圈、又挑逗地垂到双乳间的珍珠项链。透过外套开口，她胸前的曲线清晰可见。

“杰洛特，”她说，“斯崔葛布是不是要你杀了我？”

“对。他也觉得这是小恶。”

“就像拒绝我一样，你也拒绝了他，对吧？”

“对。”

“为什么？”

“因为我不相信小恶的存在。”

伦芙芮微微一笑，在黄色的烛光下做了个鬼脸。“你说你不相信小恶。好吧，某种意义上讲，你是对的。只有恶才是真实存在的，比之更甚者，是隐藏在阴影中的‘真正的邪恶’。真正的邪恶，杰洛特，是你根本想象不到的，就算你觉得什么都不会让你吃惊也一样。有些时候，真正的邪恶会扼住你的喉咙，命令你在它和另一项稍轻的邪恶之间做出选择。”

“你想说明什么，伦芙芮？”

“没什么。我喝了点酒，正在做哲学思辨，探寻普世真理。我发现小恶是存在的，只是我们没法主动选择它们。而真正的邪恶会迫使我们做出这样的选择。无论我们愿意与否。”

“也许我喝得还不够。”猎魔人阴郁地笑笑，“可与此同时，时间仍在飞逝，已经过了午夜。我还是直说吧。你不能在布拉维坎杀死斯崔葛布，因为我不允许。我也不允许这里发生屠杀。所以，我再次请求你放弃复仇。向他、也向所有人证明，你不是异于常人的嗜血怪物；证明他犯了错误，并给你造成了巨大的伤害。”

徽章在猎魔人手中旋转，有那么一会儿，伦芙芮就这么呆呆地看着。

“如果我告诉你，猎魔人，我既不能原谅斯崔葛布，也不会放弃复仇，是不是就意味着，我承认他是对的？就意味着我真是被诸神诅咒的怪物？要知道，我刚开始这种生活时，有个自由人接纳了我。他迷恋我，我却觉得他很讨厌。结果他每次想操我时，都会使劲儿打我，让我直到第二天都动弹不得。有天清早，天还没亮，我下床用镰刀割断了他的脖子。我那时还不够老练，而刀子在我看来还有点小。我听着他流血、窒息，看着他挣扎、扑腾，感觉身上他拳脚留下的淤青渐渐消退。我觉得，哦，棒极了，棒极了……我离开了他，吹着口哨，步子轻快，格外喜悦，格外欢欣。啊！以后我每次杀人，都是这种感觉。要不谁会把时间浪费在复仇上呢？”

“伦芙芮，”杰洛特道，“无论你的动机是什么，你都不可能喜悦又欢欣地离开。但你可以按照镇长的要求，明天一早，活着离开镇子。你不能在布拉维坎杀死斯崔葛布。”

伦芙芮的双眸在烛光中闪烁，她胸前的珍珠熠熠生辉，而狼头徽章也在旋转中映射着光芒。

“我怜悯你。”她看着那徽章，缓缓地说，“你声称小恶不存在。而最终，你将站在血流成河的石板路上，孑然一身，孤独无伴。因为你没得挑，但你必须硬着头皮选择其一。你永远不可能知道或确信，你当初的选择是对还是错……你的报酬只有一座墓碑，还有他人的恶言恶语。我怜悯你……”

“那你呢？”猎魔人用低到几近耳语的声音问道。

“我别无选择。”

“你是什么？”

“我是我自己。”

“你在哪儿？”

“我……很冷……”

“伦芙芮！”杰洛特把徽章紧紧攥在手里。

仿佛如梦初醒一般，她猛摇几下头，惊讶地眨了眨眼。有那么一瞬间，她露出害怕的表情。

“你赢了。”她突然道，“你赢了，猎魔人。明早我就离开布拉维坎，再也不回这破镇子了。再也不回来。好了，把酒囊递给我。”

当她把空酒杯放回桌上时，讥讽的笑容又回到脸上。“杰洛特？”

“我在。”

“这该死的屋顶太陡了。我宁愿等到明天黎明再走，也不想在黑暗中弄伤自己。我是个公主，身子娇贵。就算床垫下面有颗豌豆，我都硌得睡不着觉——当然了，除非垫子里的稻草塞得太满。你觉得呢？”

“伦芙芮，”杰洛特情不自禁地笑了，“这么做对公主合适吗？”

“该死的，你很了解公主吗？我过过公主的生活，它最大的乐趣就是随心所欲。难道非逼我把想法直说出来？”

杰洛特没有回答，但笑容不减。

“我不相信，你会觉得我没有魅力？”伦芙芮做个鬼脸，“难道你担心，会跟那个自由人落到同样下场？哦，白发佬，我身上没带锋利的东西。你自己来检查好了。”

说完，她把两腿搭上他的膝盖。“脱下我的靴子。高筒靴最容易隐藏匕首了。”

她光着脚站起身，拉开腰带的搭扣。“这里同样，什么也没藏。你看，这儿也是。把那该死的蜡烛吹灭。”

屋外的黑暗中，有只猫咪尖叫一声。

“伦芙芮？”

“什么？”

“这是细麻纱？”

“废话，该死的。我可是公主啊。”

五

“爸，”玛丽嘉不厌其烦地催促道，“我们什么时候去集市啊？去集市啦，爸！”

“安静，玛丽嘉。”凯尔迪米恩嘟囔着，用面包擦净碟子，“你刚才说什么，杰洛特？他们要走了？”

“对。”

“没想到真能和平解决。奥杜恩那封文书算是打中了我的要害。我当时说了狠话，不过说真的，我拿他们没啥办法。”

“就算他们公然违法？就算他们挑起争斗？”

“那也没法子。奥杜恩国王喜怒无常，一时兴起就能把人送上断头台。而我有老婆孩子，也喜欢这份工作，因为干这活儿，我就不用担心明天去哪儿弄熏猪肉。他们要走了，真是个好消息，可这到底是怎么回事?”

“爸，我想去集市!”

“丽波希！把玛丽嘉领一边去！杰洛特，关于那群诺维格瑞人，我问过‘黄金王庭’酒馆的老板森图里了。那是一伙出名的歹徒。他认出了其中几个。”

“是吗?”

“脸上有道伤口的叫诺霍恩，是所谓‘自由安格林佣兵团’的一员，也是艾伯嘉的副手——你肯定听说过他们。叫‘十五’的大块头也是佣兵团成员，我认为这绰号肯定不是来自十五件善行。半精灵叫西弗瑞尔，是个匪徒兼职业杀手，似乎跟崔丹姆大屠杀有关。”

“哪儿?”

“崔丹姆。你没听说过？大概三……对，三年前，人人都在谈论这事。崔丹姆男爵把几个土匪关进地牢。结果尼斯节期间，他们的同伙——其中一个就是半精灵西弗瑞尔——绑架了整整一渡船的朝圣者，要求男爵释放囚犯。男爵拒绝了，于是他们一个接一个残害人质，等到男爵终于释放囚犯，已有十多个朝圣者成了河里的浮尸。男爵也因此面临被流放、甚至被处死的惩罚。有人谴责他等了这么久才妥协，另一些人则声称，他释放囚犯才是严重的罪行，这等于开了先例。他们说，他本该在河堤上放箭，射死匪徒——连同人质一起——或从水路强攻。总之就该寸步不让。在法庭上，男爵争辩说自己别无选择，他只能选择小恶，好拯救渡船上至少二十五条人命——其中还包括妇孺。”

“崔丹姆的最后通牒。”猎魔人低语道，“伦芙芮……”

“什么?”

“凯尔迪米恩，去集市。”

“什么?”

“她骗了我们。他们不会离开的。他们要像强迫崔丹姆男爵那样，强迫斯崔葛布离开高塔，或者是想强迫我……他们准备对集市上的人动手，我们上当了!”

“诸神哪……你要去哪儿？坐下!”

被吼声吓到的玛丽嘉在厨房角落缩成一团，抽泣起来。

“我告诉过你了!”丽波希指着猎魔人大喊，“我说过，他只会带来麻烦!”

“闭嘴，女人！杰洛特，坐下!”

“在众人到达集市之前，我们必须阻止他们。叫上卫兵，等这群匪徒离开酒馆，就抓捕他们。”

“想想清楚！我们不能这么干。在他们什么错事都没做之前，我们不能碰他们一根头发。那样他们会自卫，然后就会血流成河。他们是内行，他们会屠杀我的手下。如果这事传到奥杜恩耳中，我也会人头不保。我只能集结守卫，到集市上监视他们……”

“没用，凯尔迪米恩。如果广场上聚起人群，你就没法制止恐慌和屠杀了。必须马上阻止伦芙芮，趁集市还空着。”

“这么做不合法，我不能允许。那个半精灵出现在崔丹姆也只是传闻而已。如果你弄错了，奥杜恩会活剥了我的皮。”

“我们只能选择小恶!”

“我不准，杰洛特！作为镇长，我不准！把你的剑留下！等等!”

玛丽嘉尖叫起来，用双手捂住嘴。

六

西弗瑞尔手搭凉棚，看着树林后方升起的太阳。集市有了生气。敞篷货车和两轮马车骨碌骨碌驶过，赶早的商人已架好货摊。铁锤敲打，雄鸡啼鸣，头顶的海鸥发出声声尖叫。

“看来天气不错。”十五自顾自说道。

西弗瑞尔怀疑地看他一眼，但什么也没说。

“马匹没问题吧，塔维克?”诺霍恩戴上手套，问道。

“都准备好了。不过市场里人还不够多。”

“会多的。”

“我们应该吃点什么。”

“回头再说。”

“说得太对了。回头就有时间，也有胃口了。”

“瞧啊。”十五突然道。

主干道上，猎魔人正朝这边走来。他从两个货摊间穿过，径直走向他们。

“伦芙芮说得对。”西弗瑞尔道，“把弩给我，诺霍恩。”他弯下腰，脚踩弩翼，拉开弩弦，小心翼翼搭上弩箭。与此同时，猎魔人仍在逼近。西弗瑞尔抬起弩。

“一步也别靠近了，猎魔人!”

杰洛特停了下来，离这群人将近四十步。

“伦芙芮在哪儿?”

半精灵漂亮的脸蛋扭成一团。“在塔那边。她正向巫师提出一项他无法拒绝的建议。但她知道你会来，还留了句话给你。”

“说。”

“‘我就是我。选吧。我，或者小恶。’你应该明白这话的意思。”

猎魔人点点头，把手伸向右肩，拔出剑来。剑刃在他头顶划过一道明亮的弧线。他缓缓走向这群人。

西弗瑞尔恶狠狠地大笑起来。

“伦芙芮早就料到了，猎魔人，她留下一件特别的礼物，要我们送给你。就送到你两眼之间。”

猎魔人脚下不停。半精灵把弩举到脸旁。周围一片寂静。

弩弦嗡鸣，猎魔人剑刃一闪，弩箭带着金属的哀声转向上方，盘旋着弹到空中，最后撞上屋顶，滚进排水沟。

“他挡开了……”十五呻吟道，“在空中就挡开……”

“一起上。”西弗瑞尔命令道。一把把长剑嘶声出鞘，他们肩并肩，握紧剑柄。

猎魔人的速度更快了，轻快的脚步变成奔跑——并非径直冲向这伙手执利刃的家伙，而是螺旋状绕起圈子。

塔维克沉不住气了。他冲向猎魔人，双胞胎紧随其后。

“别分散！”西弗瑞尔大吼着摇摇头，这时猎魔人已在他的视线内消失了。他咒骂一声，跳到一旁，看着队形分崩离析，分散在市场的货摊间。

头一个冲到的是塔维克。他正在追赶猎魔人，却突然发现，杰洛特从相反的方向朝他奔来。他连忙刹住脚步，想要停下。没等他抬剑，猎魔人已从他身边掠了过去。塔维克感到从臀部到膝盖一线吃了重重一剑。他跪倒在地，望向自己的屁股，随即尖叫起来。

双胞胎同时攻向疾冲而来的模糊黑影，却算错了时机，二人撞作一团。杰洛特的剑划过维尔的胸膛和尼米尔的鬓角，让他们一个蹒跚倒在蔬菜摊上，一个转了几圈，无力地摔进排水沟。

集市上炸开了锅，商人们四散奔逃，货摊七零八落，空中尘土飞扬，尖叫声此起彼伏。塔维克本想用颤抖的双腿站起，却痛苦地倒在地上。

“左边，十五!”诺霍恩大吼着绕了个半圆，从后方接近猎魔人。

十五身子飞转，但不够快。他挨了一剑，腹部被刺穿，正想还击，又被刺中脖颈，伤口就在耳朵下方。他摇摇晃晃踏出四步，砰地倒进一辆装鱼的货车中，令车轮也跟着转动起来。接着，他从滑溜溜的货物上滚落，摔在石板路上，身上沾满银亮的鱼鳞。

西弗瑞尔和诺霍恩同时从两侧攻来，半精灵向上路横斩，诺霍恩则俯下身子，朝猎魔人的下半身平平挥出一剑。猎魔人接下这两次攻击，两次金铁交击的声响合而为一。西弗瑞尔脚下一滑，抵住货摊才稳住身子，而与此同时，诺霍恩虽然挡下势大力沉的一剑，冲力却令他仰天摔倒。他一跃而起，只是手上挡得慢了些，脸上又平添一条与旧伤疤平行的伤口。

西弗瑞尔从货摊边跳开，自倒地的诺霍恩头顶跃过。他没能砍中猎魔人，又再度跳开。然而对方回剑太快，也太准，他甚至没能感觉到。当他企图再度进攻时，两腿已经不听使唤了。长剑从他手中滑落，手肘下的肌腱已被割断。西弗瑞尔跪倒在地，摇摇头，想起身却站不起来。最后，在破破烂烂的货摊与集市货物之间，在散落的鱼儿和甘蓝之间，他的头垂落下去，身体浸在不断涌出的红色液体里。

伦芙芮走进集市。

她用猫科动物般的轻柔脚步缓缓接近，一路避开马车与货摊。在街上和屋边，蜂巢般嗡嗡作响的人群渐渐安静。杰洛特一动不动地站着，握剑的手低垂下来。伦芙芮停下，距他仅十步之遥，近得能看到她紧身皮衣下穿的链甲外套——链甲短得只能堪堪遮住她的臀部。

“你做出了选择。”她缓缓地说，“你确定这是正确的选择?”

“崔丹姆的惨剧不会重演。”杰洛特费力地吐出这句话。

“确实不会。斯崔葛布狠狠地嘲笑了我。他说，就算我杀光布拉维坎和附近村子的人，他也决不会离开高塔半步，也不会放任何人进去，就算你也一样。为什么这样看着我? 对，我欺骗了你。如果有必要，我会欺骗任何人。你凭什么例外?”

“走吧，伦芙芮。”

她哈哈大笑。“不，杰洛特。”她灵巧而迅速地拔出剑。

“伦芙芮。”

“不。你做出了选择，现在轮到我来选了。”她用力撕下身后的衣裙，裹在前臂上。杰洛特后退一步，抬起手，开始勾勒法印。

伦芙芮用沙哑的声音大笑起来。“没用的。能对付我的只有刀剑。”

“伦芙芮，”他重复道，“走吧。如果真动起手，我……我恐怕没法……”

“我知道。”她说，“可我别无选择。真的，我就是我，你就是你。你我都一样。”

她轻盈地踏出一步，利剑在右手闪着寒光，绑在左臂的衣裙拖曳在地。

接着，她飞跃而起，衣裙在空中摆动，遮蔽了剑的走向。随即，她手中利刃挥出谨慎而短促的一击。杰洛特跳向一旁，那块布根本没碰到他，而伦芙芮的剑却被他斜向挡开。他本能地发动攻击，剑刃转动，试图格开她的武器。他错了。她挡开他的剑，径直斩向他的脸。他勉强挡下，脚尖旋转，避开她舞动的剑刃，随后跃向一旁。她再度攻来，将那块衣裙布掷向他的双眼，身形旋转，近距离挥出决然的一击。

他跟随她的动作旋转，试图避开这一剑。但她看破了他的想法，欺身近前，近得让他能感觉到她的呼吸，与此同时，剑刃也划破了他的胸膛。他感到一阵剧痛，但立刻将痛感抛到脑后。他朝反方向再度转身，拨开刺向他鬓角的剑锋，并飞快地虚晃一招，紧接着反手一剑。伦芙芮纵身跳开，似乎想居高临下发动攻击，但杰洛特猛扑而去，用剑尖挑开了她露出破绽的大腿和腹股沟。

她没有惨叫，只是倒向一旁，丢下长剑，捂住大腿。鲜血仿佛明亮的溪流，自她十指间泉涌而出，流过华丽的皮带和麋鹿皮靴，流在肮脏的石板路上。塞满街道的人群看到血，骚动声愈发响亮。

杰洛特收剑入鞘。

“别走……”她蜷成一团，呻吟道。

他没有回答。

“我……好冷……”

他一言不发。伦芙芮再度呻吟起来，鲜血流进石板间的缝隙，她的身子蜷得更紧。

“杰洛特……抱住我……”

猎魔人沉默不语。

她转过头，脸颊落在石板路面上，再也不动了。一直藏在身下的精致匕首从她麻木的指间滑落。

仿佛过了很久，猎魔人听到斯崔葛布的法杖敲打石板路面的声音。他抬起头，只见巫师绕过尸体，飞快地朝他走来。

“好一场大屠杀。”他喘着粗气说，“我看到了，杰洛特，我在水晶球里都看到了……”

巫师走上前，弯下腰。他穿着那件褪色的长袍，拄着法杖，看起来苍老了许多。

“不可思议，”他摇摇头，“伯劳鸟死了。”

杰洛特没有答话。

“哦，杰洛特。”巫师挺直身子，“找辆马车来，我们带她去塔里做解剖。”

猎魔人没有答话，朝尸体弯下腰。他任凭自己拔出背后的长剑。“敢碰她一根头发，”他说，“敢碰她一下，你的脑袋就会滚到地上。”

“你疯了吗？你受伤了！解剖是我们唯一能确认……”

“别碰她！”

斯崔葛布看着抬起的剑，挥舞法杖退到一旁。“好吧！”他大喊道，“如你所愿！但你永远无法知道了！你永远也没法确认了！永远，你听到没，猎魔人？”

“滚。”

“如你所愿。”巫师转过身，法杖敲击着石板路面，“我要回柯维尔去，不会在这穷乡僻壤多待一天。跟我走吧，总比烂在这儿强。这些人什么都不懂，他们只看到你手段狠辣地杀人。好了，杰洛特，你要不要跟我一起走？”

杰洛特没有回答，甚至根本没看他，只是丢下了剑。斯崔葛布耸耸肩，转身离去，法杖有节奏地敲击着地面。

人群中飞出一块石头，“啪嗒”一声落在石板路上。第二块随之飞来，呼啸着掠过杰洛特的肩膀。猎魔人绷紧身子，抬起双手，迅速比了个手势。人群鼓噪起来，石块愈加密集，但法印保护了他，仿佛一面无形的圆盾，将飞来之物纷纷挡开。

“够了！”凯尔迪米恩大吼，“见他妈的鬼，都给我住手！”

人群仿佛惊涛骇浪般咆哮起来，但石块不再掷出。猎魔人依然静静地站着。

镇长朝他走过去。

“这……”他说着，手指画了个圈，把散落在广场、毫无生气的尸体都包了进去，“就是你说的‘小恶’？就是你认为必须要做的事？”

“对。”杰洛特艰难地回答。

“你的伤重吗？”

“不重。”

“那就快走吧。”

“好。”猎魔人道。他避开镇长的目光，又伫立片刻，转过身，缓缓地、缓缓地走了。

“杰洛特。”

猎魔人回过头。

“别回来了。”凯尔迪米恩说，“再也别回来了。”

理性之声　四

“我们谈谈吧，爱若拉。

“我真的需要跟你谈谈。他们说沉默是金。也许吧，但我不太确定它真有这么珍贵。不过，当然了，你必须为之付出代价。

“这对你来说很简单。别否认。你自己选择了沉默：你把声音献给了你的女神。我不信梅里泰莉，也不相信其他神明的存在，但我尊重你的选择和你的奉献，还有你的信仰。因为你的信仰和奉献，你所付出的代价，会让你成为更优秀也更伟大的存在。至少有这个可能吧。但我的无神论什么也办不到，它没有那样的能力。

“你一定想问我信仰什么。

“我信仰剑。

“你看到了，我带着两把剑。每个猎魔人都一样。有人带着恶意说，银剑专门对付怪物，而铁剑用来对付人。这话错了。有些怪物只能被银制刀剑杀死，但也有一些惧怕铁。爱若拉啊，这可不是一般的铁，而是取自陨石。你问陨石是什么？就是坠落的星辰。你肯定见过它们——那些在夜空中一闪而逝的光带。或许你还对其中一颗许过愿呢，或许它是你信仰神明的另一个原因。但对我来说，陨石不过是被太阳和坠落时产生的热量炙烤过的金属，能用来铸造刀剑而已。

“哦，你可以看看我的剑，感受一下它有多轻巧——不！别碰剑刃，你会伤到自己。它比剃刀还锋利。它就应该这么锋利。

“我一有空就会练习，丝毫不敢松懈。我来这儿——神殿花园最偏僻的角落——是为热身，为让我的肌肉摆脱令人厌恶的麻木感，还有流过体内的那股寒意。然后你找到了我。真有趣，因为我找你好几天了。我想……

“我得跟你谈谈，爱若拉。我们坐下来说吧。

“你根本不了解我，对吗？

“我叫杰洛特。来自……不，我就是杰洛特。我不属于任何地方。我是个猎魔人。

“我的家乡是猎魔人的大本营凯尔·莫罕。它是……它曾是一所要塞。但现在，已经没剩下什么了。

“凯尔·莫罕……就是我这种人的诞生之所。如今不会有新的猎魔人了，凯尔·莫罕也变得荒无人烟。那里只有维瑟米尔。谁是维瑟米尔？我父亲。干吗这么惊讶？有什么好奇怪的？人人都有父亲，我父亲就是维瑟米尔。就算他不是我的亲生父亲又怎样？我没见过我的亲生父母，甚至不知道他们是否活着，反正我不在乎。

“是的，在凯尔·莫罕，按照惯例，我在草药试炼中经受了突变，然后是荷尔蒙、药草和病毒感染。然后重头再来一次。接着是最后一次。我异常顺利地通过了这些改变，只有短时间的不适。他们认为，我的忍耐力异乎寻常……于是决定让我接受更复杂的测试。更艰难的测试。艰难得多。但如你所见，我活下来了。所有接受进阶试炼的人中，我是唯一幸存下来的。从此以后，我的头发变白了。这是色素流失的结果。他们说这只是副作用，根本微不足道。

“然后他们教会我各种技能，直到我离开凯尔·莫罕。我赢得了狼派的徽章。我得到了两把剑：银剑和铁剑，并且我满怀坚定、热忱、动机和信仰，要在这满是怪物和野兽的世界保护无辜者。离开凯尔·莫罕时，我梦想着立刻跟第一头怪物碰面。我等不及跟它面对面了。果然，那个时刻很快就来了。

“爱若拉啊，那是一头长着满嘴烂牙的秃顶怪物，我在大路上遇到了他。他带着逃兵跟班，拦下一个农夫的货车，拽出一个约莫十三岁的小女孩。他的同伙按着她父亲，秃顶男人撕扯她的衣裙，叫嚣着是时候让她见识真正的男人了。我拍马上前，说他可以自己先见识一下——我还以为自己很幽默呢。结果那秃顶怪物放开女孩，抄起一把斧头朝我扑来。他动作很慢，但很禁揍。我砍中他两次——伤口不够平整，但够深——他才倒下。喽啰们见到猎魔人的剑对人类的效力，于是四散奔逃……

“无聊吗，爱若拉？

“我必须说。真的必须说。

“到哪儿了？我的头一回高尚行为。要知道，他们在凯尔·莫罕一遍又一遍告诫我，不要牵扯进这类破事，不要扮演云游骑士或去维护法律，不要卖弄技艺，只要为钱工作就够了。可我还没走出五十里，就像傻子一样卷入了争斗。你知道原因吗？我想要那个女孩喜极而泣，亲吻她救星的双手，想要她父亲感激地跪在我面前。可事实上，她父亲跟那些袭击者一起跑掉了，女孩身上沾满秃头男人的血。她呕吐起来，歇斯底里。我走过去时，她更是吓得昏了过去。从此以后，我就很少再插手这种事了。

“我努力工作，很快就学精了。我骑马前往村子的围墙或镇子的岗哨边等待。如果他们朝我吐唾沫、咒骂我、朝我投石块，我就骑马离开。如果有人出来委托，我就接受。

“我走访城镇和要塞，寻找十字路口的木桩上的布告，寻找‘亟需猎魔人’之类的字眼。接受委托后，我会去某处圣所、地牢、陵墓或废墟、峡谷里的森林或隐匿在群山间的洞穴、充斥白骨与发臭残骸的地方。对付那些生来就为杀戮，或出于饥饿与取乐，或应某些人的病态欲望而被召唤出来的生物：蝎尾狮、翼龙、蛙怪、蜻蜓怪、巨虾怪、奇美拉、林精、吸血鬼、尸鬼、食尸魔、狼人、巨蝎、吸血妖鸟、黑女魔、奇奇摩、沼蛇……我杀过许许多多怪物。见识过黑暗中的舞步、挥舞的长剑，还有雇主眼中的恐惧和嫌恶。

“犯错？我当然犯过错。但我坚持原则。不，我说的不是守则，尽管有时，我会把守则当做挡箭牌。人们喜欢这样，他们通常会敬佩那些遵循守则的人，并给予很高的评价。事实上，从来没人编写过猎魔人的守则，但我自创了一套，并严格遵守。总是……

“不，并不总是。

“有些情况下是没有选择的，容不得半点犹豫。我本该对自己说：‘我操心这些干吗？我是个猎魔人，这些与我无关。’我本该聆听理性之声，聆听我的本能，即使它来源于恐惧，即使它与我的经验不符。

“我真该聆听理性之声的……

“可我没有。

“我觉得我是在选择小恶。小恶！我是杰洛特！我是猎魔人……是布拉维坎的屠夫……

“别碰我！也许……也许你会看见……我不希望这样。我不想知道。我明白，我的命运就像河堤里的水，在我身边旋转。它让我举步维艰，可我从不回头。

“就像绳圈？对，南尼克感受到的就是这样。我很想知道，在辛特拉，诱惑我的究竟是什么？我怎么会蠢到冒那样的险？

“不，不，不。我从不回头。我不会回辛特拉去。我会像躲避瘟疫一样躲避它。我绝不会再回去。

“哈，如果我计算准确，那个孩子会在五月出生，就在五月节前后。如果真是这样，就是个有趣的巧合了，因为叶妮芙也是在五月节出生的……

“说得够多了，我们该走了。已经黄昏了。

“谢谢你跟我聊天。谢谢你，爱若拉。

“不，没事的。我很好。

“真的很好。”

价码问题

一

猎魔人的喉咙上抵着把小刀。

他全身浸在满是泡沫的木浴盆里，脑袋靠着湿滑的盆边。肥皂的苦涩味在他口中徘徊不去，而那柄如门把般粗钝的小刀正用力刮着他的喉结，移向他的下巴。

理发师的神情活像正在创造杰作的艺术家，他最后修饰一番，用一块浸过白芷酊剂的亚麻布擦干猎魔人的脸。

杰洛特站起身，让侍者把一桶水浇在他身上，然后甩甩身子，爬出浴盆，在砖石地面上留下湿漉漉的脚印。

“您的浴巾，先生。”侍者好奇地打量他的徽章。

“多谢。”

“衣服，”哈克索道，“衬衫、内衣、长裤、束腰外衣，还有靴子。”

“考虑真周全。可我就不能穿自己的靴子吗？”

“不能。要啤酒吗？”

“非常感谢。”

他慢慢穿上衣服。令人不适的粗糙布料摩擦着浮肿的皮肤，破坏了他原本写意的心情。

“市长大人?”

“怎么，杰洛特?”

“你不知道这是怎么回事，对吗？他们为什么要我来这儿?

“这不关我的事。”哈克索说着，瞥了眼侍者们，“我的工作就是让你穿上……”

“你是说打扮一番吧?”

“……让你穿好衣服，然后带你赴宴，觐见王后。穿上外衣，先生。把徽章藏在衣服下面。”

“我一向在那儿放匕首。”

“以后就不行了。它会和你的剑及其他随身物件一起保管在安全之处。你去的地方，没人可以携带武器。”

猎魔人耸耸肩，套上紧绷的紫色束腰外衣。

“这又是什么?”他指着衣服前面的刺绣问道。

“哦，”哈克索说，“我差点忘了。在宴会上，你将是来自四号角城的贵客拉维克斯。根据王后的要求，你将作为贵宾坐在她右侧，外衣上绣的就是你的家族纹章：一头前进中的黑熊，背上驮着一名天蓝色衣饰的少女，她头发披散，双臂高举。你应该记住这些——说不定某个客人对纹章学有些了解。这种事很常见。”

“我当然会记住。”杰洛特严肃地说，“那个四号角城又在哪儿?”

“在足够远的地方。准备好没？能走了吗?”

“能。但你得先告诉我，哈克索，这场宴会的目的是什么?”

“帕薇塔公主快满十五岁了，按照惯例，她追求者的数量也会成打增加。卡兰瑟王后希望她嫁给来自史凯利格的求婚者，群岛的联盟对我们意义重大。

“为什么?”

“成为盟友，就不会频繁地受到他们的攻击。”

“好理由。”

“不止这个理由。在辛特拉，女人没有执政权。罗格纳王几年前去世了，而王后不想要其他伴侣：我们的卡兰瑟王后既睿智又公正，但她不是国王。无论公主嫁给谁，那人都将坐上王位，而我们想要一个坚强又正派的人。群岛上肯定会有这么一个人。那些岛民向来以顽强著称。走吧。”

在环绕狭小内庭的长廊中走到一半，杰洛特停下脚步，看看四周。

“市长大人，”他把声音压得很低，“现在就我们俩了。快，告诉我，王后为什么会请猎魔人来。就算所有人都不知道，你肯定也知道点什么。”

“因为人人都知道的原因，”哈克索嘟囔道，“辛特拉和其他王国一样，如果你仔细找，就能发现狼人、石化蜥蜴和蝎尾狮。猎魔人迟早能派上用场。”

“别歪曲我的话，市长大人。我问的是，王后为什么要一个猎魔人打扮成这幅鬼样子出席宴会。”

哈克索东张西望一番，甚至抓着栏杆，往外看了看。

“城堡里头，杰洛特，”他喃喃道，“正在发生一些不好的事。令人心惊胆战的事。”

“是什么?”

“人们常被什么东西吓着。是怪物。他们说它个头很小，弓着背，浑身是刺，跟刺猬似的。到了晚上，它在城堡里四下出没，把铁链弄得叮当响，还进房间悲叹或呻吟。”

“你见过它吗?”

“没。”哈克索吐了口唾沫，“我才不想见到它。”

“市长大人，”猎魔人做个鬼脸，“你这说法根本讲不通。我们要去的是订婚宴会。我在那儿能做什么？等那个驼背怪物跳出来呻吟?而且手无寸铁，打扮得像个小丑?”

“随你怎么想。”市长抱怨道，“他们要我什么都别告诉你，可你既然问了，我也只好说了。你却埋怨我胡说八道。真有趣。”

“抱歉，我没有冒犯你的意思，市长大人。我只是很惊讶……”

“别再惊讶了。”哈克索转过身去，“干你这行不能惊讶。而且我强烈建议，猎魔人，如果王后要你脱光衣服，把屁股染蓝，然后像吊灯一样倒吊在门厅里，你也应该毫不惊讶、毫不犹豫地去做。否则你会遇到不少令人不快的事。明白了吗?”

“明白了。走吧，哈克索。不管怎么说，洗这个澡让我觉得很饿。”

二

简短而礼节性地招呼完“四号角城领主”之后，卡兰瑟王后再没跟猎魔人多说一句话。宴会即将开始，随着传令官大声通报，宾客们陆续到场。

餐桌很大，呈矩形，周围能坐四十多人。卡兰瑟坐在首席那张高大的靠背王位上，杰洛特在她右边，她左侧是个怀抱鲁特琴的灰发吟游诗人，名叫杜格加。在桌子这一端，王后左方还有两张椅子，但无人就座。

杰洛特右边坐着哈克索，还有一个他想不起名字的总督，再右边是来自阿特里公国的宾客——阴郁寡言的骑士林法恩和他的主人，十二岁大、胖乎乎的温德罕王子，也是公主的求婚者之一。之后是形形色色的辛特拉骑士及地方诸侯。

“提格城的艾伦伯特男爵到！”传令官通报。

“咯咯哒到了！”市长低声说着，用手肘碰了碰杜格加，“这下有趣了。”

一个身材细瘦、满脸络腮胡、盛装打扮的骑士毕恭毕敬地鞠躬行礼，可那滴溜乱转的眼神和欢快的傻笑掩盖不住他身份的卑微。

“欢迎，咯咯哒。”王后郑重地说，显然，这位男爵的昵称比他的家族名更广为人知，“很高兴见到你。”

“能收到邀请，我也很高兴。”咯咯哒说着叹了口气，“哦，如果您允许的话，我的王后陛下，我想见见公主。单身实在太难熬了，陛下。”

“哎呀，咯咯哒，”卡兰瑟微微一笑，手指捋过一缕长发，“我们都知道，你已经结婚了。”

“啊呀。”男爵有点恼怒，“您自己也知道的，陛下，我妻子体弱多病，我那儿最近还在闹天花。我敢用我的腰带和佩剑赌您一双旧拖鞋，不出今年，我就得为她哀悼了。”

“真可怜，咯咯哒，但也很幸运。”卡兰瑟笑得更欢了，“幸好你妻子的身体没那么强壮。我听说去年秋收时，她发现你跟一个妓女躺在干草堆里，于是拎着干草叉追了你将近一里地，可惜最后还是没追上。你该给她吃些好东西，多给她几次拥抱，晚上小心别让她后背着凉。这样的话，不出今年，你就会发现，她的身体好多了。

咯咯哒咧开一张苦瓜脸，“我明白您的意思了。但我能等到宴会结束再走吗？“

“当然，男爵大人。“

“史凯利格使节团到！”传令官用几近沙哑的嗓音喊道。

这些岛民——其中四个身穿亮闪闪的海豹皮紧身衣，扎着格子花纹羊毛腰带——踏着欢快的脚步走进房间。为首的是位面孔黝黑、长着鹰钩鼻的强壮战士，与他并肩而行的是个双肩宽阔、一头红色乱发的年轻人。他们在王后面前鞠躬行礼。

“真是荣幸，”卡兰瑟双颊飞红，“史凯利格的伊斯特·图尔塞克，像你这样杰出的骑士竟然再度驾临我的城堡。若不是您对婚姻的蔑视人尽皆知，恐怕我会很高兴地认为，您是来向帕薇塔求婚的。您忍受不了独居生活了吗，阁下？”

“我经常有这种感觉，美丽的卡兰瑟陛下。”面孔黝黑的岛民说着，将炯炯有神的目光投向王后，“但我的生活太过危险，不容我考虑持久的结合。啊……帕薇塔虽然是个年轻女孩，是朵尚未绽开的花蕾，但我明白……”

“明白什么？”

“苹果落地时不会离果树太远。”伊斯特·图尔塞克笑了笑，亮出一口洁白的牙齿，“只需看看您，我的王后陛下，就能知道，公主殿下长到令斗士倾心的年纪时会有多么美丽。到那时，追求她的将是些年轻人。比如我身边这位，布兰王的外甥，克拉茨·安·奎特，他正是为此而来。”

克拉茨低下头，在王后面前单膝跪下。

“伊斯特，你还带来了什么人?”

一个膀阔腰圆、胡须浓密的男人，和一个抱着风笛的壮汉，在克拉茨·安·奎特身边跪下。

“这位是勇敢的德鲁伊，莫斯萨克，同我一样，他也是布兰王的好友兼顾问。这位是德莱格·波－德乌，著名的战地诗人。我们还有十三位史凯利格的水手等在庭院里，满心期待能一睹卡兰瑟王后的芳容。”

“请坐，各位尊贵的来宾。图尔塞克阁下，你请坐这儿。”

伊斯特在首席旁的空位坐下，与王后只隔杜格加和一张空椅子。剩下的岛民一同坐在左首，位列维赛基德元帅和斯特瑞普领主的三个儿子——廷格朗特、弗德凯特和维尔德希——之间。

“差不多到齐了。”王后对元帅说，“开始吧，维赛基德。”元帅拍拍手，端着盘子和酒壶的仆人排成长队，走向餐桌，引来宾客欢快的絮语。

卡兰瑟几乎没吃什么，只用银叉随意挑拣着面前的食物。杜格加早将自己那份食物一扫而光，这时拨弄起了鲁特琴。另一边的宾客则对着烤乳猪、鸟肉、鱼和扇贝开怀大嚼——带头的就是红发的克拉茨·安·奎特。阿特里的林法恩狠狠训斥了温德罕王子，还在后者想拿苹果酒时拍开他的手。咯咯哒放下食物，模仿淡水龟的唿哨声，让身边的来宾开怀大笑。宴会的气氛每一分钟都更加欢乐。首轮祝酒开始之后，正变得越来越稀落。卡兰瑟正了正浅灰长发上小巧的金头环，转身看向杰洛特——后者正忙着对付一只大龙虾的硬壳。

“现在的吵闹程度足够我们小声说几句了。我们就从问好开始吧：很高兴见到你。”

“我也同样高兴，陛下。”

“问好之后就开门见山吧。我有份工作要交给你。”

“我猜到了。很少有人邀请我赴宴是因为喜欢我的陪伴。”

“恐怕是因为你不够风趣。你还猜到些什么?”

“等您向我讲完任务内容之后，我会告诉您的，陛下。”

“杰洛特，”卡兰瑟说着，手指轻叩一条翡翠项链。项链上最小的翡翠也有黄蜂大小。“作为猎魔人，你期待什么样的任务？挖井？修理屋顶漏洞？编织描绘维瑞丹克王和美丽的瑟萝在新婚之夜试过的所有体位的挂毯？你肯定知道你这行当是做什么的?”

“我知道。我会告诉您我猜到了什么，陛下。”

“我很好奇。”

“这我也猜到了。而且跟很多人一样，您也把我这行跟另一个完全不同的职业弄混了。”

“哦?”卡兰瑟漫不经心地靠向正在拨弄鲁特琴的杜格加，露出一副忧郁茫然的神情，“杰洛特，能跟我相提并论的无知者都有谁？那群蠢货把你的行当跟什么弄混了?”

“陛下，”杰洛特冷静地说，“我骑马来辛特拉时，见过村民、商人、小贩、矮人、修补匠和伐木工。他们告诉我，森林里有黑女魔的藏身之处，一栋由三只鸡爪撑起的小屋。他们还说山里住着奇美拉、蜻蜓怪和巨蜈蚣。如果您仔细找，还能发现蝎尾狮。一个猎魔人，用不着披上别人的装扮和纹章，也能接手这些活儿。”

“你没回答我的问题。”

“陛下，我毫不怀疑，对辛特拉来说，跟史凯利格通婚十分必要。在这过程中，也许还要给那些想从中作梗的阴谋家们上一堂课——当然，您本人不能牵涉其中。如果下手的是来自四号角城的无名领主，并且他很快就能抽身离开，事情就好办多了。您把我这一行当成了拿钱办事的杀手。我说的‘很多人’——许许多多人——跟您一样，都是统治者。被召进宫廷，解决那些需要用剑了结的事，对我来说已经不是第一次了。只不过，无论用意是好是坏，我从不为钱杀人。以后也不会。”

随着啤酒的减少，餐桌上的气氛愈加活跃。红发的克拉茨·安·奎特找到几个好听众，正对他们讲述自己在塞维斯之战中的表现。他用蘸了调味汁的肉骨头在桌面上草草勾出地图，大声讲解战术。咯咯哒证明了他的昵称有多么贴切。他突然像孵蛋的母鸡一样咯咯叫起来，引得宾客们一阵又一阵哄笑，还吓着了仆人们——他们从庭院纷纷涌进大厅，以为都怪自己疏忽大意，竟让厅里溜进来一只鸟儿。

“命运竟派出这么一位狡猾的猎魔人来惩罚我。”卡兰瑟笑了笑，双眼眯缝起来，透出怒意，“一位对我毫无敬意、连起码的礼貌都没有的猎魔人，揭穿了我的阴谋和不光彩的计划。莫非我的美貌和迷人的性格影响了你的判断力？没有下次了，杰洛特。别再跟当权者讲这种话，他们大都不会忘记你。而且你知道的，国王嘛——各种各样东西都任由他们支配：匕首、毒药、地牢、烧红的火钳。国王有成百上千种方法能为他们受损的尊严复仇，而你根本不知道，让某些当权者感到尊严受损会有多么容易。他们很少会冷静地接受‘不’、‘我不能’、‘绝不’这类话。只要打断他们的发言，或者出言不逊，恐怕你的性命都将断送在车轮之下。”

王后洁白纤细的手交扣在一起，轻轻撑住下巴。杰洛特没插嘴，也毫无反驳之意。

“国王，”卡兰瑟续道，“把臣民分为两种——能指使的，和能收买的。他们坚信一条古老而陈旧的真理：所有人都能被收买。所有人。区别只有价码不同。你不信吗？啊，我没必要问的，毕竟你是个猎魔人，你干活就是为了赚钱。但当你认真考虑‘被收买’这个概念时，它就会失去讽刺的意味。你的价码显然和使命的难度，以及你是否能完成得干净利落有关。还有你的名声，杰洛特。在大大小小的集市上，老人们传唱着利维亚白狼的功绩。就算其中只有半数是真的，我也敢打赌，你要价不菲。所以雇你来做这种既简单又平凡的事务——比如宫廷阴谋或谋杀之类——根本是浪费金钱。这些活儿完全可以交给开价更低的人来做。”

“呱！咕呱呱！”咯咯哒忽然吼道，换来更响亮的喝彩。杰洛特不知他在模仿哪种动物，也一点也不感兴趣。他转过头，正对上王后恶狠狠的绿色眸子。杜格加低着头，绿色刘海遮蔽了面孔，他正安静地抚弄琴弦。

“啊，杰洛特。”卡兰瑟说着，挥手制止前来斟酒的仆人，“在宴席上，我们都想过得欢乐些。取悦我吧。我开始怀念你那些中肯的评价和敏锐的意见了。我也很乐意听到一两句恭维、致敬或表示效忠的话。顺序由你来选。”

“哦，好吧，陛下。”猎魔人说，“我算不上有趣的餐桌伙伴。您唯独给了我这份荣幸，让我很是惊讶。其实，应该由一个比我更合适的人来坐这位置，人选取决于您。这一来，无论您想指使他们还是收买他们都行，只是价码问题罢了。”

“继续，继续。”卡兰瑟把头靠向椅背，闭上眼睛，嘴角浮现出笑容。

“我荣幸而自豪地坐在辛特拉的卡兰瑟王后身边，她的美丽仅次于她的智慧。令我格外荣幸的是，王后陛下听说过我，而且根据传闻，她不打算让我做些琐碎的小事。去年冬天的赫罗巴里克王子就没这么亲切了，他想雇我去找一个因为他的粗俗举止而逃出舞厅、落下一只拖鞋的美人儿。我费了番工夫才说服他，他需要的是猎人，而不是猎魔人。”

王后在聆听，脸上始终挂着神秘莫测的微笑。

“其他当权者也无法与您的智慧匹敌，他们总忍不住提出琐碎的任务。通常就是谋杀某个继子、继父、继母、叔叔、婶婶之类——说起来可就多了。但他们都抱着同一个观点：不过是价码问题。”

王后的微笑仿佛有千万种含意。

“所以我重复一遍，”杰洛特稍稍低下头，“能够坐在您身边，我感到无上光荣，王后陛下。但荣誉对我们猎魔人有着非常重大的意义，大到您都不敢相信的地步。有位领主曾提出一项既不光荣、又有违猎魔人守则的工作来侮辱某位猎魔人，更过分的是，他不肯接受礼貌的拒绝，还想阻止那位猎魔人离开他的城堡。后来人人都同意，这不是他最好的选择。”

“杰洛特，”卡兰瑟沉默片刻后说，“你错了。你是个非常有趣的餐桌伙伴。”

咯咯哒拭去胡须和外套上的泡沫，伸长脖子，发出一声发情期母狼的尖锐嚎叫。庭院里和附近的狗纷纷应和。

斯特瑞普领主的某个儿子用手指蘸了蘸啤酒，沿着克拉茨·安·奎特描绘的阵列画了条粗线。

“差远了！”他喊道，“不该这样！瞧，侧翼那儿，他们应该领着骑兵队攻击侧面！”

“哈！”克拉茨·安·奎特吼道，用手里的骨头重重敲了下桌子，调味汁溅了周围的食客一脸一身，“然后导致中路空虚？削弱如此关键的位置？荒唐！”

“瞎子和白痴才会错过调遣部队的大好时机！”

“说得好！太对了！”阿特里的温德罕叫道。

“谁问你话了，你这流鼻涕的小鬼？”

“你才流鼻涕！”

“闭上你的鸟嘴，要不我会狠狠……”

“给我坐下，安静，克拉茨。”伊斯特·图尔塞克中断了与维赛基德的谈话，“别吵了。杜格加阁下！别浪费你的才能！我们应该更加专心并庄重地聆听你那美妙静谧的音乐。德莱格·波－德乌，别再狼吞虎咽了！你不该用那种方式让在座诸位吃惊。吹起你的风笛，用大方的军乐让我们的耳朵享受一下吧。望您准许，尊贵的卡兰瑟陛下！”

“哦。”王后对杰洛特低语，听天由命地抬起头，盯着拱顶默然看了片刻，然后亲切地笑了笑，点头应允。

“德莱格·波－德乌，”伊斯特道，“给我们演奏豪切布兹之战的曲子。我们不会对指挥官的战术调配产生怀疑——更不会质疑赢得了无上荣耀的那个人！为英勇的辛特拉王后卡兰瑟的健康干杯！”

“为她的健康和荣耀干杯！”宾客们大吼着，喝干了高脚杯和陶土杯里的酒。

德莱格·波－德乌的风笛发出不祥的嗡鸣，随后爆出一阵出奇冗长、抑扬顿挫的可怕尖啸。宾客纷纷和起歌词，还抄起手边的东西在餐桌上打起拍子。咯咯哒贪婪地看着那只山羊皮制成的风笛袋，满心渴望将这种骇人的音色纳为己有。

“豪切布兹，”卡兰瑟看着杰洛特说，“是我打的第一场仗。我担心这番话会激起一位自豪的猎魔人的愤慨和轻视，但我还是要坦白，我们这一仗为的是钱。敌人焚烧向我们缴税的村庄，而我们贪恋贡金，于是挑起了战争。微不足道的理由，微不足道的战争，微不足道的三千具尸体成了乌鸦的大餐。瞧啊——我不但不会感到羞耻，反而会为这些颂扬我的歌曲而自豪欢欣。即使弹得这么难听。”她再度讽刺地露出幸福和善意的笑容，举起空空的酒杯，作为对她祝酒的回应。杰洛特依旧沉默不语。

“我们继续说吧。”卡兰瑟接过杜格加递来的野鸡腿，优雅地小口吃着，“如我所说，你唤起了我的兴趣。我听说猎魔人很有趣，但我并不相信。现在我信了。你跟那些用鸟粪堆出来的男人截然不同，你就像用钢铁打造。但这还是没法改变你来此的目的：运用你的聪明才智，达成我交予的任务。”

杰洛特没有无礼地大笑或坏笑出声，虽然他很想，但他保持沉默。

“我还以为，”王后装出把心思全都放在野鸡腿上的模样，喃喃道，“你会说点什么，或者笑一笑。我能不能认为，我们的协议就此达成了？”

“不清不楚的任务，”猎魔人干巴巴地说，“没法清清楚楚地解决。”

“有什么不清楚的？你都猜出这么多了。我的确想用联姻跟史凯利格结盟，可现在，我的计划受到了威胁，我需要你来消除威胁。不过呢，你的精明也就到此为止了。你以为我把你当成了拿钱办事的杀手，这让我十分生气。承认吧，杰洛特，我属于那种少有的当权者，因为我了解猎魔人、知道该雇他们干什么。另一方面，你下手利落，声名远扬。杰洛特，比德莱格·波－德乌那该死的风笛还要出名，就连令人不快的程度也一般无二。”

风笛手听不到王后的话，但他完成了演奏，宾客向他致以热烈的喝彩，他随后便带着新生的狂热投入到残余的宴席中去。人们回忆战绩，说着关于女人的粗鲁笑话。咯咯哒发出一连串怪声，没人知道，这是模仿另一种动物的叫声，还是为了舒缓塞得满满的胃袋。

伊斯特·图尔塞克在桌子那头鞠了一躬。“陛下，”他说，“我相信您有充足的理由欢迎这位四号角城来的领主大人，但现在，是时候让我们见见帕薇塔公主了。我们还等什么？肯定不是等克拉茨·安·奎特喝醉吧？就算要等，那也快了。”

“你还是一如既往地正确，伊斯特。”卡兰瑟温和地笑了，杰洛特不禁为她笑容的多变而感到惊讶。“的确，我有重要的事务要跟可敬的拉维克斯讨论，但我会把一部分时间分给你们的。可你们应该知道我的原则：职责在先，享乐在后。哈克索！”她抬起手，招呼市长。哈克索一言不发地起身，鞠躬行礼，飞快地跑上楼去，消失在漆黑的走廊里。王后转身面对猎魔人。“你听到了？我们讨论得太久了。除非帕薇塔还在梳妆镜前打扮，否则她再过不久就会下来。所以竖起耳朵听好了，我只说一遍。在某种程度上，我想要的结果和你的猜测相同，没有其他解决办法。你有一次选择的机会。我可以强迫你遵从我的命令——我不想详述抗命的后果，但服从命令会有丰厚的奖赏——你也可以向我开出价码，然后为我服务。注意了，我没说‘我可以收买你’，因为我不打算冒犯你们猎魔人的自尊。这两者有很大的区别，不是吗？”

“我没看出有什么区别。”

“那就仔细看，我亲爱的猎魔人。区别在于，被收买的人收了钱，就得服从买主的任何意愿；反之，提供有偿服务的人只按价码提供服务。清楚了吗？”

“差不多吧。既然要我选择为你服务，我当然应该知道必要的细节吧？”

“不。命令才必须明确而详尽，但有偿服务不一样。我关心的是结果，仅此而已。如何办到是你的事。”

杰洛特抬起头，对上莫斯萨克富有穿透力的黑色双眸。这位史凯利格的德鲁伊视线不离猎魔人，手里把面包捏成小块，丢下，仿佛陷入沉思。杰洛特低下头。在这张橡木桌上，面包屑、荞麦粒和龙虾的碎壳像蚂蚁般动了起来，组成符文图案，接着——片刻之后——拼成一个词语。也是一个问题。

莫斯萨克目光不离地等待着，杰洛特以难以察觉的幅度点点头。于是德鲁伊垂下眼皮，面无表情地拂去桌上的碎屑。

“尊敬的先生们！”传令官大喊，“辛特拉的帕薇塔公主驾到！”

宾客们安静下来，转脸望向楼梯。

市长和一名身穿绯红紧身上衣的金发男仆在前方开路，公主低着头，缓缓走下楼梯。她的头发跟母亲一样，呈淡灰色，梳成两条及腰的长辫，身上的装饰品只有镶嵌精致珠宝的饰环，以及束住银蓝色长裙的金链腰带。

在男仆、传令官、市长和维赛基德的簇拥下，公主坐到杜格加与伊斯特·图尔塞克之间的空位。富有骑士精神的岛民立刻为她斟满酒，与她谈笑起来。杰洛特发现，她的回答从不超过一个词，她的目光永远低垂，即便此时，整桌人都吵吵闹闹地向她祝酒，她的双眸也依然隐藏在纤长的睫毛之下。不用说，她的美丽令来宾为之倾倒——就连克拉茨·安·奎特也不再大喊大叫，而是沉默地凝视着帕薇塔，甚至忘记了手里的酒杯。

阿特里的温德罕也贪婪地注视着公主，双颊泛起红晕，仿佛阻隔在他们新婚之夜间的只有沙漏里的几粒沙子。咯咯哒和斯特瑞普三兄弟也用专注到可疑的目光，打量着女孩娇小的面容。

“啊哈！”颇为得意的卡兰瑟悄声道，“你怎么说，杰洛特？这女孩很像她母亲。把她送给那个红发白痴克拉茨就太浪费了。唯一的希望是那小崽子将来能拥有伊斯特·图尔塞克的地位，毕竟他们流着同样的血。杰洛特，你在听吗？为了国家的福祉考虑，辛特拉必须同史凯利格结盟，我的女儿必须嫁给合适的人，而你必须确保这一切。”

“确保这一切？您本人的意愿还不够确保吗？”

“事态可能发生变化，到时光有我的意愿可不够。”

“什么东西能强过您的意愿？”

“命运。”

“啊哈。所以我，一个卑微的猎魔人，即将面对比王族意愿更强大的命运。同命运抗争的猎魔人！多讽刺啊！”

“哦？怎么讽刺了？”

“没什么，陛下，只是您向我要求的服务已经处于不可能的范畴之内了。”

“如果它在可能的范畴之内，”卡兰瑟懒洋洋地说，“我早就自己解决了，也就犯不上有劳鼎鼎大名的利维亚的杰洛特了。所以，别卖弄聪明，没什么不能解决的事——只不过是价码问题。见鬼，在你们猎魔人的价目表上，肯定有一条是关于不可能的任务的。我能猜到价码，肯定不低。但只要你能达成我要的结果，你要求的任何东西，我都会给你。”

“您刚才说什么?”

“你要求的任何东西，我都会给你，而且我不喜欢复述。我很好奇，猎魔人，你是不是一直都这样，努力让你的雇主打消雇你的念头?时间在流逝。回答吧，接受，还是不接受?”

“接受。”

“很好。好多了。杰洛特，你的回答接近我理想中的答复了。当我问问题时，想要的就是这样的回答。好吧，小心地伸出左手，摸一下我的王位后面。”

杰洛特把手伸进黄蓝相间的布套。他立刻感觉到，那装有皮垫的靠背里藏着一把剑，一把对他来说非常熟悉的剑。

“陛下，”他平静地说，“我就不重复刚才我说过的关于杀人的话了。您也该明白，单凭一把剑是没法击败命运的。”

“我明白。”卡兰瑟转过头去，“我还需要一个猎魔人。如你所见，这点我考虑到了。”

“陛……”

“别说了，杰洛特。我们密谋得够久了，他们都在看我们，伊斯特都快发怒了。跟市长说说话，吃点东西，喝点酒，但别太多。我希望你一直身手利索。”

猎魔人服从了。王后、伊斯特、维赛基德和莫斯萨克交谈起来，帕薇塔在旁安静地当听众。杜格加把鲁特琴放到一旁，弥补损失的进餐时间。哈克索并不健谈，而那位名字难记的总督肯定知道一些四号角城的事，他礼貌地询问母马产崽是否顺利。杰洛特回答说：是，比公马的表现好多了。他不太确定对方有没有听懂这个笑话，但那位总督再也没问其他问题。莫斯萨克自始至终盯着猎魔人的眼睛，但桌上的碎屑再没有丝毫移动的迹象。

克拉茨·安·奎特和斯特瑞普三兄弟中的两个越谈越投机，而第三个——也就是最小的那个——因为要赶上德莱格·波－德乌的喝酒速度，早已醉得不省人事。战地诗人却像没事人似的。

这时，聚集在餐桌末席、更年轻也更次要的领主们带着酒意，纷纷唱起一首不合时宜的著名歌谣，内容是一头长角的小山羊和一个渴望复仇又没什么幽默感的老女人的故事。

一名卷发仆人和一位金蓝制服的守卫队长跑到维赛基德身边。元帅皱眉听完他们的报告，站起身，来到王座后面，同王后小声说了些什么。卡兰瑟瞥了眼杰洛特，简短地回答几句。维赛基德凑得更近，又说了什么。王后用锐利的目光盯着他，然后一言不发，拍了下椅子扶手。元帅鞠了一躬，把命令传达给守卫队长。杰洛特没听到内容，但他注意到，莫斯萨克不自在地扭了扭身子，扫了眼帕薇塔——公主依然坐着，一动不动，低垂着头。

沉重的脚步声盖过了席间的喧闹，每一步都伴随着金属敲击地面的响动。所有人都抬起头，转脸望去。

逐渐逼近的身影包裹着铁板和皮革制成的锃亮铠甲。胸甲蓝黑相间，有棱有角，下面是条状铁裙和短小的腿甲。厚重的臂甲上满是锐利的铁钉，头盔上打磨光滑的面甲做成狗嘴形状，盖满七叶栗壳般的尖刺。

这位古怪的客人叮叮当当地走到餐桌旁，在王座前停下。

“尊贵的王后，尊敬的先生们，”新客人僵硬地鞠了一躬，“请原谅我打扰你们隆重的宴席。我是伊伦瓦尔德的乌奇翁。”

“欢迎你，伊伦瓦尔德的乌奇翁。”卡兰瑟缓缓地说，“请你入席吧。辛特拉欢迎每一位客人。”

“感谢您，陛下。”伊伦瓦尔德的乌奇翁又鞠了一躬，戴着铁手套的手攥成拳头，敲了敲胸口，“但我来辛特拉不是为了做客，而是有件非常要紧的事务。如果陛下您准许，我就不浪费诸位的时间，现在就说明情况了。”

“伊伦瓦尔德的乌奇翁，”王后严厉地说，“你对我们时间的重视值得嘉许，但这不能成为你不敬的理由。你藏在铁盔后面对我们说话更是不敬。摘下头盔，我们会忍受你浪费的这点时间。”

“我的长相，陛下，暂时不能公之于众。望您准许。”愤怒的喊声伴着零星的咒骂，在人群中扩散开来。莫斯萨克低下头，无声地蠕动双唇。猎魔人感觉到咒语一时间充斥在空气里，连他的徽章也为之震动。卡兰瑟看着乌奇翁，眯着眼睛，手指敲打着扶手。

“准了。”最后她说，“我选择相信你的行为——你为何而来，不肯露脸的乌奇翁？”

“感谢您。”乌奇翁道，“但我无法忍受不实的指控，所以我必须解释，我不露面是因为骑士的誓言。在午夜到来之前，我不能露出面孔。”

卡兰瑟敷衍地抬起手，以示接受。乌奇翁踏前一步，满是尖刺的铠甲哐当作响。

“十五年前，”他大声说道，“您丈夫罗格纳王在伊伦瓦尔德狩猎时迷了路。他在人迹罕至之处徘徊时，从马背跌进峡谷，摔伤了腿。

他躺在谷底，呼喊求救，可得到的回应唯有毒蛇的嘶嘶声和附近狼人的嚎叫。如果没有他人的救助，他早已死去。”

“我知道后来的情况。”王后确认道，“如果你也知道的话，我猜，你就是那个救了他的人。”

“是的。因为有我，他才能完完整整、安然无恙地回到您身边。”

“我感谢你，伊伦瓦尔德的乌奇翁。尽管罗格纳，我心目中和床榻上的绅士早已辞世，但这份感激并未有所减少。告诉我，如果暗示你的援助并非无偿不会触犯你的骑士誓言，我该如何表达感激?”

“您很清楚，我的援助并非无偿。您也清楚，我就是来收取国王答应给我的奖赏的。”

“哦?”卡兰瑟在微笑，双眸中却燃起绿色的火花，“这么说，你在峡谷底下找到一个毫无自保能力、性命受到毒蛇和怪物威胁的伤者，他只有答应给你奖赏，你才肯帮他喽？如果他不愿意或不答应你的要求，你就会把他留在那儿，而我直到今天也不知他葬身何处？真够高贵的。毫无疑问，你的行为肯定符合当时的某条骑士誓言。”

大厅里的絮语声更响亮了。

“而你今天想要奖赏，乌奇翁?”王后续道，她的笑容更让人发毛了，“十五年后的今天？毫无疑问，你还指望这段时间会有利息吧？但我这儿不是矮人的金库，乌奇翁。你说罗格纳答应给你奖赏？好吧，现在让他付钱可就难了。送你去另一个世界，跟他当面商量价码问题反倒更容易。我深爱我的丈夫，乌奇翁，我知道：十五年前，如果他不跟你达成交易，我将会失去他。想到这点，我就对你满心厌恶。戴着面具的陌生人啊，你是否知道，在辛特拉，在我的城堡和王国里，你和当时身处谷底的罗格纳同样无助并接近死亡？如果我准许你活着离开，你又会答应给我怎样的回报呢？”

杰洛特脖子上的徽章剧烈颤抖起来。猎魔人捕捉到莫斯萨克明显不自在的目光。他略微摇摇头，质问地挑起眉毛。德鲁伊也摇摇头，以几近无法察觉的幅度将他卷曲的胡须朝乌奇翁扬了扬。杰洛特不太确定自己有没有看错。

“您这番话，陛下，”乌奇翁大声说，“大概是想威吓我，想要燃起聚集在此的可敬先生们的怒火，还有您美丽女儿帕薇塔对我的蔑视吧？但首先，您说的不是实话，而您自己很清楚！”

“你指控我撒谎？”卡兰瑟的嘴角浮出一抹讽刺的笑。

“陛下，”乌奇翁斩钉截铁地续道，“您很清楚之后在伊伦瓦尔德发生了什么。罗格纳获救后自愿发誓，要赠予我要求的任何东西。我恳求诸位为我的话做见证！当时国王摆脱危难，来到扈从身边，问我想要什么，而我回答了他。我要他赏我一件东西，一件在他毫不知情且出乎意料的情况下留在家中的东西。国王发誓守诺。结果等他回到城堡，他发现您——卡兰瑟王后——分娩了。是的，陛下，我等了十五年，而奖赏的利息也在每日增长。但今天看到美丽的帕薇塔，我发现等待是值得的！先生们，骑士们！你们中有些人来辛特拉，正是为求公主的青睐，但你们是在白费力气。因为有王室的誓言作证，从她出生那天起，美丽的帕薇塔就是属于我的！”

来宾一片哗然。有人叫喊，有人咒骂，还有人重重捶打桌子，打翻了餐盘。斯特瑞普的维尔德希从烤羊羔上拔下一把餐刀，挥舞起来。克拉茨·安·奎特弯下腰，显然是想从餐桌支架上拆下一块木板。

“闻所未闻！”维赛基德吼道，“你有什么证据？证据？”

“王后的脸色，”乌奇翁摊开双手，大声说，“就是最好的证据！”

帕薇塔坐在那里，一动不动，头也不抬。空气间充斥着一种古怪的氛围。猎魔人的徽章在外衣下撕扯着链子。他看到王后唤来一名男仆，低声下达了一条简短的命令。杰洛特没听清。男孩脸上露出惊讶的表情，王后又重复一遍。这一幕令杰洛特颇感困惑。男仆朝出口奔去。

餐桌上的喧嚣依旧不减，伊斯特·图尔塞克扭头看着王后。

“卡兰瑟，”他平静地说，“他说的是真话吗？”

“就算是真话，”王后拉了拉肩上的绿色饰带，咬着嘴唇吐出几个字，“那又如何？”

“如果是真话，”伊斯特皱起眉头，“就必须遵守诺言。”

“是这样吗？”

“否则我会认为，”岛民阴沉地说，“您一向轻视承诺——当然也包括深深篆刻在你我记忆深处那些。”

杰洛特很惊讶。他没想到，卡兰瑟也会涨红面孔，双眼含泪，嘴唇颤抖。

“伊斯特，”王后低声道，“那不一样……”

“不一样？”

“哦，狗娘养的！”克拉茨·安·奎特出人意料地大吼一声，一跃而起，“上次说我白费力气的蠢货，早就被阿兰柯海湾底下的螃蟹撕碎了！我坐船千里迢迢从史凯利格赶到这儿，可不是为了两手空空地回去！这么说，这个婊子养的杂种也是来求婚的？谁给我把剑，让我来教训教训这个蠢货！很快我们就能知道……”

“你还是闭嘴吧，克拉茨！”伊斯特厉声喝道，两只拳头砸在桌上，“德莱格·波－德乌！你来监督他的行为！”

“你想让我也闭嘴吗，图尔塞克?”阿特里的林法恩叫嚣着站起，“我要用鲜血洗清对我们王子殿下的羞辱，谁敢阻止我？他羞辱了温德罕，唯一配得上帕薇塔的玉手和枕席的男人！拿剑来！我要让这个什么乌奇翁瞧瞧，我们阿特里人是如何应对这种侮辱的！我也想看看谁能阻止我?”

“礼节。”伊斯特 · 图尔塞克冷静地说，“不经女主人同意，在这儿开打或挑战别人都是不合适的。这算什么？难道辛特拉的王座厅是小酒馆吗？跟人一言不合就动手掏刀子?”

众人再度叫嚷起来，他们咒骂、发誓，挥舞着手臂。但突然间，喧嚣戛然而止，仿佛愤怒的野牛被刀割断了脖子。

“啊啊!”咯咯哒清清嗓子，站起身来，“伊斯特说得没错。这儿已经不像小酒馆儿了，更像动物园。尊贵的卡兰瑟大人，请允许我讲出我的观点。”

“我明白,”卡兰瑟慢声慢气地说，“很多人对这事都有自己的观点，而且就算没有我的许可也想说出来。真奇怪，你们为什么不想知道我的观点呢？在我看来，不等我把帕薇塔送给这个怪人，这座该死的城堡就该塌下来。我一点儿也不想……”

“罗格纳的誓言……”乌奇翁刚开口，王后就把黄金高脚杯重重地砸在桌上，打断了他。

“对我来说，罗格纳的誓言就跟去年的大雪一样！至于你，乌奇翁，我还没决定该让克拉茨还是林法恩跟你出去解决，或者干脆吊死你。你再插嘴，会在很大程度上影响我的决定!”

杰洛特仍被徽章颤抖的方式弄得心神不宁。他扫视着大厅。

突然，他看到帕薇塔的双眼，那对翡翠色眸子跟她母亲一模一样。

公主不再用长长的睫毛掩盖它们了——她的目光正在莫斯萨克和猎魔人之间游移，根本没看其他人。莫斯萨克弯下腰，扭动身子，正在嘀咕什么。

兀自伫立的咯咯哒清了清嗓子。

“说吧。”王后点点头，“但要长话短说。”

“遵命，尊贵的卡兰瑟陛下，还有诸位骑士！的确，伊伦瓦尔德的乌奇翁向罗格纳王提出了一项古怪的要求，要求一份古怪的奖赏。我们还是别假装从未听说过类似的要求吧，毕竟意外律的历史同人类本身一样古老。根据这条律法，一个人拯救了别人，就可以要求对方同意一项看起来极不合理的愿望。比如‘你要把迎接你的第一样东西送给我’。那东西可能是条狗，也可能是大门口的长戟兵，甚至是等不及在女婿回家时发牢骚的岳母。又如‘把你没想到会在家里发现的那件东西送给我’。尊敬的先生们，我们知道，在漫长的旅行之后，回到家，最意外的发现可能是妻子床榻上的情人，但有时也可能是个孩子。一个被命运挑选出来的孩子。”

“长话短说，咯咯哒。”卡兰瑟皱了皱眉。

“遵命。先生们，你们没听说被命运挑选出来的孩子吗？传奇英雄札特雷特·沃鲁塔，他不就是父亲回家遇见的头一个人，所以才被送给矮人抚养长大的吗？疯戴伊不是也曾要求某个旅人，把他在不知情的情况下留在家里的东西送给自己吗？而那人就是著名的苏普瑞，后来他将疯戴伊从诅咒中解救了出来。还记得泽维莱娜吗？她在侏儒伦普雷斯提尔特的帮助下当上了麦提那的王后，并答应将她的第一个孩子送给他作为回报。伦普雷斯提尔特前来收取酬劳时，她却没守诺，反而用魔法赶走了他。不久后，她和孩子都在瘟疫中死去。别以为捉弄了命运还能安然无恙!”

“别威胁我，咯咯哒。”卡兰瑟露出厌恶的表情，“午夜近了，鬼魂的时刻就要来了。你的童年时代无疑十分困苦，还记得当时听过的传说故事吗？请坐下吧。”

“我请求您，”男爵卷着自己长长的胡须，“准许我继续站立。我正想提醒大家一个传说故事，一个古老而鲜为人知的故事——但我们在困苦的童年时代恐怕都听过。在故事里，国王会遵守他们的诺言，而我们这些卑微的封臣之所以效忠主君，也是因为那几个高贵的词语：协议，联盟。我们的特权与封地依靠它们才能存在。可现在呢？我们要质疑这一切吗？质疑君王是否言出必行？还是承诺是否跟去年的大雪一样不值钱？果真如此，那在困苦的童年之后，恐怕我们又要过上一段困苦的老年了。”

“你到底站在哪一边，咯咯哒?”阿特里的林法恩斥道。

“安静！让他说!”

“这个夸夸其谈的草包正在侮辱王后陛下!”

“提格城的男爵说得没错!”

“安静!”卡兰瑟突然提高声音，“让他说完。”

“感谢您的宽容。”咯咯哒鞠了一躬，“但我已经说完了。”

他的话引发了一阵骚动。骚动过后，古怪的沉默笼罩了房间。

卡兰瑟仍旧站着。杰洛特觉得，恐怕别人注意不到她擦拭额头的手抖得有多厉害。

“各位大人们，”最后她说，“你们理应得到一个解释。这位……乌奇翁……说的是实话。罗格纳确实发誓，要把出乎自己预料的东西送给他。看起来，只要牵扯到女人的事，我们尊敬的先王陛下就成了蠢人。他直到临终前才吐露了真相。因为他清楚，如果一开始就承认的话，我会怎么对付他。他知道，一个被如此粗鲁地夺走子女的母亲能做出什么事来。”

骑士和权贵们保持沉默。乌奇翁一动不动地站着，仿佛一尊浑身是刺的钢铁雕像。

“不过，咯咯哒，”卡兰瑟续道，“哦，咯咯哒提醒了我，我不是母亲，而是王后。好吧，作为王后，我会在明天召开议会。辛特拉没有暴君。议会将裁定，一位离世国王的誓言能否决定王位继承人的命运。议会也将决定，是要将帕薇塔和辛特拉的王位交给一个陌生人，还是根据王国的利益行事。”卡兰瑟沉默片刻，不悦地看着杰洛特，“至于几位前来辛特拉、希望能赢取公主芳心的尊贵骑士们……对你们在这里经历的诸般无礼和不敬，对你们遭受的嘲弄，我只能表示深深的歉意。但这不是我的错。”

在宾客间响起的骚动中，猎魔人勉强听出了伊斯特·图尔塞克的低语声。

“以所有大海的神灵之名，”岛民叹道，“这太不合适了。这等于公开鼓励流血冲突。卡兰瑟，你简直是要安排他们彼此对抗……”

“安静，伊斯特。”王后愤怒地嘶声道，“因为我快发火了。”

莫斯萨克抬起黑眼睛，瞥了眼阿特里的林法恩。后者面色阴冷，神情不善，正想起身，但杰洛特立刻做出反应。他抢先站起，带得椅子发出一声巨响。

“也许根本没必要召开议会。”他嗓音嘹亮地说。

所有人都安静下来，惊愕地看着他。杰洛特感觉到，帕薇塔翡翠色的双眸正在注视自己，乌奇翁的双眼也在黑色面甲的栅格后面看着他。他感觉到，魔力仿佛洪流般奔涌而来，在空中化为实体。在魔力影响下，他看到火把与油灯的烟雾呈现出奇妙的形态。他知道，莫斯萨克也看到了。他也知道，其他人都看不到。

“我说，”他平静地复述道，“也许根本没必要召开议会。你知道我在想什么吧，伊伦瓦尔德的乌奇翁？”

浑身尖钉的骑士哐哐当当地踏前两步。

“我知道。”他的声音在头盔里空洞地回响，“不明白的是傻子。我刚才听到了仁慈又高贵的卡兰瑟女士的话，她找到了摆脱我的绝佳方式。现在，我接受你的挑战，不知名的骑士！”

“我没打算挑战你，”杰洛特说，“也不想跟你决斗，伊伦瓦尔德的乌奇翁。”

“杰洛特！”卡兰瑟喊道。她紧抿双唇，早忘了该叫他拉维克斯。“别做得过火了！别再考验我的耐心了！”

“还有我的耐心。”林法恩恶狠狠地说。克拉茨·安·奎特咆哮一声，伊斯特·图尔塞克冲他意味深长地晃了晃攥紧的拳头。克拉茨的咆哮声更响亮了。

“大家都听到了，”杰洛特道，“提格城男爵为我们讲述了不少故事——那些著名的英雄，从小就因为同样的誓言而被人从父母身边带走。为什么会有人希望这种誓言出现？你知道答案，伊伦瓦尔德的乌奇翁。因为它要求发出誓言之人和誓言的对象——那个出乎意料的孩子——两者之间建立起一条牢不可破的命运纽带。在不知情的情况下，被命运挑选出来的孩子注定会拥有非凡的经历。而对息息相关的另一人来说，他的人生也将受到无比重大的影响。这就是为什么，你，乌奇翁，会在今天前来要求这份奖赏。你想要的不是辛特拉的王位。你要的是公主。”

“完全正确，不知名的骑士。”乌奇翁大笑，“这正是我的要求！把我命运中的那个人交给我吧！”

“那么，”杰洛特道，“你必须做出证明。”

“在王后证实我的话之后，在你说完这番话之后，你依然质疑这一切？”

“对。因为你没把一切都说出来。罗格纳知道意外律的力量，也知道他发的誓言有多沉重。之所以接受这个条件，是因为他知道，律法和传统拥有保护誓言的力量，而唯有命运之力对其加以确证之后，誓言才能实现。我宣布，乌奇翁，你目前还没有权力带走公主。要想赢得她，你必须等到……”

“等到什么？”

“等到公主本人答应跟你走。意外律是这么规定的。只有孩子——而非父母——的许可才能印证誓言是否有效，同时证明，这个孩子确实诞生在命运的阴影之下。你在十五年后归来，乌奇翁，也是罗格纳王在他的誓言中附加的条件。”

“你是谁？”

“利维亚的杰洛特。”

“利维亚的杰洛特？你算什么东西，敢在律法和传统方面自居权威？”

“他比任何人都了解这条律法。”莫斯萨克用沙哑的嗓音道，“因为它曾在他身上实现过。他被人从家中带走，因为他父亲没料到自己归来时会碰上他的诞生。他今生注定与常人不同，在命运的驱使下，他成为了现在的他。”

“他是做什么的?”

“猎魔人。”

沉默蔓延开来。警卫室的钟声敲响了，沉闷的鸣声宣示午夜来临。

所有人都颤抖着抬起头。畏缩得最厉害、动作最不安的却是乌奇翁。他裹在铁手套里的双手仿佛失去生命般垂在身侧，满是尖钉的头盔也不规则地摇晃起来。

那股陌生而未知的魔力突然变得更加浓稠，仿佛灰色的雾气般填满了大厅。

“是真的。”卡兰瑟说，“这位杰洛特是个猎魔人。他这行当值得敬仰和尊敬。很多怪物和梦魇滋生于夜晚，受到邪恶势力的指使，危害人类。是他牺牲自己，保护我们不受它们的伤害。他会杀死在森林和峡谷里等待我们的可怕怪物，还有胆敢闯进人类聚居地的那些。”

乌奇翁沉默不语。“所以，”王后抬起手，“履行律法吧。你，伊伦瓦尔德的乌奇翁，既然坚持诺言应当兑现，那就兑现吧。午夜来临了。你的骑士誓约不再约束你了。抬起面甲。在我女儿表达自己的意愿之前，在她决定自己的命运之前，让她看看你的脸。我们都想目睹你的长相。”

伊伦瓦尔德的乌奇翁缓缓抬起包裹铁甲的手，拉开扣环，握住盔上的铁角，咣当一声把头盔丢在地板上。有人大叫，有人咒骂，有人倒吸冷气。王后脸上露出恶毒的——非常恶毒的——笑容。那是胜利者的残忍笑容。

在宽大的半圆形胸甲上方，是两只纽扣大小的黑色眼球。眼球位于长长的口鼻两旁，那长鼻覆盖着淡红色鬃毛，下面是满口白亮的尖牙。乌奇翁的脑袋和脖子上长着又粗又短、抽搐不止的灰色尖刺。

“这就是我的长相。”那生物道，“你很清楚，卡兰瑟。在告诉你誓言内容时，罗格纳肯定不会忘记描述我的相貌。但伊伦瓦尔德的乌奇翁——无论我的长相如何——便是罗格纳发下誓言的对象。你为我的到来准备得很充分嘛，王后陛下。然而你自己的封臣指出了你的傲慢和拒绝为罗格纳守诺的无礼。就算你安排其他求婚者来对付我的打算已经落空，你还有个猎魔人作为杀手锏。再加上这条粗鄙而低级的诡计——你想羞辱我，卡兰瑟。但要知道，你羞辱的是你自己。”

“够了!”卡兰瑟站起身，攥紧的拳头垂在身侧，“做个了断吧。帕薇塔！这个站在你面前、要求把你带走的家伙是什么人，或者说是什么东西，你已经清楚了吧？根据意外律和永恒不变的传统，决定权在你。回答吧。一个字就足够了。如果回答‘是’，你将成为这头怪物的财产和战利品；回答‘不’，你将永远不会再见到他。”

魔力在大厅中脉动，仿佛铁钳般挤压着杰洛特的太阳穴，在他耳中嗡鸣，令他脖颈的毛发根根竖立。猎魔人看着莫斯萨克紧扣桌边的发白的指节，看着王后脸颊上流淌的涓涓汗水，看着桌上的面包屑如昆虫般挪动，组成符文字母，最后拼成的两个字——小心！

“帕薇塔!”卡兰瑟重复道，“回答我，你是否愿意跟这个怪物走?”

帕薇塔抬起头。“我愿意。”

充斥大厅的魔力在她身边回荡，在房间拱顶上发出空洞的闷响。没有人，没有任何人，发出哪怕一丁点儿声音。

卡兰瑟缓缓地、缓缓地瘫倒在王位上，脸上全无表情。

“各位都听到了。”乌奇翁冷冷的声音在寂静中响起，“卡兰瑟，你也一样。还有你，猎魔人，你这狡猾的帮凶。我的权力已得到确认。

真相和命运击败了歪曲的谎言。你还藏着什么，高贵的王后陛下？乔装的猎魔人？冰冷的刀刃？”没人答话，“我现在就要带帕薇塔离开。”乌奇翁续道，他的鬃毛随着下颌的开合不停地抖动，“但我不介意来点小小的娱乐。就是你，卡兰瑟，你得领着女儿来到我面前，把她洁白的手交给我。”

卡兰瑟缓缓转过头，望向猎魔人。她的目光在发号施令，但杰洛特没动，他只觉空气中凝结的魔力聚集到他身上。仅仅在他身上。现在他明白了。王后眯起眼睛，双唇颤抖……

“什么?！这算什么?”克拉茨·安·奎特跳起来大吼道，“她洁白的手？交到他手里？让公主跟这个长刺的丑鬼走？这个长着……猪鼻子的家伙?”

“我本想像骑士一样跟他打一场！”林法恩插嘴道，“跟这头可怕的野兽！现在不必了。放狗吧！放狗咬死他！”

“卫兵！”卡兰瑟喊道。

一切都在同时发生。克拉茨·安·奎特抄起桌上一把餐刀，匆忙之下撞倒了椅子。对伊斯特唯命是从的德莱格·波－德乌不假思索地举起风笛，用尽全力砸向克拉茨的后脑勺。克拉茨倒在桌上的酱汁鲟鱼和仅剩的几根烤野猪肋骨之间。林法恩扑向乌奇翁，挥舞着从袖子里抽出的匕首。咯咯哒一跃而起，踢开脚下一张凳子，林法恩敏捷地跳过，但这一瞬间的拖延已经足够了——乌奇翁虚晃一招，用裹着铁甲的拳头把他狠狠地揍翻在地。咯咯哒正想从林法恩手里夺走匕首，温德罕王子却像猎犬一般死死抱住他的大腿，阻止了他。

手持长勾刀和长枪的守卫跑进门。卡兰瑟原本摆出威胁的架势，身子站得笔直，这时不容置疑地指向乌奇翁。帕薇塔开始尖叫，伊斯特·图尔塞克咒骂起来。所有人都站起身，却不知该做什么。

“杀了他！”王后叫道。

乌奇翁勃然大怒，亮出满口尖牙，转脸看着攻来的守卫。他没有武器，但全身包裹着钉甲。只听“叮当”一声，长勾刀的刀尖弹向一旁，但这一下也将他击退几步，径直撞向林法恩。后者刚好爬起身，抱住他的双腿，令他无法移动。乌奇翁咆哮一声，用铁护肘挡下砍向他头部的刀刃。林法恩的匕首狠狠刺下，刀刃却被对方的胸甲弹开。守卫矛杆交错，将乌奇翁向浮雕壁炉推去。林法恩紧紧抓住他的腰带，在铠甲上找到一条缝隙，将匕首刺了进去。乌奇翁痛得弯下了腰。

“多尼——！”帕薇塔跳上椅子，惊声尖叫。

猎魔人握剑在手，纵身跃上桌子，奔向搏斗的众人，一路踢翻碗碟杯盘。他知道时间不多了。帕薇塔的尖叫越来越不像常人。林法恩抬起匕首，又刺一下。杰洛特跳下桌子，俯身挥出一剑。林法恩哀号一声，蹒跚着走向墙壁。猎魔人飞转身子，剑刃直直斩向正要将锐利的枪尖刺进乌奇翁甲裙和胸甲之间的卫兵。那卫兵跌跌撞撞地倒在地上，头盔也掉了。又有许多卫兵跑进门来。

“简直不成体统！”伊斯特·图尔塞克抄起一把椅子大吼。他把这件不趁手的家具狠狠砸在地上，拿着残余的部分，朝逼近乌奇翁的人冲了过去。

乌奇翁被两把长勾刀同时勾住，砰然倒地。他大叫着，喘着粗气，身不由己地被拖走。第三个守卫举起长枪，刚要刺下，却被杰洛特用剑尖刺中太阳穴。拖拽乌奇翁的卫兵飞快地后退几步，丢下长勾刀。从大门口跑来的卫兵也纷纷避开伊斯特手里的椅子腿，仿佛它是传奇英雄札特雷特·沃鲁塔的神剑巴尔莫。

帕薇塔的叫声臻至顶峰，随后戛然而止。杰洛特意识到即将发生什么，立刻趴在地上，等待那道绿色的闪光。他感到耳中一阵剧痛，听到了可怕的撞击声，还有从许多张嘴里发出的惊呼声，然后只剩公主那平静、单调、萦绕不去的哭声。

餐桌将菜肴和食物甩到周围，升向空中，旋转起来；沉重的椅子或在大厅中盘旋，或在墙壁上撞得粉碎；挂毯和窗帘拍打着，扬起满屋尘云。尖叫声与长勾刀柄仿佛木棍般断裂的闷响从大门口传来。

王座带着端坐其上的卡兰瑟腾空而起，仿佛利箭般飞过大厅，重重地撞上墙壁，发出巨响，然后散了架。王后像坏掉的玩偶一般滑落在地。勉强稳住身子的伊斯特·图尔塞克飞奔过去，抱起她，用身体为她挡住从天而降的碎块。

杰洛特把徽章紧紧握在手中，连滚带爬地朝莫斯萨克接近，后者依然奇迹般地稳稳跪在地上，手举一根山楂木短杖——杖头装着一颗老鼠的颅骨。在德鲁伊身后的墙壁上，一块描绘奥塔加要塞失陷并淹没于火海的挂毯被真正的火焰吞没了。

帕薇塔哀号起来。她的哭喊声仿佛鞭子，抽打着所有人和所有东西。任何试图起身的人都跌倒在地，或是紧贴在墙上。一只硕大的银制酱汁碟——形状是配有许多船桨、船头高高翘起的小船——从杰洛特眼前掠过，那个名字很难记的总督想要躲开，却被砸倒在地。一张餐桌在天花板下旋转，灰泥如雨点般无声地落在上面，而克拉茨·安·奎特仍旧趴在桌上，骂个不停。

杰洛特爬到莫斯萨克身边，躲在一桶啤酒、一张椅子、杜格加，以及杜格加的竖琴后面。

“这是纯粹的原初魔力！”德鲁伊努力让嗓音盖过喧闹，“她根本控制不住！”

“我知道！”杰洛特吼回去。一只屁股上还留着几根斑纹羽毛的烤野鸡不知从何处掉下，重重地砸中他的后背。

“必须有人阻止她！墙快塌了！”

“我看得到！”

“准备好了吗？”

“好了！”

“一！二！马上！”

他们同时向她攻去。杰洛特画出阿尔德法印，莫斯萨克念出一条骇人的三段式咒语，其威力足能融化地板。公主脚下的椅子顿时崩成碎片，但帕薇塔几乎没有察觉——她悬浮在空中一个绿色的透明球体里，哀号声丝毫不减。她朝两人转过头，娇小的脸上浮现出凶恶的笑容。

“看在所有恶魔的份上……！”莫斯萨克吼道。

“小心！”猎魔人俯下身，大喊道，“挡住她，莫斯萨克！挡住她，不然咱俩都得完蛋！”

桌子砰然落下，将桌腿、支架，以及下方的所有东西砸得粉碎。趴在桌面的克拉茨·安·奎特被甩到空中。碗碟和残余食物如瓢泼大雨般降下，水晶玻璃瓶砸到地上，爆裂开来。房檐如雷鸣般垮塌，就连城堡地面也在跟着震颤。

“一切都不受控制了！”莫斯萨克叫道，将短杖指向公主，“全部魔力都要落在我们身上了！”

杰洛特利剑一挥，挡开了径直飞向德鲁伊的大号双齿叉。

“挡住她，莫斯萨克！”

翡翠般的眸子朝他俩射出两道绿色的电芒。魔力降临到他们身上，将他们卷进中央那刺眼的旋涡之中——魔力仿佛一只攻城槌，撞破了头骨，遮蔽了双眼，麻痹了呼吸。玻璃、珐琅、浅盘、烛台、肉骨、面包碎块、厚木板、横木、炉膛里闷燃的柴火，连同魔力一起倾泻到他们身上。市长哈克索仿佛一只巨大的松鸡，狂叫着掠过他们头顶。一只白煮鲤鱼的硕大鱼头泼洒到杰洛特胸口，正中四号角城的黑熊与少女纹章。

透过莫斯萨克那能令墙壁崩塌的咒骂，透过自己的尖叫和伤者的哭号，透过碰撞声、嘈杂声和喧闹声，透过帕薇塔的哀号，猎魔人突然听到了最为可怕的声响。

咯咯哒跪倒在地，将德莱格·波-德乌的风笛握在手中。与此同时，他仰起头，发出比风笛的骇人音色更加尖利的叫喊，他哀号、咆哮、絮语、嘶吼，痛哭与尖叫，模仿着所有已知、未知、家养、野生与传说中的动物。

帕薇塔惊恐地止住哭声，瞠目结舌地看着男爵。魔力突消失了。

“快！”莫斯萨克挥舞短杖，大喊道，“快，猎魔人！”

他们打中了她。重击之下，包住公主的绿色球体如肥皂泡般爆裂开来，突然出现的真空立刻将大厅中肆虐的魔力吸了进去。帕薇塔重重落在地上，开始抽泣。

混乱过后，寂静终于降临。随后，在瓦砾、残骸和破碎的家具中间，他们艰难地挪动身体，开口说话了。

“我操你十八代祖宗。”克拉茨·安·奎特说着，吐出一口带血的唾沫。

“管好你的嘴巴，克拉茨。”莫斯萨克费劲地说，同时拍打衣服上的荞麦粉，“有女士在场。”

“卡兰瑟，亲爱的，我的卡兰瑟！”伊斯特·图尔塞克在亲吻的间隙说道。

王后睁开双眼，但没打算挣脱他的怀抱。

“伊斯特，大家都看着呢。”她说。

“让他们看个够。”

“有人能解释一下吗?”维赛基德元帅从掉落的挂毯下爬出，问道。

“没有。”猎魔人说。

“医生！”阿特里的温德罕蹲在林法恩身边，嘶喊道。

“水！”斯特瑞普三兄弟之一的维尔德希大喊大叫，用上衣拍打那块闷燃的挂毯，“快拿水来！”

“还有酒！”咯咯哒吼道。

仍能站立的几位骑士想扶起帕薇塔，她却推开他们的手，摇摇晃晃地站起身，朝壁炉走去。在那边，乌奇翁背靠墙壁，坐在地上，正笨拙地脱下浸满鲜血的铠甲。

“现在的年轻人，”莫斯萨克看着那边，轻蔑地哼了一声，“太急躁了！他们脑子里只想着一件事。”

“你说什么?”

“你不知道吗，猎魔人？处女——纯洁无瑕的处女——是没法使用魔力的。”

“让她的贞洁见鬼去。”杰洛特嘟囔道，“她是怎么得到这种能力的？卡兰瑟和罗格纳都……”

“隔代继承，不会错的。”德鲁伊道，“她的祖母艾达莉亚只要动动眉毛就能抬起吊桥。嘿，杰洛特，瞧啊！她还没吃够苦头呢!”

卡兰瑟在伊斯特·图尔塞克的支撑下站起身，向守卫们指指负伤的乌奇翁。杰洛特和莫斯萨克飞快地跟上去，却是虚惊一场。只见守卫从那具半躺的身躯旁散开，他们在嘀咕，在耳语，退到一旁。

乌奇翁那怪物般的口鼻开始软化、模糊，失去原有的轮廓。尖刺和鬃毛泛起涟漪，化作黑亮的卷发和胡须，接着现出一张有棱有角、充满阳刚之气的苍白面孔。此人有个显眼的高鼻子。

“这是……”伊斯特·图尔塞克结结巴巴地问，“他是谁？乌奇翁吗？”

“是多尼。”帕薇塔柔声道。

卡兰瑟紧抿嘴唇，转过脸去。

“受了诅咒？”伊斯特喃喃道，“可这是怎么……”

“午夜刚到。”猎魔人道，“我们先前听到的钟声敲早了。但这不是敲钟人的错，我说得对吗，卡兰瑟？”

“是啊，是啊。”名叫多尼的男子呻吟着代替王后回答，后者根本没有答话的意思。“诸位啊，与其站在那儿闲谈，不如帮我脱了这身铠甲，再叫个医生来。那个疯子林法恩刺伤了我的肋部。”

“要医生干吗？”莫斯萨克抽出短杖说。

“够了。”卡兰瑟站直身子，高傲地仰起头，“够了。等这些结束之后，我希望在我的房间见到你们。现在站着的所有人——伊斯特、帕薇塔、莫斯萨克、杰洛特，还有你……多尼。莫斯萨克？”

“在，陛下。”

“你的短杖……我撞到了脊骨，还有些擦伤。”

“遵命，陛下。”

三

“……是诅咒，”多尼揉搓着太阳穴说道，“从我生下来就有了。我不知道被诅咒的原因，也不知是谁下的咒。从午夜到黎明，我是个正常人，但黎明之后……你们都看到了。我父亲埃克斯帕克想掩盖这事，因为梅契特的国民都很迷信：他们认为，王族中出现魔法和诅咒意味着王朝的末日。于是我父亲手下的一个骑士把我带出宫廷，将我抚养长大。我们两个周游四方，一个是云游骑士，一个是他的扈从。他死后，我独自旅行。有人告诉我——我记不得是谁了——意外诞生的孩子能让我摆脱诅咒。不久后，我遇到了罗格纳，剩下的事你们都知道了。”

“剩下的我们猜得出。”卡兰瑟点点头，“尤其是你没等到跟罗格纳谈定的十五年，在这之前就夺走了我女儿的心。帕薇塔！什么时候的事？”

公主垂下头，抬起一根手指。

“好哇，你这小女巫，居然就在我眼皮子底下！我得弄清楚，是谁让他每晚进入城堡的！还有跟你去采樱草花的女官究竟是哪几个。见鬼，樱草花！哦，我现在该拿你怎么办？”

“卡兰瑟……”伊斯特开口道。

“等等，图尔塞克，我还没说完。多尼，事情变复杂了。你已经跟帕薇塔相处了一年，然后呢？什么也没发生。也就是说，你根本弄错了解咒的法子。命运愚弄了你，就像利维亚的杰洛特常说的那样：‘多么讽刺啊！’”

“让命运、解咒和讽刺都见鬼去。”多尼做个鬼脸，“我爱帕薇塔，她也爱我，这才是最重要的。你不能阻挠我们的幸福。”

“我能，多尼，我能。不过，”卡兰瑟一如既往地露出微笑，“你很幸运，我不想这么做。我确实有愧于你，多尼。我曾拿定主意……我该请求你的原谅，但我说不出口，所以我会把帕薇塔交给你，从此我们互不相欠。帕薇塔？你没改变主意，对吗？”

公主热切地摇摇头。

“感谢您，陛下。感谢您。”多尼笑了，“您真是睿智又大方。”

“当然，而且美丽。”

“而且美丽。”

“你们愿意的话，可以留在辛特拉。这儿的人不像梅契特那么迷信，习惯新事物也更快。另外，你就算那副模样也挺讨人喜欢的。但你别指望马上就能坐上王位，我还打算在辛特拉的新国王身边多辅佐一段时间。尊贵的伊斯特·图尔塞克刚刚向我诚恳地提出求婚。”

“卡兰瑟……”

“嗯，伊斯特，我接受。我从没试过躺在地板上，倚着王位的碎片，听到他人向我坦露爱意，可……你觉得怎样，多尼？我要求的就这么多，而且我也不希望有人阻挠我自己的幸福。还有你，你在看什么？我没你想象得那么老。”

“眼下的年轻人啊，”莫斯萨克喃喃道，“苹果落地的时候……”

“你在嘟囔什么，老巫师？”

“没什么，陛下。”

“很好。趁大家都在，我有个提议，莫斯萨克。帕薇塔需要一位老师。她应该学习如何运用她的能力。我喜欢这座城堡，希望它屹立不倒，但我的天才女儿下次歇斯底里时也许会把它弄塌。你怎么说，德鲁伊?”

“荣幸之至。”

“我想，”王后转头看着窗户，“到黎明了。是时候……”她突然转过身，看着手牵手、相互咬着耳朵、额头几乎贴到一起的帕薇塔和多尼。

“多尼!”

“什么事，陛下?”

“你没听到吗？黎明了！天都亮了。可你……”

杰洛特看着莫斯萨克，两人一起大笑起来。

“你们这么开心干吗？你们看不到……”

“看到了，看到了。”杰洛特保证道。

“我们在等您自己亲眼看到。”莫斯萨克哼哼鼻子，“我还在想，您什么时候才会明白。”

“明白什么?”

“明白是您解除了诅咒。解咒的人正是您。”猎魔人道，“当您说出‘我把帕薇塔交给你’时，命运就化成了现实。”

“完全正确。”德鲁伊确证道。

“哦，天哪。”多尼缓缓地说，“终于。见鬼，我还以为我会比现在高兴些，会有喇叭吹响之类的……按惯例是这样的。陛下！感谢您。帕薇塔，你听到了吗?”

“嗯。”公主头也不抬地说。

“所以，”卡兰瑟疲惫地看着杰洛特，叹了口气，“最后是大团圆结局。不是吗，猎魔人？诅咒解除了，两场婚礼即将举行，修理王座厅需要一个月，四个死者，无数伤者，阿特里的林法恩被伤得半死。但我们来庆祝吧。你知道吗，猎魔人？有一瞬间，我曾想把你……”

“我知道。”

“但我现在必须给你个公平。我向你要求一个结果，我得到了。辛特拉和史凯利格建立了同盟。我的女儿嫁给了合适的男人。有那么一瞬间，我觉得，就算没邀请你来赴宴，没让你坐到我身边，一切也会按照命运实现。但我错了。林法恩的匕首是能改变命运的，而林法恩被猎魔人手中的剑阻止了。你做得很好，杰洛特。现在就是价码问题了。告诉我，你想要什么？”

“等等。”多尼抚摸着被绷带捆扎的腰间，“您说到了价码。欠他人情的是我，应该由我来……”

“别插嘴。”卡兰瑟眯起双眼，“记住了，你的岳母大人最讨厌别人插嘴。你也该知道，你不欠任何人的情。之所以发生这一切，只是因为我和杰洛特达成了一个协议，其中涉及到你而已。我说过，我们两清了，我也不觉得，让你永远抱着歉意对我有什么好处。只是协议的事得算清楚。好了，杰洛特。开个价吧。”

“很好，”猎魔人道，“我想要您这条项链，卡兰瑟。它会让我想起我认识的最美丽的王后，想起她双眸的颜色。”

卡兰瑟大笑，解下了她的翡翠项链。

“这条小东西，”她说，“宝石的颜色确实跟你说的一样。留下它吧，还有这段回忆。”

“我能说句话吗？”多尼小心翼翼地问。

“当然可以，我亲爱的女婿。请吧，请。”

“我还是要说，我欠你的，猎魔人。我的性命曾受到林法恩匕首的威胁。要不是你，恐怕我已经被守卫打死了。如果要谈报酬，酬谢你的人应该是我。只要我负担得起的，尽管开口。你想要什么，杰洛特?”

“多尼,”杰洛特缓缓地说，“一个猎魔人被问到这种问题，必须请求对方再重复一遍。”

“那我就重复一遍吧。因为你瞧，我欠你情还有另一层理由。在大厅里，当我发现你的身份时，我痛恨你，认为你肯定会对我不利。我把你看成一件盲目嗜血的杀戮工具，把你当成那些毫不犹豫就痛下杀手，然后擦净剑上的血、收钱离开的人。但我现在相信，猎魔人是值得尊敬的。你帮我们抵挡的不仅是潜藏在黑暗中的邪物，更是深埋在我们内心的邪恶。你们人数这么少，真是太可惜了。”

卡兰瑟笑了。

杰洛特终于有些相信，他这番话是发自真心。

“我的女婿说得很好。我还想再加两个字。正正好好两个字——抱歉。”

“而我,”多尼说，“要再问一次，你想要什么?”

“多尼、”杰洛特严肃地说，“卡兰瑟、帕薇塔，还有你，正直的图尔塞克，未来的辛特拉国王。想成为猎魔人，就必须在命运的阴影下诞生，但这样的孩子很少，所以我们的人数也这么少。我们会衰老，死去，没人能继承我们的知识和能力。我们后继乏人，而这世界又充满了邪恶，它们在等待我们全部消失的那一天。”

“杰洛特。”卡兰瑟低声道。

“对，你想得没错，王后陛下。多尼！你要把你已经拥有却毫不知情的那样东西送给我。我会在六年后重返辛特拉，看命运是否会仁慈地对待我。”

“帕薇塔，”多尼睁大了眼睛，“你该不会……”

“帕薇塔！”卡兰瑟惊叫道，“难道你……难道……”

公主垂下目光，涨红了脸。然后她作了答。

理性之声 五

“杰洛特！嘿！你在吗？”

他把目光由发黄粗糙的书页上抬起。罗德里克·德·诺温布瑞的《世界历史》，一本有趣但充满争议的著作，他从前天就开始研究它了。

“在。什么事，南尼克？要我帮忙？”

“你有客人。”

“又是客人？这回是谁？希沃德公爵亲自到访了？”

“不，这回是你的老伙计丹德里恩——那个懒散又没用的寄生虫，侍奉艺术的祭司，歌谣和情歌领域的闪亮之星。跟往常一样，他炫耀名气，吹着牛皮，浑身酒臭。你想见他吗？”

“当然，怎么说他也是我的朋友。”

南尼克恼怒地耸耸肩。“我真不明白你们的友谊。他跟你简直天差地别。”

“互补嘛。”

“这倒没错。好，他来了。”她撇了撇脑袋，“你的知名诗人。”

“确实是个知名诗人，南尼克。就连你也不敢说没听过他的歌谣。”

“我听过。”女祭司缩了缩身子，“是啊，我听过。哦，也许我对诗歌了解不多，但能如此流畅地由动人的抒情转到淫词秽语，的确算是一项天赋。别介意，但我得失陪了，我没心情听他的低俗笑话。”

大笑声和鲁特琴弦的颤动声在走廊里回响。丹德里恩身穿淡紫色花边短上衣，歪戴帽子，站在图书室入口处。看到南尼克，行吟诗人夸张地鞠躬行礼，帽顶上的苍鹭羽毛拂到了地面。

“老妈妈，向您致以最深的敬意。”他傻乎乎地嘟囔着，“赞美伟大的梅里泰莉和她的女祭司们，美德与智慧的源泉……”

“别再胡说八道了。”南尼克哼了一声，“也别再叫我老妈妈。光是想到这种可能，我就怕得发抖。”

她转身离开，曳地长袍沙沙作响。丹德里恩弓起身子，夸张地模仿她走路的姿势。

“她一点儿没变，”他欢快地说，“还是开不起玩笑。只因我跟守门的女祭司聊了会天，她就大发雷霆。那是个睫毛细长的金发美女，还梳着处女辫，一直垂到可爱的小屁股上，不去捏一把简直是种罪恶。所以我就捏了，南尼克恰好那时来了……呃，运气够坏的。你好啊，杰洛特。”

“你好，丹德里恩。你怎么知道我在这儿?”

诗人挺直脊背，扯了扯裤子，“我去了趟维吉玛，”他说，“听说了吸血妖鸟的事，也听说你受了伤。我猜你会来这儿休养。看来你已经痊愈了，是吗?”

“说得没错，但你最好也跟南尼克解释一下。坐下吧，我们聊聊。”

丹德里恩坐下，瞥了眼讲经台上那本书。“历史?”他笑了，“罗德里克·德·诺温布瑞? 我读过他的书。我在牛堡学院进修时，第二喜欢的科目就是历史。”

“第一是什么?”

“地理。”诗人严肃地说，“地图集够大，在后面藏瓶伏特加很容易。”

杰洛特一本正经地笑了笑，起身取下书架上卢宁和泰尔斯所著的《魔法奥秘与炼金术》，又拿出藏在厚重书籍后面、裹着稻草的细颈大肚瓶，让它重见天日。

“啊哈。”吟游诗人的喜悦溢于言表，“我懂了，图书馆里还是存有智慧和灵感的。噢噢噢！我喜欢这味道！是李子酒，对不？没错，这才是真正的炼金术，这才是真正值得研究的贤者之石。为你的健康干杯，兄弟。噢噢噢，它简直跟传染病一样厉害！”

“你来这儿到底想干吗?”杰洛特从诗人手里接过细颈瓶，啜饮一口，咳嗽起来，摸摸缠着绷带的脖子，“又准备去哪儿?”

“哪儿也不去。也就是说，你想去哪儿，我就去哪儿。我们可以结伴。你打算在这儿待很久吗?”

“不久。本地的公爵来通知过，说他不欢迎我。”

“希沃德?”丹德里恩了解从雅鲁加河到巨龙山脉的所有国王、亲王、领主和诸侯，“别把他当回事。他不敢顶撞南尼克或梅里泰莉，否则老百姓会烧了他的城堡。”

“我不想惹麻烦。而且我在这儿也待得够久了。我要去南方，丹德里恩，很远的南方。我在这儿根本找不到活儿。这儿的人太开化。他们要猎魔人干吗？我每次找活儿干时，他们都像看疯子似的看着我。”

“你在说什么？什么开化？我一星期前渡过布伊纳河，一路上听到各种故事。很显然，这儿有水精灵、多足巨虫、奇美拉、飞龙，所有肮脏的怪物都有。你应该忙得不可开交才对。”

“哦，故事，其中一半是凭空捏造或夸大的。不，丹德里恩，世界在变化。有些东西迟早会到头的。”

诗人喝下一大口酒，眯起眼睛，重重地叹了口气，“你又要为猎魔人的不幸命运哀叹了？还要来一番哲学探讨？我能理解你不恰当的措辞，因为世界的确在变化，就算对那个老古董罗德里克·德·诺温布瑞也一样。说来巧了，你认同这部著作，而它唯一的主题正是世界的无常。哈，你摆出一副大思想家的嘴脸，跟我讨论这些，早就不新鲜了——我得说，这一点也不适合你。”

杰洛特没有回答，而是喝了口酒。

“是啊，是啊。”丹德里恩又叹了口气，“世界在变化，日升日落，伏特加也快喝到头了。在你看来，什么东西不会到头？大哲学家先生，你老是跟我提什么结局啊、终点啊之类的。”

“我可以举几个例子。”沉默片刻后，杰洛特道，“都是这两个月来，布伊纳河这边发生的事。有一天我骑马过去，你知道我看到了什么？一座桥，桥底下坐个巨魔，朝每个过路人收钱。拒绝付钱的人会被打伤一条腿，有时两条。于是我找到镇长，问他：‘干掉那头巨魔，你打算付我多少？’他很惊讶。‘你在说什么？’他反问我，‘如果巨魔不在了，谁来修桥呢？他经常挥汗如雨地修桥，干得又快又好。相比起来，过桥费便宜多了。’我继续前行，你猜我又看到了什么？一条剪尾龙，个头不太大，从头到尾也就四码长。它在飞，爪子还抓只绵羊。我去村子，问他们：‘消灭那只剪尾龙，你们愿意付我多少？’农夫纷纷跪下，‘不！’他们大喊，‘那是我们男爵小女儿最喜欢的龙。哪怕它背上掉下一片鳞，男爵也会烧了我们的村子，扒了我们的皮。’我继续走，越来越饥肠辘辘。我必须四处找活儿干。活儿肯定是有的，但都是些什么活儿？替某个男人抓水泽仙女，帮另一个男人抓宁芙，为第三个找树精……他们根本是疯了——村里满是女孩，他们却想要类人怪物。还有个人要我杀掉一只蝎蛉，再把它的手骨带给他，因为那东西磨碎了，放进汤里能治阳痿……”

“胡扯。”丹德里恩打断他，“我试过了，根本没用，还让汤里全是旧袜子的味道。不过嘛，既然有人信这个，而且愿意付……”

“我不会去杀蝎蛉，还有其他无害的生物。”

“你宁可挨饿？除非你改行。”

“改行做什么？”

“什么都成，当个祭司好了。凭你瞻前顾后的道德观、还有对人对事的了解，你应该干得不赖。你不信神明也不算问题——我认识的祭司没几个信的。去当个祭司吧，别再自怨自艾了。”

“我没自怨自艾。我只是在陈诉事实。”

丹德里恩跷着腿，饶有兴趣地打量自己磨损不堪的鞋底。“杰洛特，你让我想起了一个命不久矣的老渔夫。他发现鱼都臭气冲天，海风也吹得人骨头发痛。淡定点儿吧，怨天尤人一点用都没有。如果我发现大伙都不想听诗歌了，我会丢下鲁特琴，做个园丁。我会种很多玫瑰。”

“胡扯。你根本放不下诗歌。”

“唔，”诗人盯着鞋底，承认道，“也许吧。毕竟我们的职业还是有些不同的。对诗歌和鲁特琴声的需求永远不会减少，可你这行却一天不如一天。说到底，你们猎魔人是在缓慢但确凿无疑地结束自己的生涯。你们干得越出色，越尽职尽责，剩下的工作就越少。毕竟你们的目标是个没有怪物存在的世界，一个和平安宁的世界，一个不需要猎魔人的世界。悖论，不是吗?”

“说得对。”

“在独角兽尚未绝种的过去，有很多女孩保守贞洁，为的就是能捕捉它们。还记得吹风笛的捕鼠人吗？所有人都抢着请他们帮忙，但他们很快就被炼金术士及其高效的毒药取代，然后是驯化的白鼬和黄鼠狼。那些小动物更便宜，办事更利索，而且不会酗酒。明白我的比喻吧?”

“明白。”

“所以，学习一下前人的经验吧。捕猎独角兽的处女丢了工作之后，立刻抛弃了贞洁。有些甚至渴望弥补那些年的牺牲，结果因技巧和热情而声名远扬。那些捕鼠人……哦，你还是别学他们为好，因为他们无一例外都选择了酗酒和颓废。好吧，猎魔人的尽头似乎也快到了。你在读罗德里克·德·诺温布瑞的书？在我印象里，书里提到了猎魔人，还是三百年前刚开始从事这一行的那些。那时农夫习惯带着武器去收割作物，村庄也总围着三重护墙，商队马车就像行军的正规部队，少数镇子总有上好弹药的投石车日以继夜地守在墙头。统治这块大地的是巨龙、蝎尾狮、狮鹫、双头蛇怪、吸血鬼和狼人，外加奇奇摩、吸血妖女、奇美拉和飞龙。我们从它们手里一点一点夺回土地，每次夺回一片山谷、一个隘口、一座森林或一片草地。如果没有猎魔人的宝贵助力，我们根本做不到。但那段时光早已消逝，杰洛特，无可挽回地消逝了。男爵不允许你杀死剪尾龙，因为它是方圆千里最后的龙族，而且随着时代变迁，它招来的不再是恐惧，而是怜悯和怀旧之情。桥底下那个巨魔与人友好相处，他不再是用来吓唬小孩的怪物。

他是件纪念品，是这儿的名胜景点——而且他还有实际用处。至于奇美拉、蝎尾狮和双头蛇怪，它们住在人迹罕至的森林，或者难以攀登的高山……”

“所以我说得没错。凡事都有个头。无论喜不喜欢，它总会到头的。”

“我不喜欢听你口吐陈词滥调。我不喜欢你说话的方式。你这是怎么了？杰洛特，我都认不出你了。该死，我们赶紧去南方，去那片荒芜的国度吧。等砍倒一两只怪物，你的忧郁就会不翼而飞。那儿肯定有不少怪物。据说，如果那边哪个老女人活够了，她会不带武器跑到林子里捡柴火，这样就能得到想要的结果。你真该去那儿，然后定居下来。”

“也许是吧，但我不想去。”

“为什么？猎魔人在那儿很容易赚钱。”

“赚钱容易，”杰洛特抿了口酒，“可花钱就难了。最糟糕的是，他们吃珍珠麦和粟米，啤酒的味道就像尿，女孩都不洗澡，蚊子又特别凶。”

丹德里恩哈哈大笑，脑袋倚着书架上皮革装订的书卷。

“粟米和蚊子！让我想起了我们头一次结伴前往世界边缘的远征。”他说，“还记得吗？我们在古雷特的节庆宴席上相遇，你说服我……”

“是你提出的！你必须尽快逃离古雷特，因为你在指挥台下搞大了一个女孩的肚子，而她有四个大块头兄弟。他们在镇子里到处找你，扬言要阉了你，再往你身上涂满沥青和锯末。所以那时你缠着我不放。”

“错，有人能跟你结伴让你喜出望外，从前陪伴你的只有马。当然，我必须得消失一段时间，百花之谷似乎是最合适的目的地。在传说中，它位于人类聚居地的最远端，是文明社会的边境，在两个世界的交界线上……记得吗?”

“我当然记得。”

世界边缘

一

丹德里恩端着满满两大杯啤酒，小心翼翼走下酒馆楼梯。他用几不可闻的声音低声咒骂着，从一群好奇的孩子中间挤过，再避开地上的牛屎，踩着一条斜线穿过庭院。

庭院里，猎魔人跟镇长说话的当口，不少村民已围在桌旁。诗人放下酒杯，找了个座位。但他立刻意识到，在他离席这段时间里，谈话没有丝毫进展。

“我是个猎魔人，阁下。”杰洛特拭去唇边的酒沫，无数次重复道，“我不卖东西，不为军队招募士兵，也不知道怎么治鼻疽病。我是个猎魔人。”

“这是门行当。”丹德里恩又一次帮他解释，“他是猎魔人，你明白吗？他能杀死吸血妖鸟和幽灵，能消灭各种害人精。他是靠这谋生的专业人士。听懂了吗，镇长大人？”

“啊哈！”镇长的眉头本因沉思而深锁，这会儿舒缓了些，“猎魔人！你早说多好！”

“是啊。”杰洛特附和道，“现在我问你：这儿有我能干的活儿吗？”

“呃……”镇长又思索起来，“活儿？没准那些……唔……怪物？你是不是问我，附近有没有什么怪物？”

猎魔人笑了笑，点点头，用指节揉揉发痒的眼皮。

“还真有。”好半晌，镇长得出结论，“往远瞧，瞧见那些山头没？那边住着精灵，他们的王国在那边。我听说，他们的宫殿用纯金打造。哎呀，先生！真的，那儿有精灵。他们可怕得很。去那边的人就没回来的。”

“我想也是。”杰洛特冷冷地说，“正因如此，我才不想去那边。”

丹德里恩放肆地笑出了声。

正如杰洛特所料，镇长又沉思许久。

“啊哈。”最后他说，“好吧，这儿还有别的怪物，肯定是从精灵那边来的。哦，先生，有很多很多，数都数不清，不过最坏的就是那些灾星，我说得对不对，好伙计们？”

“好伙计们”顿时活跃起来，从四面八方凑到桌边。

“灾星！”其中一人说，“哎哎，镇长老爷说得对。大天亮的时候，有个白衣小丫头走过村子，孩子们就死了！”

“还有小鬼！”瞭望塔的士兵补充道，“他们把马儿的鬃毛都缠到一起了！”

“还有蝙蝠！这儿有蝙蝠！”

“还有多足虫！身上起疹子全是它们干的！”

接下来几分钟，众人一直在控诉，控诉滋扰本地的怪物们的种种恶行，甚至控诉怪物存在的事实。杰洛特和丹德里恩听说了能让诚实的农夫像醉汉般找不到回家路的迷途鬼和误导怪；偷喝母牛奶水的飞龙；长着蜘蛛腿、在森林里转悠的人头；戴着红帽子的小妖；一条趁妇人在河边洗衣时抢走衣物的危险的梭子鱼——如果等得够久，它连女人也能拖走；他们还听说，老鬼婆阿南晚上骑着扫帚在天上飞，白天让女人流产；磨坊主把橡果粉掺在面粉里；还有个家伙认定，王室派来的税务官就是个窃贼兼无赖。

杰洛特平静地聆听，假装饶有兴味地点点头，问了几个关于道路和附近地貌的问题，然后站起身，冲丹德里恩点点头。

“保重，诸位。”他说，“我很快就会回来，到时再看看我能做些什么。”他们沉默地骑上马，沿村舍和栅栏离开，狂吠的狗和喧闹的孩子为他们送行。

“杰洛特，”丹德里恩在马镫上立起身，从探出果园围栏的树枝上摘下一颗熟苹果，“一路上你都在抱怨，说工作越来越难找了。可就我刚才所见所闻，你大可以在这儿一口气干到冬天。你可以多赚几个子儿，我的歌谣也能有些不错的素材，所以解释一下吧，咱们为啥还要继续赶路?”

“丹德里恩，我连一个子儿都赚不到。”

“为啥?”

“因为在他们嘴里，没一个字是真的。”

“呃?”

“他们提到的怪物根本不存在。”

“你开玩笑吧?”丹德里恩吐出果核，把它扔向一只杂种斑点狗，“不，不可能。我刚才看得很仔细。我很会看人，他们没撒谎。”

“对。”猎魔人赞同道，“他们没撒谎。他们坚信这一切。但这改变不了事实。”

诗人沉默片刻。

“那些怪物全都……全都不存在？啊！他们列出那么多怪物，肯定有几种是存在的。至少一种！承认吧。”

“好吧，我承认。有一种确实存在。”

“哈！是什么？”

“蝙蝠。”

他们骑马经过最后一道围栏，来到轻风吹拂下翻滚起伏的金黄田野——那儿种满了油菜花和玉米——来到大道上。从反方向赶来的满载马车与他们擦肩而过。诗人把一条腿搭在鞍头，鲁特琴放在膝上，随意拨弄出一段思乡曲调，还不时冲路边经过、打扮清凉的女孩们挥挥手。她们结实的肩头扛着草耙，发出阵阵嬉笑。

“杰洛特，”他突然说，“怪物还是存在的。也许没有以前那么多，也许不会躲在森林里每一棵树后面，但它们是存在的。真的存在。要不你怎么解释他们编造的那些话？要不他们怎么会深信不疑？声名远扬的猎魔人阁下，你没想过原因吗？”

“我想过，声名远扬的诗人阁下。而且我知道原因。”

“我洗耳恭听。”

杰洛特转过头。“人们喜欢编造稀奇古怪的东西。这一来，他们自己就不会显得那么古怪。在他们酗酒、出老千、偷东西、打老婆、饿死老娘的时候，在他们用斧子砍死落入陷阱的狐狸，或用箭射死濒临灭绝的独角兽时，他们会想起清晨潜入村舍的灾星，觉得它比他们自己更像怪物。他们会因此放宽心，更加从容地活下去。”

“我会记住的。”沉默片刻后，丹德里恩道，“我会为这事谱曲作词。”

“随你，但别指望会有很多人为你喝彩。”

他们马速很慢，但村落房屋依然逐渐消失在视野外。很快，他们翻过了林木丛生的小山。

“哈！”丹德里恩勒住马，四下打量，“瞧啊，杰洛特。这儿难道不美吗？该死，真是田园牧歌！视觉的盛宴！”

山势缓缓下降，通向一块块齐整平坦、种着各色谷物、仿佛镶着地板似的农田。在田地中央，苜蓿叶般的圆形水域闪烁光泽，四周围着成排的赤杨丛。雾蓝色的山脉轮廓高耸于奇形怪状的黑色森林之上，勾勒出地平线的去向。

“继续赶路吧，丹德里恩。”

道路带着他们径直前往湖边，沿着护堤，经过那些藏匿在赤杨树丛中，满是聒噪的野鸭、白眉鸭、苍鹭和各种水鸟的池塘。在人类聚居区附近——护堤修缮良好，铺满柴捆，水闸也用石头和木材加固过——还能有如此丰富的鸟类，着实令人惊讶。排水口没有丝毫朽坏的迹象，正欢快地淌着水。

湖畔芦苇间，独木舟和码头清晰可见，深水处更有设下的捕网和捕鱼笼。

丹德里恩突然四下张望。

“有人跟踪我们，”他兴奋地说，“驾着马车！”

“不可思议。”猎魔人头也不回地讽刺道，“还驾着马车？我以为本地人都骑蝙蝠呢。”

“知道吗？”行吟诗人咆哮道，“我们离世界边缘越近，你就变得越机智。我真是等不及见你变成冷笑话大师了！”

他们速度不快，所以那辆没载货物、由两匹花斑马拉着的马车很快追上了他们。

“吁——！”驾车人在他们身后勒停马。他身上披着一块羊皮，头发长得盖住了额头。“赞美诸神，尊贵的老爷们！”

“我们，”熟悉本地风俗的丹德里恩回应道，“也献上同样的赞美。”

“随便吧。”猎魔人喃喃道。

“我叫奈特里。”驾车人大声说，“我看到你们在上波萨达跟镇长说话来着。我晓得你是个猎魔人。”

杰洛特松开缰绳，任由母马冲路边的荨麻丛喘气。

“我听到，”奈特里续道，“镇长闲扯了好多故事。我瞧见了您的脸色，一点儿不奇怪，我也好久没听过那么多胡言乱语了。”

丹德里恩大笑起来。

杰洛特认真地看着农夫，一言不发。

奈特里清了清嗓子。“您愿意接份正经活儿吗，老爷？”他问，“我会酬谢您的。”

“什么活儿？”

奈特里目光游移。“在路上谈生意可不好。咱们去下波萨达，去我家里，然后再谈。反正您也得去那儿。”

“你怎么知道我要去那儿？”

“因为这儿没别的路，而且朝向那边的是您的马鼻子，不是马屁股。”

丹德里恩再次大笑。“你怎么说，杰洛特？”

“没什么好说的。”猎魔人道，“在路上谈话确实不好。走吧，尊敬的奈特里先生。”

“把你们的马拴在车上，坐到车里来。”农夫提议，“这样会舒服得多。干吗非要在马鞍子上磨屁股呢?”

“说得对。”

他们爬进马车。猎魔人舒舒服服地躺在稻草上，伸了个懒腰。丹德里恩显然害怕弄脏上好的绿色短上衣，于是坐在木板上。奈特里冲马匹唿哨一声，马车沿着牢固的护堤，“哐啷啷”地往前走。

他们上了桥，越过一条睡莲和浮萍丛生的运河，又经过一块修剪得整整齐齐的牧场。目力所及之处，耕地向四面八方绵延开去。

“难以置信，这儿居然是世界和文明的尽头。”丹德里恩道，“看啊，杰洛特。金灿灿的麦子，高得能把一人一马遮得严严实实。还有油菜花，瞧瞧，个头多大!”

“你对农业还挺了解?”

“我们诗人必须了解所有东西。”丹德里恩骄傲地说，“要不就没法创作了。学习是必要的，我亲爱的好伙计，绝对必要。世界的命运取决于农业，所以农业知识很重要。农业给我们吃穿，帮我们御寒，提供娱乐所需的种种材料，还支撑起了艺术。”

“娱乐和艺术？你对农业的作用说得太夸张了吧?”

“那就说酒吧，它是怎么酿出来的?”

“我懂了。”

“你懂得还不够。多学学。看到那些紫色的花没？那是羽扇豆。”

“那是巢菜。”奈特里插嘴，“你没见过羽扇豆吧？不过你说对了一件事，老爷，这儿的东西都特别茂盛，还特别结实，所以这儿才叫‘百花之谷’。我们的祖辈把精灵从这块土地赶走以后，就在这儿住下了。”

“百花之谷，‘多尔 · 布雷坦纳’。”丹德里恩用胳膊肘碰碰躺在稻草上的猎魔人，“注意到没？精灵走了，可他们的名字留下了。真是缺乏想象力。亲爱的东道主，你们是怎么跟这儿的精灵相处的？毕竟他们就在路那边的山里。”

“我们不相处。各过各的。”

“这确实是最好的法子。”诗人说，“对不对，杰洛特？”

猎魔人没有回答。

二

“感谢您的盛情款待。”杰洛特把骨勺舔干净，丢进空碗里，“万分感谢。如果您允许的话，我们现在就谈谈那份活儿吧。”

“哦，好。”奈特里应道，“祖恩，你怎么想？”

下波萨达的长老祖恩是个神情阴郁的大个子，他朝迅速收好桌上碗碟、然后离开屋子的女孩们点点头，又朝明显面露惋惜之色的丹德里恩颔首——自打宴席开始，后者就跟她们眉来眼去，还用粗俗的笑话逗她们发笑。

“我洗耳恭听。”杰洛特说着，望向传来斧劈和拉锯声的窗口。有人在院子里做木工活儿，浓郁的树脂气息渗进屋里。“告诉我，我该怎么帮你们的忙？”

奈特里看向祖恩。

村长老点点头，清了清嗓子。“哦，是这么回事，”他说，“附近有块地……”

丹德里恩正想出言嘲讽，杰洛特在桌子底下踢了他一脚。“……有块地，”祖恩续道，“奈特里，我没说错吧？那块地休耕很久了，最近才重新犁过，又种上了大麻、蛇麻和亚麻。我跟你说啊，那块地可好了。一路蔓延到森林旁边……”

“然后呢？”诗人忍不住了，“那块地怎么了？

“哦。”祖恩抬起头，挠挠耳后，“呃，那儿有个磨鬼儿。”

“啥？”丹德里恩嗤之以鼻，“有个啥？”

“我说了，有个磨鬼儿。”

“啥磨鬼儿？”

“还能是啥？磨鬼儿就是磨鬼儿。”

“魔鬼根本不存在！”

“别插嘴，丹德里恩。”杰洛特平静地说，“继续说，尊敬的祖恩先生。”

“我说了，有个磨鬼儿。”

“我听到了。”只要愿意，杰洛特可以非常耐心，“告诉我，他长什么样？从哪儿来？又给你们惹了什么麻烦？慢慢来，一句一句说，劳烦您了。”

“哦，对。”祖恩举起粗糙的手，一根根掰过指头，艰难地计数，“一句一句说。你真是个明白人。呃，是这样的。他的模样儿，先生，就像个磨鬼儿，完完全全是个磨鬼儿。他从哪儿来？呃，凭空冒出来的。砰、嘭、哐当一下子，然后磨鬼儿就来了。说到惹麻烦，他还真惹了好些麻烦，但也帮过我们几次。”

“帮你们？”丹德里恩咯咯笑，努力想把酒里的一只苍蝇挑出来，“魔鬼会帮助人？”

“别插嘴，丹德里恩。继续说，祖恩。他是怎么帮你们的？这个……”

“磨鬼儿。”长老加重了语气，“哦，他是这么帮大伙儿的：他施肥，翻土，驱赶鼹鼠，赶跑飞鸟，照看芜菁和甜菜。啊，他还会吃掉卷心菜里的毛毛虫。当然啦，连卷心菜也一道吃掉了。他就这么狼吞虎咽的，像个磨鬼儿。”

丹德里恩又笑出了声，拣起啤酒里那只苍蝇，丢向壁炉边的猫。猫睁开一只眼睛，责备地看着诗人。

“尽管如此，”猎魔人平静地说，“你们还是准备雇我去解决他，我说得对吗？也就是说，你们不希望他在附近出没？”

“谁乐意呢？”祖恩阴郁地看着他，“瞧着自个儿祖传的地里有个磨鬼儿？这儿是国王陛下自古赐给我们的土地，跟磨鬼儿没有半点儿关系。我们才不稀罕他帮忙。我们自个儿有手，对不对？还有，先生，他不光是个磨鬼儿，还是头恶毒的野兽，而且他的脑袋简直——请原谅——塞满了狗屎。鬼才知道他在想啥。有一回他弄脏了井水，还追赶一个姑娘，威胁要强暴她，把她吓得不轻。他手脚不干净，先生，他偷我们的家当和粮食。他经常打坏东西，惹是生非，破坏河堤，还像麝鼠或水獭似的掘沟开渠——有个池塘里的水全漏光了，里面的鲤鱼也死光了。他还在干草堆里抽烟，这狗娘养的混蛋，结果把一整垛干草全烧光……”

“我明白了。”杰洛特打断他，“这么说，他确实让你们很闹心。”

“不不，”祖恩摇摇头，“他没让我们闹心，顶多算淘气了点儿。”

丹德里恩转身面对窗子，努力笑得别太大声。

猎魔人保持沉默。

“呃，关于这事儿，”一直默不作声的奈特里开口道，“你是个猎魔人，对不？那就对那个磨鬼儿做点儿什么。我知道，你去上波萨达就是找活儿干的。现在你有活儿了。我们会给你应得的钱。不过记住喽：我们不想让你杀掉那个磨鬼儿。绝对不成。”

猎魔人抬起头，坏坏地笑了。“有意思，”他说，“真少见。”

“什么？”祖恩皱起眉头。

“少见的条件。为什么对他仁慈？”

“不能杀他。”祖恩的眉头皱得更紧了，“因为这片山谷……”

“别杀他，就这么回事儿。”奈特里插嘴，“抓住他就成，先生，要不就把他赶到七座山那边。到时候我们不会少给你钱的。”

猎魔人微笑着，一言不发。

“你接受吗？”祖恩问。

“首先，我想瞧瞧你们这个魔鬼。”

两个村夫面面相觑。

“你有这个权力。”奈特里站起身，“去吧。磨鬼儿晚上在村里四下游荡，不过白天他会躲进大麻地，要不就在沼泽地那边的老柳林里。你可以去那儿瞧瞧他。我们不着急。要是想休息，多久都成。来的就是客，在这儿好吃好住，舒服得让你们都不想走。回头见。”

“杰洛特。”丹德里恩跳起来，看着走进院里的两个村夫，“我完全糊涂了。我们刚刚才讨论过虚构的怪物，没过一天，你突然答应收钱去狩猎魔鬼了。每个人都知道——当然，除了无知的乡下人——魔鬼是编造出来的，只在神话故事里存在。你这突然冒出来的干劲是怎么回事？以我对你不多的了解，你该不会是为了让我们有吃有喝有住，才自贬身份欺骗他们吧，是吗？”

“当然。”杰洛特做个鬼脸，“看起来你对我了解得不少嘛，歌手先生。”

“这样的话，我就不明白了。”

“你想明白什么？”

“根本没有魔鬼存在！”诗人的吼声把猫彻底吵醒了，“没有这种东西！见鬼，魔鬼根本不存在！”

“的确。”杰洛特笑了，“可是丹德里恩，我向来抵挡不住这种诱惑——亲眼看到空想生物的诱惑。”

三

“有一件事可以肯定，”猎魔人的目光扫过前面那片辽阔而纷乱的大麻丛，“这魔鬼不蠢。”

“你是怎么得出这结论的？”丹德里恩很好奇，“就因为他躲在这片没法通行的大麻丛里？连老野兔都有这脑子。”

“因为大麻的特质。这种规模的大麻田能释放强烈的灵气，阻碍魔法的效力。大多数咒语在这儿都会失效。那儿，瞧见那些长秆作物没？那是蛇麻草——它们的花粉有同样的效力。这可不是巧合。那个恶棍能感觉到灵气，也知道他待在这儿很安全。”

丹德里恩咳嗽一声，提了提裤子。“我很好奇。”他又挠挠帽子下的额头，“杰洛特，你打算怎么做？我从没见过你工作。我想你应该知道抓魔鬼的法子——我正在回忆歌谣内容。有一首关于魔鬼和女人的，有点儿粗俗，但很有趣。你知道，那女人……”

“饶了我吧，丹德里恩。”

“如你所愿。我只想帮忙而已。你不该轻视古老的歌谣，歌中有世世代代积累下来的智慧。有首歌谣讲一个名叫慢吞吞的农场工人，他……”

“别唠叨了。我们得把吃住钱挣出来。”

“你想做什么？”

“在大麻地里找找看。”

“很传统。”行吟诗人哼了一声，“但不够优雅。”

“换了你会怎么做？”

“开动脑子。”丹德里恩吸了吸鼻子，“用巧劲儿。比方说找头猎犬。我会把魔鬼赶出农田，然后骑马在开阔地追，用套索捆住他。你觉得如何？”

“有意思。如果有你帮忙，没准能成，谁知道呢——反正这事至少需要两个人。可我们不是去狩猎的。我想弄清楚这东西，这个魔鬼到底是什么，所以才想到大麻地里看看。”

“嘿！”诗人这才反应过来，“你没带剑！”

“带剑干吗？我也听过关于魔鬼的歌谣。无论那个女人，还是叫慢吞吞的农场工人，都没用剑。”

“唔……”丹德里恩四下看看，“我们要挤到田地中间去？”

“你不用去。你可以回村子等我。”

“哦，这可不行。”诗人抗议，“要我错过这样的机会？我也想见识见识魔鬼，瞧瞧他是不是像他们说的那么可怕。我只是问，如果有路的话，我们是不是就不用挤进去？”

“说得对。”杰洛特手搭凉棚，“确实有路。走那边吧。”

“如果那是魔鬼走的路呢？”

“那不更好？用不着走太远了。”

“知道吗，杰洛特?”诗人跟着猎魔人，走在大麻地里那条崎岖的小路上，含糊不清地说道，“我一直以为，魔鬼只是个隐喻，是为骂人才编出来的。‘见你的鬼去!’‘鬼才知道!’什么的。低地人常说：‘魔鬼给我们带来了客人。’矮人做错事的时候会‘鬼哭狼嚎’，还把杂种家畜叫做‘鬼便便’。古语里有句谚语叫‘鬼臭屁’，那意思是……”

“我知道，丹德里恩。”

丹德里恩不说话了。他取下饰有苍鹭羽毛的帽子，扇了几下风，又擦了擦汗水淋漓的额头。充斥田间的花草气息令空气更加闷热潮湿。前方出现了弯道。就在弯道旁边，道路在一小片踩出的空地处到了尽头。

“丹德里恩，你看。”

空地正中央有块平坦的大石头，上面放着几只陶碗。一根几乎燃尽的牛脂蜡烛竖在陶碗之间。烛泪中有些无法辨认的果核和种子，杰洛特在其中发现了几粒玉米和蚕豆。

“不出所料。”他喃喃道，“他们一直在供奉他。”

“看来是这么回事。”诗人指着蜡烛，“他们为魔鬼点了根牛脂蜡烛。我明白了，他们还喂他吃种子，跟喂麻雀似的。这鬼地方真是脏透了。所有东西都沾着蜂蜜和白桦焦油。究竟……”

诗人接下来的话被一阵响亮而不祥的羊叫声压了下去。大麻地里沙沙作响，伴着一阵重重的脚步声，接着，杰洛特见过的最古怪的生物钻出了大麻丛。

那生物几乎有大麻植株的一半那么高，双眼凸出，长着一对山羊角和一副胡须。它的嘴巴是条不断蠕动的开口，同样让人想起咀嚼草料的山羊。它的下半身覆满密集的深红色长毛，一直蔓延到分岔的蹄子。这头魔鬼有根长尾巴，末端刷子似的毛穗正在晃动不止。

“唷！唷！”怪物跺着蹄子吼道，“你们想干吗？走！不走我就撞你们。唷！唷！”

“没人教训过你吗，小羊儿？”丹德里恩又管不住嘴了。

“唷！唷！咩——！”羊角怪物咩咩地叫起来，不知出于肯定还是否认，抑或只是想叫几声而已。

“闭嘴，丹德里恩。”猎魔人吼道，“一个字也别说了。”

“咩咿咿咿咿咿！”那生物狂乱地叫着，张开大嘴，露出满口马齿般的黄牙，“唷！唷！咩呜咿咿咿——呜咩呜呜呜咩咿咿咿咿！”

“当然。”丹德里恩点点头，“你回家时可以带上手摇风琴还有铃铛……”

“该死的，闭嘴！”杰洛特嘶声道，“把你的蠢笑话留给你自己去……”

“笑话！”羊角怪大吼着跳了起来，“笑话？又来了两个小丑，是不是？带来了铁球，对不对？我给你们铁球，你们这俩无赖。唷！唷！唷！你们想要笑话，是不是？给你们笑话！给你们铁球！”

那怪物一跃而起，手一挥。丹德里恩大叫一声，一屁股坐在地上，手捂额头。怪物咩咩叫着，再次瞄准。有东西从杰洛特耳边掠过。

“给你们铁球！咩咿咿咿！”

一颗直径一寸的铁球重重砸在猎魔人的肩头，另一颗则命中丹德里恩的膝盖。诗人臭骂一句，连滚带爬地逃跑，杰洛特紧跟在后，铁球在他头顶呼啸而过。

“唷！唷！”羊角怪物尖叫着，上蹿下跳，“给你们铁球！下贱的小丑！”又一颗铁球破空而来。丹德里恩捂住后脑勺，吐出更恶毒的脏话。杰洛特跳进一旁的大麻丛，却没能避开打中他肩膀的铁球。那羊角怪物准头很好，而且铁球似乎取之不尽。猎魔人艰难地挤过大麻丛，听见羊角怪物发出又一阵胜利的叫声，紧接着是铁球的呼啸、丹德里恩的咒骂和落荒而逃的急促脚步。

随后，一切归于寂静。

四

“好吧，好吧，杰洛特。”丹德里恩将一只在水桶里浸过的马蹄铁贴在额头上，“我实在没想到，一个长着山羊角和山羊胡、像头蓬毛公羊似的疯子，也能这么高贵冷艳地拒人于千里之外。我的脑袋挨了一下，瞧瞧这肿包！”

“你已经给我看六次了。不比第一次更有趣。”

“真好笑。我还以为跟着你不会有事呢！”

“我没叫你跟着我。而且我叫你闭上臭嘴，可你不听，所以才会遭这个罪。拜托你安静点儿，他们来了。”

奈特里和祖恩走进房间，身后还跟着个一瘸一拐的灰发老女人。她的腰弯得像块椒盐卷饼，一个瘦得皮包骨的金发少女搀扶着她。

“尊敬的祖恩先生，尊敬的奈特里先生，”猎魔人开门见山地说，“在我动身以前，我问过你们，是否对那魔鬼做过什么。你们告诉我，什么都没做。现在我有理由质疑这一点。我期待你们的解释。”

村民窃窃私语一阵，然后祖恩把拳头放到嘴边，咳嗽一声，踏前一步。“您说得对，先生。请原谅。我们撒谎了——现在正后悔着呐。

我们本想骗骗那磨鬼儿，把他赶走……”

“用什么法子?”

“在这山谷里头，”祖恩慢吞吞地说，“过去有好些怪物。天上有龙，地上有多足怪虫、半人怪物、幽灵、大得要命的蜘蛛和各种毒蛇。我们一直从那本大部头儿书里寻找对付这些害人精的法子。”

“什么大部头儿书?”

“把书给他看看，老婆娘。我说书！大部头儿书！想急死我吗？简直跟门把儿一样迟钝！丽尔，跟这老婆娘说，把书拿出来!”

女孩从老女人鸡爪似的手指里扯下那本书，递给猎魔人。

“就是这本大部头儿书。”祖恩续道，“很久很久以前就是我们氏族的东西了，上面写着对付每一种怪物、魔法和奇迹的法子，不管过去的还是未来的。”

杰洛特翻开厚重油腻、蒙着厚厚尘灰的书页。女孩仍旧站在他身前，双手拧着围裙。她比他预想的要年长些——她跟村里那些健壮女孩截然不同的曲线欺骗了他。

他把书放在桌上，翻过沉重的木头封面。“看看这个，丹德里恩。”

“原初符文。”诗人依然用马蹄铁贴紧额头，目光越过他的肩膀，辨认道，“这书的文字比现代语言古老，不过还是基于精灵符文和矮人的象形文字创造的，句子的架构方式很有趣，那时的人确实是这么讲话的。蚀刻画和字母花饰都很有意思。见到这种东西的机会可不多，杰洛特，要我说的话，它应该放在神殿的图书馆里，而不是世界边缘的村庄。看在全体神明的分上，亲爱的农夫们，你们究竟是从哪儿弄来的？你们该不会告诉我，你们会读它？你们认识原初符文吗？你们认识符文吗?”

“什——么?”

金发女孩凑到老女人身边，对她耳语几句。

“识字儿?”老女人笑了，露出满口空荡荡的牙床，“我?不，甜心。这门手艺我从没学会过。”

“解释一下。”杰洛特转身看着祖恩和奈特里，冷冰冰地说，“既然你们不认识符文，那是怎么使用这本书的?”

“只有最老最老的女人才知道书里写的啥。”祖恩沮丧地说，“等快入土的时候，她会把知道的东西教给几个年轻人。听好了，两位，我们的老女人已经到时候了。所以我们的老女人才选了丽尔做学生。不过眼下，还是这老女人知道得最多。”

“老巫婆和小巫婆。”丹德里恩喃喃道。

“老女人能记下整本书的内容?”杰洛特难以置信地问，“是这样吗，老妈妈?”

“整本可不成，不成。”老女人听完丽尔的转述后答道，“只有图画旁边儿那些。”

“啊。”杰洛特随意翻开书，那张破破烂烂的书页上画着一头斑点猪，头上长着七弦琴状的长角。“这样的话——这儿写的是什么?”

老女人咂吧一下嘴，仔细瞧了眼蚀刻画，闭上眼睛。

“长角原牛，或称金牛，”她复述道，“被无知者误称为野牛。拥有长角，常用来冲撞……”

“够了。非常好。”猎魔人又翻几页，“这儿呢?”

“云妖精和风妖精种类繁多。有些降雨，有些刮风，有些打雷。若想得其庇佑，需取铁匕一柄，全新，鼠粪半盎司，苍鹭脂肪……”

“好，很好。唔……那这儿呢?写的是什么?”

蚀刻画上是个披头散发的巨人，有硕大的眼睛和比眼睛更大的牙齿，骑着一匹马。怪物右手握着一把货真价实的剑，左手则是一袋钱币。

“狩魔者，”老女人嘟囔道，“又称猎魔人。有时虽为情势所迫，但召唤他仍为最危险之举。如需孤身面对怪物与害兽，唯有狩魔者方可达成。但得小心，切……”

“够了。”杰洛特嘀咕道，“够了，老妈妈。多谢你。”

“不，不。”丹德里恩坏笑着抗议，“后面怎么说？多有趣的书啊！继续说，老妈妈，继续说。”

“呃……但得小心，切勿碰触狩魔者，此举将招致兽疥癣之疾。少女更须避而不见，因狩魔者之淫欲无人可及……”

“太对了，完全正确。”诗人大笑起来。在杰洛特看来，丽尔也笑了，只是难以察觉而已。

“……狩魔者虽贪婪放荡，”老女人半闭着眼，继续嘟囔，“但汝等勿须多加偿付——水鬼：银币一枚或一枚半；猫人：银币两枚；鸟怪：银币……”

“那可都是过去的价码了。”猎魔人嘀咕道，“多谢你，老妈妈。现在请告诉我们，书上哪儿提到了魔鬼？又是怎么写的？如果这回你能说得详细点儿，俺会非常感激的，因为俺很想知道，你们过去是用怎么个法子对付他的。”

“小心点儿，杰洛特。”丹德里恩笑道，“你都用上他们的乡下口音了。这东西很容易传染。”

老女人艰难地控制住颤抖的双手，翻过几页。猎魔人和诗人弯腰细看，只见那蚀刻画确实把丢铁球的怪物画了出来：长角、蓬毛、有尾，还有那恶毒的笑。

“魔鬼，”女人复述道，“又称‘柳居者’或‘森林神’。对家畜和家禽而言，他可谓恼人的祸害。若欲将其逐出村落，汝等需……”

“哦，哦。”丹德里恩喃喃道。

“……汝等需携果仁一捧，”女人的手指在羊皮纸上游走，继续道，“铁球一捧；蜂蜜一罐，焦油一罐；软酪一桶，肥皂一桶。于夜晚之时，前往魔鬼之所在，服食坚果。尔后，贪吃成性之魔鬼必询问此物是否美味。随即将铁球给予……”

“该死的，”丹德里恩嘟囔道，“生疮的……”

“安静。”杰洛特道，“好了，老妈妈，继续说。”

“……待咬碎尖牙之后，魔鬼视汝等大啖蜂蜜，必急不可耐，渴求蜂蜜之滋味。予其焦油，继而服食软酪。少顷，魔鬼必怨声载道，但汝应充耳不闻。待魔鬼欲食软酪，予其肥皂。魔鬼定将忍耐不住……”

“你们到了肥皂这一步？”杰洛特面无表情地看着祖恩和奈特里，插言道。

“差远啦。”奈特里呻吟道，“我们就到铁球那儿。可他刚咬了口铁球……”

“谁叫你们给他那么多的？”丹德里恩的怒气爆发了，“书上写得清清楚楚，携铁球一捧，你们却给了他满满一大袋子！给了他整整两年的弹药，你们这群蠢瓜儿！”

“当心。”猎魔人笑道，“你也开始带口音了。这东西会传染。”

“多谢提醒。”

杰洛特突然抬头，看着老女人身边那个少女的眼睛。丽尔没有移开目光。那对眸子是苍蓝色的。“你们为什么给那魔鬼送谷子？”猎魔人质问道，“这倒挺明显的，他是食草动物。”

丽尔没答话。

“问你话呢，小姑娘。别害怕，跟我说话不会得兽疥癣。”

“别问她问题，先生。”奈特里的语气明显带着不安，“丽尔……她……有点儿怪。她不会回答你的，别逼她。”

杰洛特继续盯着丽尔的眼睛，她也毫不退缩。他只觉脊背窜过一阵凉意。

“你们干吗不用棍子和干草叉对付那恶魔？”他抬高声音，“干吗不用陷阱对付他？如果你们愿意的话，他的羊脑袋早就插在木杆上吓乌鸦了。你们警告我别杀他，为什么？丽尔，是你禁止他们这么干的，对吗？”

祖恩站起身，脑袋差点撞到房梁。

“走吧，丫头。”他咆哮道，“带上老女人，走。”

“她是谁，尊敬的祖恩先生？”等到房门在丽尔和老女人身后关闭，猎魔人追问道，“那个女孩是谁？为什么她比那本该死的书更让你们敬重？”

“不关你的事儿。”祖恩看着他，眼神一点也不友好，“要残害或烧死女巫，回你自个儿那儿去。这儿从前没有女巫，将来也不会有。”

“你没明白我的意思。”猎魔人冷冷地说。

“因为我不想明白！”祖恩咆哮道。

“我注意到了。”杰洛特从齿缝间吐出这句话，语气波澜不惊，“但请别客气到揣度我的想法，尊敬的祖恩先生。我们之间还没达成协议呢，我还没接受你的委托。别以为找个猎魔人来，给他一两枚银币，他就能做成你们做不到的事，或者你们不想做和别人不准你们做的事。

不，尊敬的祖恩先生，你们还没雇到猎魔人，而我不相信你们能雇到。凭你这种不愿沟通的态度，想都别想。”

祖恩一言不发，目光阴沉地打量着杰洛特。

奈特里清清喉咙，在凳子上动动身子，在脏兮兮的地板上蹭蹭破便鞋，突然站起身。

“猎魔人先生，”他说，“别发火儿。我们会说清楚的。祖恩?”

村长老点点头，坐了下来。

“过来那会儿，”奈特里开口道，“你们应该瞧见这儿的庄稼长得有多好吧？没几个地方的庄稼能跟我们这儿比——如果真有的话。树苗和种子对我们很重要，有了它们，我们就能缴清税款，还能拿来卖钱、换东西……”

“这跟魔鬼有什么关系?”

“那磨鬼儿习惯四处惹事和恶作剧之后，就开始使劲儿偷粮食。一开始，我们把一点粮食放到大麻地里的那块石头上，以为他吃饱了就不会到处惹麻烦。白费功夫。他偷得更厉害了。等我们把粮食藏进店铺和库房，锁得严严实实，他就发狂了。他叫啊，吼啊，‘唷！唷！’地叫。当他叫出‘唷！唷！’的时候，还是逃命比较好。他还威胁要……”

“……睡女人?”丹德里恩露骨地笑道。

“那个也有。”奈特里赞同，“哦，他还提到要放火。这说来话就长了，他偷不着东西，就要我们缴税。他要我们成袋成袋地给他谷子和别的东西。我们很生气，打算教训一下这蓬毛畜牲。可……”村夫清清嗓子，低下了头。

“用不着拐弯抹角儿。”祖恩突然道，“咱们误会猎魔人了。全告诉他吧，奈特里。”

“老女人不让我们揍磨鬼儿。”奈特里飞快地说，“可我们知道，那是丽尔的主意，因为老女人……老女人说的话都是丽尔教的。我们……你已经知道了，先生。我们听她的话。”

“我注意到了。”杰洛特扬起嘴角，“那老女人除了动动下巴、嘟囔几句连她自己都不明白的话，其他什么也不会。而你们都张嘴盯着那女孩，好像她是尊女神雕像。你们不敢跟她对视，却在努力揣测她的意愿。对你们来说，她的意愿就是命令。那么，这个丽尔究竟是谁?”

“您自个儿已经猜着了，先生。她是个女先知，是个贤者。但请别跟任何人说。我们求您。如果消息传到税务官那儿，或者不巧叫总督知道了……”

“别担心。”杰洛特认真地说，“我知道这意味着什么，不会出卖你们。”

乡村里常见这种怪女人和怪少女——无论叫她们女先知还是贤者——但向农夫征税的贵族们从来都不待见她们。农夫们遇到所有事，都会先去请教女先知，并毫无理由地深信不疑。而根据她们的建议做出的决定，往往与领主及大诸侯的政策背道而驰。杰洛特听过不少有悖常理的指示：宰掉整个牧群、停止播种或收获，甚至全村迁移。地方领主因此反对这种迷信行为，而且手段通常很粗暴，农夫们也很快学会，不让智者公开露面，但他们不会不听她们的意见。因为根据经验，从长远来看，智者的话总是对的。

“丽尔不让我们杀磨鬼儿。”奈特里续道，“她叫我们照书上说的做。你也知道，不管用。税务官已经对我们不满了。要是我们上缴的谷子再比以前少，他非得气炸了不可。我们还没跟他讲过磨鬼儿的事儿，因为税务官一向不讲情面，又不懂啥笑话。这时你们碰巧路过。我们就问丽尔能不能……雇你……”

“然后?”

“她通过那老女人说，她得先瞧瞧你。”

“她见过我了?”

“对。然后她答应了。我们知道丽尔啥时候答应，啥时候不答应。”

“可她一句话也没跟我说过。”

“她从不跟人说话，谁也不说——除了那老女人。但如果她不答应，她连房间都不会进。”

“唔……”杰洛特思索起来，“真有趣。这位女先知不光不作预言，连话也不说一句。她从哪儿来的?”

“我们不知道，猎魔人先生。”祖恩低声道，“不过上年纪的人都记得老女人的事儿。早先那个老女人也找了个不爱说话的小丫头，也没人知道她从哪儿来。后来小丫头成了现在的老女人。换了我爷爷肯定会说，那是老女人的转世，就像天上的新月。您别笑话……”

“不会的。”杰洛特摇摇头，“这种事我见过太多了。我也不打算插手你们村里的事务，尊敬的祖恩先生。我只想确认一下丽尔和魔鬼的关系。也许你们已经意识到了这种关系的存在。所以，要是你们想跟女先知搞好关系，解决这事的办法就只有一个：你们得努力喜欢上那个魔鬼。”

“可您得知道，先生，”奈特里说，“已经不光是磨鬼儿的问题了。丽尔不让我们伤害任何东西。任何生物。”

“当然。”丹德里恩插话道，“乡村女先知就像德鲁伊，是在树上长大的。德鲁伊宁愿让牛虻喝自己的血来填饱肚子。”

“说到点子上啦。”奈特里露出微笑，“真是说到点子上啦。我们的问题跟这一样。瞧瞧窗外，田地漂亮得跟画儿似的，但其实有野猪正在刨我们的菜地儿。我们得找到法子，丽尔不知道的法子。眼不见心不烦。明白没?”

“我明白了。”杰洛特低声道，“无论有没有丽尔在，你们的魔鬼都是个森林神。一种极其稀有又聪明过人的生物。我不会杀他的，我的准则不允许。”

“要是他很聪明，”祖恩道，“就跟他谈谈吧。”

“是这样。”奈特里附和道，“如果这磨鬼儿有脑子，那他偷谷子肯定有原因。所以猎魔人先生，请查清他想要什么。毕竟他不吃谷子——至少吃的不多。那他要谷子干吗？刁难我们？他想干吗？先查查原因，再用猎魔人的法子赶走他。你愿意吗?”

“我会试试。”杰洛特下了决心，“可……”

“可什么?”

“朋友们，你们的书已经过时了。你们清楚我在说什么吧?”

“哦，当然。”祖恩嘟囔道，“不清楚。”

“那就听我说。尊敬的祖恩先生，还有尊敬的奈特里先生，如果你们觉得我的帮助只值一两枚银币，那你们就大错特错了。”

五

“嘿!”

大麻丛中传来一阵窸窣声，然后是愤怒的“唷！唷!”，紧接着有作物折断的声音。

“嘿!”猎魔人重复道，谨慎地藏匿住身形，“现身吧，柳居者。”

“你才柳居者!”

“那叫你什么？魔鬼?”

“你才魔鬼!”森林神探出脑袋，龇牙咧嘴，“你想干吗?”

“谈谈。”

“你来拿我寻开心是不是？你以为我不知道你是谁？那些农夫雇你来赶走我，嗯?”

“对。”杰洛特面不改色地承认，“我来就为跟你谈这个。我们能不能达成个共识?”

“我糟了这么多罪，”森林神咩咩叫着，“你还想轻描淡写地解决？一点儿力气都不花？做梦吧你！伙计，生命的意义就在于竞争。强者为王。如果你想说服我，就证明你是最强的。用不着什么共识，我们可以来比一场，赢家说了算。我提议比赛跑，就从这儿到湖堤那棵老柳树。”

“我不知道湖堤在哪儿，也不认识那棵老柳树。”

“要是你知道，我就不提议赛跑了。我喜欢比赛，可我不喜欢输。”

“看出来了。不，我们不赛跑。今天太热了。”

“真可惜。要不我们换个法子?”森林神露出满嘴黄牙，从地上捡起一块大石头，“你知道有个游戏叫‘比谁嗓门大’，对吧？我先喊。闭上眼睛。”

“我也有个提议。”

“我听着呐。”

“我们不赛跑也不比嗓门，你就这么离开。自愿离开，不用外力强迫。”

“你这提议简直就是‘鬼臭屁’。”魔鬼展示了自己的古语知识，“我不走。我喜欢这儿。”

“可你是这儿的祸害。你闹得太过了。”

“你懂个‘鬼便便’。”这森林神显然还懂矮人语，“你那提议也跟‘鬼便便’差不多。除非你在比赛里赢过我，否则我哪儿都不去。要我给你个机会吗？要是你不喜欢运动，咱们就比猜谜。我马上给你出个谜，要是你猜出来，就算你赢，我走。如果你猜不出，我留下，你走。绞尽脑汁吧，因为这谜语可不简单。”

不等杰洛特抗议，森林神就咩咩叫着，跺着蹄子，用尾巴抽打地面，念诵起来：

“叶儿粉又小，身子鼓囊囊，
“粘土里生长，溪水在近旁，
“小芽儿长长，花苞儿忧伤，
“假使见着猫，千万要躲藏，
“给它瞧见了，整个全吃光。

“好了，这是什么？猜吧。”

“我猜不出，”猎魔人想也不想，“大概是香豌豆？”

“错了。你输了。”

“正确答案是什么？花苞忧伤……那是什么？”

“卷心菜。”

“听着！”杰洛特吼道，“你快把我惹火了。”

“我警告过你的，”森林神咯咯笑着，“这谜语可不简单。很棘手。现在我赢了，我留下。你走。我希望你，先生，能平静地离开。”

“稍等一下。”猎魔人把手悄悄伸进口袋，“我的谜语呢？我总有机会为自己雪耻吧？”

“没有！”魔鬼抗议道，“因为没准儿我也猜不出。你拿我当傻子吗？”

“不。”杰洛特摇摇头，“我把你当成了一个恶意满满的傲慢蠢货。我们刚刚开始了一场全新的比赛，可你还不知道。”

“哈！是嘛？什么比赛？”

“比赛的名字叫做，”猎魔人缓缓地说，“‘以牙还牙，以眼还眼’。你用不着闭上眼睛。”

杰洛特矮下身子，快如闪电地一挥手。一寸大小的铁球撕破空气，正中森林神两角之间。那生物如遭雷击般仰天倒地。杰洛特借着草秆的掩护靠近，抓紧一只毛茸茸的腿。森林神咩咩叫着，挣扎起来。猎魔人用手臂护住脑袋，但收效甚微。尽管森林神使不上劲儿，但甩起蹄子来还是狠得像头愤怒的骡子。猎魔人想抓住它的蹄子，却没成功。森林神一阵扑腾，双手捶打地面，再次踢中杰洛特的额头。猎魔人咒骂一句，只觉森林神的腿滑出他的手掌。两人倒向相反的方向，撞断了草秆，又被丛生的大麻缠了一身。

森林神率先跃起，低下长角的脑袋，猛冲过来。杰洛特也站起身，没费什么力气就躲开攻击，还抓住那生物的长角，用力一扭，将它摔倒在地。他用双膝紧紧按住它。森林神咩咩叫着，冲猎魔人的眼睛吐口水，活像一头唾液分泌过度的骆驼。猎魔人本能地退后一步，但没放开魔鬼的双角。急于挣脱的森林神双蹄同时蹬出——说来也怪——

竟也同时命中了目标。杰洛特痛骂一声，依然不肯松手。他拉起森林神，把他按在吱嘎作响的草秆上，用尽全力踢向他毛茸茸的膝盖，然后弯下腰，冲他的耳朵吐了口唾沫。森林神咆哮一声，咬紧牙关。

“以牙还牙……”猎魔人喘着粗气，“……以眼还眼。还继续玩吗?”森林神叫嚣着，怒吼着，狠狠吐着口水，但杰洛特紧紧抓住他的双角，用力按住他的脑袋，使得口水落到森林神的蹄子上。那对蹄子踩踏着地面，掀起一团混合了草籽与尘土的烟云。

接下来几分钟就在紧张的对峙、相互辱骂和踢打间过去。如果说杰洛特有什么心愿，那就是希望没人看到他们——这一幕太丢人了。

又是一阵踢打，力道分开了缠斗的双方，令他们朝相反的方向退去，退入茂盛的大麻丛。森林神抢在猎魔人之前起身，摇摇晃晃调头就跑。杰洛特擦擦额头，气喘吁吁地追上去。他们在大麻田里挤出一条路，奔进蛇麻田。猎魔人听到马蹄声，那正是他期待的声音。

“在这儿，丹德里恩！这儿!”他大喊道，“蛇麻地里!”

那匹马的胸口出现在正前方，朝他猛撞过来。他像块石头似的被撞飞出去，仰面倒地。世界顿时变得昏暗。他拼命滚到一边，躲到蛇麻草秆后面，避开马蹄。然后他敏捷地起身，可另一个骑手已驾马冲来，将他再次撞倒。突然间，有人纵身扑向他，将他按倒在地。他的后脑传来短促而剧烈的痛楚。

之后便是一片黑暗。

六

嘴唇上沾着沙子，他想吐掉，这才发现自己脸朝下倒在地上，被绑得结结实实。他稍微抬起头，听到了人声。他躺在森林里一棵松树旁边，约莫二十步外有几匹无鞍马。羽毛般的蕨叶模糊了视线，但其中一匹无疑是丹德里恩的栗褐色马。

“三袋玉米。”有个人在说话，“很好，托克。你干得很好。”

“算不了什么。”一个羊叫似的声音说，显然就是那个森林神，“瞧这个，加拉尔。它看起来像豆子，却是纯白色。还有那个！叫油菜花，他们用它榨油。”

杰洛特用力闭上眼睛，然后睁开。不，这不是梦。魔鬼和那个什么加拉尔用的是古语，也就是精灵语。不过玉米、豆子和油菜花之类都来自通用语。

“这个呢？这是什么？”加拉尔问。

“亚麻籽。亚麻你知道吧？衬衣就是用亚麻做的。比丝绸便宜，也更耐穿。据我所知，它种起来相当复杂，但我会调查清楚的。”

“只要这亚麻能扎根——不像芜菁那样浪费掉就好。”加拉尔用同样古老的语言嘟囔道，“再去弄点儿芜菁种子来，托克。”

“别着急。”森林神咩咩叫着，“没问题。这儿所有东西的长势都好得要命。我会去弄的，别担心。”

“还有一件事。”加拉尔道，“弄清楚他们的三圃农作制是怎么运作的，这很重要。”

猎魔人小心地抬起头，努力打量周围。

“杰洛特……”他听到一个微弱的声音，“你醒了？”

“丹德里恩……”他低声应道，“我们这是……出什么事了？”

丹德里恩只是闷哼一声。杰洛特忍不住了。他咒骂着绷紧身体，扭头看去。

这块林中空地中央站着那个森林神，他还有个好听的名字——“托克”。他正忙着把麻袋和包裹放到马背上。有个苗条高挑的男子正在帮忙，多半就是加拉尔。后者听到猎魔人弄出的动静，转过头。他的黑发中带着一抹若有若无的深蓝色，五官有棱有角，双眼又大又亮，还有一对尖耳朵。

加拉尔是个精灵。一个来自群山的精灵。他属于再典型不过的古代种族，一位血统纯正的艾恩·希德。

加拉尔并非孤身前来。空地里还坐着六个精灵。其中一个正匆忙扫荡丹德里恩的背包，另一个抚弄着诗人的鲁特琴。其余精灵围着一个敞开的袋子，正贪婪地吞吃芜菁和胡萝卜。

“瓦纳丁、托露薇尔，”加拉尔说着，朝两个俘虏点头示意，“Vedrai! Ennle!”

托克跳了起来，咩咩叫着。“不，加拉尔！不！菲拉凡德芮说了不准的！你忘了吗?”

“我没忘。”加拉尔把两个麻袋丢到马背上，“但我得确认他们有没有解开绳子。”

“你想把我们怎么样?”吟游诗人呻吟着说。一个精灵把他按倒在地，检查绳结。“为什么绑着我们? 你们想干吗? 我是丹德里恩，一个诗……”

杰洛特听到拳头声。他扭动身子，转过头。

丹德里恩身边的精灵有对黑色的眸子，乌黑如墨的长发披在肩头，只有鬓角两条细细的辫子除外。她宽松的绿色缎衫外面套件短小的绿背心，贴身的羊毛裹腿塞在马靴里，腰间围条色彩绚丽的围巾，一直垂到膝盖上方。

“Que glosse?”她看着猎魔人，同时把玩着腰带上一柄长匕首，“Que l'én pavienn，ell'éa?”

“Nell'éa，”杰洛特争辩道，“T' en pavienn，艾恩·希德。”

“听见了吗？”女精灵转身看着同伴。那位高挑的精灵根本没费劲儿去检查杰洛特的绳结，只顾拨弄丹德里恩的鲁特琴，长脸上挂着漠不关心的表情。“你听见了吗，瓦纳丁？这猿人会说话！甚至很有耐心！”

高个精灵耸耸肩，短上衣的饰羽沙沙作响。“那就更有理由塞住他的嘴了，托露薇尔。”

女精灵弯腰看着杰洛特。她有长长的睫毛、异常苍白的肤色和干裂的双唇，脖子上缠了很多圈皮带，上面串着雕花的金色桦木条。

“哦，再说点什么嘛，猿人。”她嗓音沙哑，“让我们听听，你习惯大吼大叫的嗓子还能喊出些什么。”

“这算什么？找个借口殴打没法还手的人？”猎魔人费力地翻过身，仰面朝天，吐掉沙子，“想打就打吧。我见识过你这方面的喜好了。尽管发泄你过剩的精力吧。”

女精灵站直身子。“你的双手还自由时，我已经发泄过了。”她说，“我骑马撞倒了你，还给你的脑袋来了一下。等时机一到，我会解决你的。”

杰洛特没答话。

“我宁愿近身给你一刀，再看看你的表情。”女精灵续道，“可你实在太臭了，人类，所以我会用箭解决你。”

“如你所愿。”尽管被捆得结结实实，猎魔人还是尽可能耸了耸肩，“随你的便，尊贵的艾恩·希德。一个被五花大绑、动弹不得的目标，你应该不会射偏。”

女精灵盯着他，站定身子，然后弯下腰，龇了龇牙。

“对，我不会射偏的。”她嘶声道，“我百发百中。但我可以保证，你不会被第一支箭射死。第二支也不会。我会保证，你能感觉到自己的死期到来。”

“别靠这么近。”杰洛特露出厌恶的表情，做了个鬼脸，“你真是臭不可闻，艾恩·希德。”

女精灵向后跳去，扭动纤细的腰肢，用力踢向他的大腿。杰洛特收起双腿，蜷起身子，心里清楚她接下来的目标。他猜对了。她的靴子踢中他的臀部，力道之重令他牙齿打颤。

她身边的高个精灵用鲁特琴声应和她的每次踢打。

“住手，托露薇尔！”森林神咩咩叫唤起来，“你们疯了吗？加拉尔，叫她住手！”

“Thaesse！”托露薇尔尖叫着，又踢了猎魔人一脚。高个精灵更加卖力地拨弄鲁特琴，一根琴弦哀鸣着断成两截。

“够了！看在诸神份上，够了！”丹德里恩焦躁地吼道。他扭动身子，在地上打滚。“为什么恃强凌弱，你这蠢婊子？别碰我们！你也别碰我的鲁特琴好吗？”

托露薇尔转身看着他，干裂的嘴唇上方是因愤怒而扭曲的脸蛋。“乐师？”她咆哮道，“一个人类乐师？还是个鲁特琴师？”

她从高个精灵手里抢过那把乐器，在松树上用力砸碎，把残片连同琴弦一起丢向丹德里恩的胸口。

“去玩母牛角吧，你这野蛮人，别再碰鲁特琴。”

诗人的脸白得像个死人，嘴唇颤抖起来。杰洛特只觉冰冷的怒意在胸中升起。他望向托露薇尔的双眼。

“你看什么？”女精灵俯下身，嘶声道，“肮脏的猿人！要我把你那对臭眼珠子挖出来吗？”

她的项链垂在他头顶上方。猎魔人绷紧肌肉，骤然起身，用牙齿咬住项链。他使劲拉扯，同时蜷起双腿，用力转身。

托露薇尔失去平衡，倒在他身上。

杰洛特像鱼似的扭动身子，把女精灵压到身下，又用力向后仰头，幅度之大令他的脖颈嘎吱作响。他用尽全力，额头狠狠地砸在她脸上。托露薇尔尖叫着，挣扎起来。

他们粗鲁地拉开他，又扯着衣服和头发让他站起来。一个精灵给了他一拳，他感觉到戒指割破了脸上的皮肤，周围的森林开始翩翩起舞。他看到托露薇尔摇摇晃晃地跪起身，鲜血从她鼻子和嘴里泉涌而出。她拔出匕首，却呜咽着弯下腰，捂住脸，头抵在两膝之间。

那个衣服上满是斑斓羽毛的高个精灵从她手里接过匕首，走向猎魔人。他笑着举起武器。杰洛特透过一片红霾看着他——那是他撞断托露薇尔的牙齿时，飞溅到他眼里的鲜血。

“不！”托克叫喊着奔向精灵，拉住他的胳膊，“别杀他！不！”

“Voe'rle，瓦纳丁，”一个铿锵有力的声音突然命令道，“Quess aen？Caelm，evellienn！加拉尔！”

尽管被人抓着头发，杰洛特还是努力转过头去。

刚刚进入空地的马洁白如雪，鬃毛又长又软，柔顺得仿佛女人的头发。坐在华丽马鞍上的骑手也有完全相同的发色，额头处用一条镶嵌蓝宝石的头巾束着头发。

托克咩咩叫着跑向那匹马。他抓住马镫，对那白发精灵滔滔不绝地说起来。精灵威严地比了个手势，打断他的发言，接着跳下马鞍，走到被两个精灵扶着的托露薇尔身边，小心地拿开她脸上沾血的手绢。托露薇尔发出一声令人心碎的呻吟。精灵摇摇头，走向猎魔人。

精灵热切的黑色眸子映在他苍白的脸上，仿佛明亮的星辰。他双眼下有黑眼圈，仿佛连续几天没睡觉似的。

“就算被绑着，你们还是这么臭。”他用不带口音的通用语平静地说，“就像石化蜥蜴。由此我会得出结论……”

“是托露薇尔挑的头。”魔鬼咩咩叫着，“他都被绑起来了，她还踢他，像疯了似的。”

精灵摆摆手，示意他安静。在他命令下，另一个精灵把猎魔人和丹德里恩拉到松树下，用皮带绑在树干上。接着，他们在被放倒在地的托露薇尔身边跪下，遮住她。片刻后，杰洛特听到她的叫喊声。

“我没想到会是这样。”仍旧站在一旁的森林神道，“真的，人类。我不知道他们会……他们打昏你，又把你同伙绑起来时，我还求他们把你们留在蛇麻地里。可……”

“他们不能留下目击者。”猎魔人嘀咕道。

“他们肯定不会杀了我们，对吗？”丹德里恩呻吟道，“他们肯定不会……”

托克什么也没说，只是抽了抽鼻子。

“见他妈的鬼。”诗人呻吟起来，“他们打算杀了我们？这到底怎么回事，杰洛特？我们到底看到了什么？”

“我们看到，这位森林神朋友在百花之谷执行一项特殊任务。我说得对吗，托克？在精灵的要求下，他偷窃种子、树苗和农耕方面的知识……还有什么，魔鬼？”

“任何能偷到的东西。”托克咩咩叫着说，“任何他们需要的东西。真不知道有啥是他们不要的。他们在山里总是挨饿，尤其是冬天。他们一点儿也不懂农耕。现在他们学会了驯养野兽和家禽，还在少得可怜的土地上种起了作物……但他们没多少时间，人类。”

“我才不在乎他们的时间。我对他们做了什么？”丹德里恩呻吟不止，“我犯了什么错？”

“仔细思考一下，”白发精灵悄无声息地走到一旁，“也许你就能回答自己的问题了。”

“他只是在为人类对精灵犯下的所有过错复仇罢了。”猎魔人冷笑道，“不管复仇对象是谁，对他来说都一样。别被他高贵的穿着和优雅的谈吐迷惑了，丹德里恩。他跟那些痛打我们的家伙没什么不同。他总得找个人，把他们无能的怒火发泄出来。”

精灵捡起丹德里恩破碎的鲁特琴，看着损毁的乐器，半晌无言，最后把它丢进了灌木丛。

“如果我想为复仇欲望找个宣泄的渠道，”他把玩着柔软的白色手套，“我会在夜晚进攻山谷，烧光村子，杀死村夫。这么做很简单。他们甚至连守卫都没有。他们在森林里看不到我们，也听不见我们的声音。还有什么法子比树后飞出一支迅疾无声的利箭更简单呢？但我们不是来猎捕你们的。是你，有着怪异眸子的男人，在猎捕我们的朋友，这位森林神托克。”

“咩咿咿咿，太夸张了。”魔鬼咩咩叫着，“什么猎捕？我们玩得可开心了……”

“你们人类憎恨一切有别于自己的种族，就算只是耳朵形状的差别。”精灵毫不理睬森林神，用平静的语气续道，“所以你们夺走我们的土地，把我们逐出家园，赶进蛮荒的群山。你们夺走了多尔·布雷坦纳，我们的百花之谷。我是白银诸塔的菲拉凡德芮·艾恩·菲达尔，来自洁白之船的菲里奥恩家族。如今我被流放，被束缚在世界的边缘。我成了世界边缘的菲拉凡德芮。”

“世界很大。”猎魔人喃喃道，“地方有的是。”

“世界很大。”精灵重复道，“没错，人类，但你们改变了世界。起初，你们用武力改变它，就像所有落入你们手里的东西一样。而现在看来，世界开始适应你们了。它为你们让路。它屈服了。”

杰洛特没有回答。

“托克说得没错。”菲拉凡德芮续道，“我们正在挨饿，正在面临种族灭绝的危险。阳光不同了，空气不同了，水也不是过去的样子了。我们过去的吃用之物全都濒临死亡，消失衰退。我们从未耕种过土地。不像你们人类，我们没摸过锄头和犁，如今大地被迫向你们献上高额的贡品。它曾赠予我们礼物，你们却强行把它的宝藏夺走。对我们来说，大地为我们带来生机和繁盛，全因为它爱着我们。哦，没有哪种爱可以永远持续下去。但我们仍要生存。”

“与其偷窃谷物，倒不如去买。你们想买多少都行啊。你们拥有的许多东西，在人类眼里仍有价值。大家可以作交易。”

菲拉凡德芮轻蔑地笑笑。“跟你们交易？绝不。”

杰洛特皱了皱眉，脸上干涸的血迹纷纷开裂。“那就带着你们的傲慢和偏见去死吧。拒绝相处，就等于宣判自己的灭亡。与人类共存，达成共识，才是你们唯一的机会。”

菲拉凡德芮倾身向前，目光炽烈。

“要我们服从你们的法令？”他用一种与先前不同、但依然冷静的语气说道，“认同你们的君王？放弃个体的存在？你们要我们做什么？当奴隶？贱民？在你们城镇的围墙外同你们相处？跟你们的女人交往，再因此上绞架？还是说，你想看看混血儿的生活有多艰难？你为何避开我的视线，奇怪的人类？你又是怎么跟他们相处的？毕竟你与常人如此不同。”

“我做得到。”猎魔人直视他的双眼，“我做得到，因为我必须做到，因为我没别的出路，因为我克服了由与众不同而带来的虚荣与骄傲。我明白，对与众不同的人来说，这道防线脆弱得可怜。阳光的变化是因为某些东西在改变，而我并非这些改变的起因。阳光跟以前不同了，但太阳仍会继续照耀，就算举着锄头、对它暴跳如雷也无济于事。我们必须接受事实，精灵，这才是我们必须学会的。”

“这就是你想要的吗？”菲拉凡德芮用手腕拭去洁白额头上的汗珠，“这就是你想强加给别人的吗？想让别人相信，你们人类的时代已经到来，相信你们对其他种族所做的一切，就像日出日落一样理所当然？相信所有人都必须妥协？你居然还责怪我们虚荣？你们人类究竟何时才会明白，你们对世界的支配就像羊皮大衣里滋生的虱子一样惹人厌恶？如果你提议，要我们跟虱子共存，你会得到怎样的回答？——何况，你还要我仔细聆听虱子的话，并认同它们的主导地位，目的只是要正常使用这件大衣！”

“那就别浪费时间跟可恶的虫子谈话了，精灵。”猎魔人几乎无法控制自己的语调，“真想不到，你竟会希望一只虱子感到内疚和后悔。真可悲啊，菲拉凡德芮。你们遭受了苦难，渴望复仇，却又清醒地意识到自己的软弱。来吧，用你的剑捅我呀。对所有人类复仇啊。你会看到这能带给你多大的安慰。就像托露薇尔那样，冲着我先来一脚呀。”

菲拉凡德芮转过头去。“托露薇尔病了。”他说。

“我了解这种疾病及它的症状。”杰洛特转头吐了口唾沫，“我给她的治疗应该会奏效。”

“这番对话毫无意义。”菲拉凡德芮走到一旁，“很抱歉，我必须杀了你们。这与复仇无关，纯粹是出于必要。托克会继续他的任务，没人能猜到他在为谁效力。我们承担不起同你们开战的后果，也不会傻到去做什么交易和买卖，我们没幼稚到连你们的商人如何行事都不了解的地步。我们知道随之而来的会是什么，还有它们带来的什么‘和平相处’。”

“精灵，”丹德里恩一直沉默不语，这时轻声开口，“我有些朋友，他们会为我们支付赎金。赎金的形式由你们决定。考虑一下吧。毕竟偷来的种子没法拯救……”

“什么也拯救不了他们。”杰洛特打断他，“别卑躬屈膝了，丹德里恩，别再乞求他了。这么做既无益又可悲。”

“对一个才活这么久的人类来说，”菲拉凡德芮挤出一丝微笑，“你对死亡的轻蔑真让人惊讶。”

“有生便有死。”猎魔人平静地说，“对虱子来说，这样的人生观挺合适的，不对吗？你们再长寿又如何？菲拉凡德芮，我可怜你们。”

精灵扬了扬眉毛。“为什么？”

“你们多可悲啊，以为凭马背上那几袋偷来的种子、凭手里这几把谷子和面包屑就能生存下来？你们付出努力，只为不用考虑即将到来的灭亡。你们早知道会是这种结局。高原不会长出任何谷子，你们已经没救了。但你们寿命很长，会在傲慢的孤立中存活很久，看着同胞越来越少，越来越虚弱，也越来越痛苦。你知道接下来会发生什么，菲拉凡德芮，你知道的，那些眼神苍老、绝望至极的年轻男性，以及托露薇尔那样憔悴病弱的年轻女性，将会带领仍能拿动剑和弓的精灵冲进山谷。你将进入鲜花盛开的山谷，迎接你的死亡，只希望自己能光荣地战死，而不是死在可悲的病榻上，让贫血、肺结核和坏血病为你送终。到那时，长命的艾恩·希德啊，你们会想起我。你们会想起我对你们的怜悯。你们也会明白，我是对的。”

“时间会证明谁才是对的。”精灵轻声道，“长寿的优势就在于此。我有机会知道结果，只要有这点偷来的谷子就行。而你却没有这样的机会。你很快便会死去。”

“至少饶了他吧。”杰洛特朝丹德里恩偏了偏脑袋，“不，我不求你宽大为怀。我只求你有点常识。没人会关心我，但有人会为他报仇。”

“你也太低估我的常识了。”精灵略微迟疑后说，“如果他因为你而活了下来，那他肯定觉得，自己有为你复仇的义务。”

“这你尽管放心！”丹德里恩大吼，脸色苍白得像个死人，“你尽管放心，狗娘养的。连我一起杀了吧，不然我保证，我会带领整个世界与你们为敌。你们会见识到毛皮大衣里的虱子有多大能耐！就算把你们的群山夷为平地，我们也会解决你们！这你尽管放心！”

“你真傻，丹德里恩。”猎魔人叹道。

“有生便有死。”诗人傲慢地说，但他牙齿打战的声音，给这番声明稍微打了些折扣。

“那就这么定了。”菲拉凡德芮从腰间抽出手套，戴上，“该做个了结了。”

在他命令之下，精灵们手持弓箭站到杰洛特和丹德里恩面前。他们动作很快，显然期待已久。猎魔人发现，其中一个还在嚼芜菁。托露薇尔的嘴巴和鼻子都缠着布条和桦树皮，她站在弓手旁边，但手里没拿弓。

“要遮住你们的眼睛吗?”菲拉凡德芮问。

“不用。”猎魔人转过头去，“滚……”

“……你的鬼臭屁。”丹德里恩自打颤的齿缝间吐出下半句。

“哦，别!”森林神突然尖叫着飞奔过来，用身体挡住即将被处死的人类，“你疯了吗，菲拉凡德芮？这跟我们说好的不一样！不能这样！你应该带他们到山上去，把他们关进山洞，直到我们结束……”

“托克，”精灵道，“我不能。我不能冒这个险。尽管被绑着，但你看到他对托露薇尔都做了些什么。我不能冒这个险。”

“我才不管你能还是不能！你们在想什么？你以为我会允许你杀掉他们？在我的土地上？在我的村子旁边？你们这些可恶的蠢货！带着你们的弓，给我滚出去，不然我就撞过来了！唷！唷!”

“托克。”菲拉凡德芮手按腰带，“我们必须这么做。”

“鬼扯!”

“闪开，托克。”

森林神晃晃耳朵，叫声更加响亮。他瞪大眼睛，弯过手肘，做了个在矮人中间很流行的侮辱性手势。“你别想在这儿杀死任何人！上马回山里去，到谷口那边去！不然就连我一起杀了!”

“明理些吧。”白发精灵缓缓地说，“如果我们放过他们，人类就会知道你在做什么。他们会抓住你，折磨你。你是了解他们的。”

“我了解他们。”森林神咩咩叫着，依然挡在杰洛特和丹德里恩身前，“但我反倒不了解你们了！说真的，我都不知道该站在哪一边了。我真后悔跟你们联手，菲拉凡德芮！”

“你自找的。”精灵冷冷地冲弓手们发出信号，“这是你自找的，托克。L’sparellean！Evellienn！”

精灵们从箭囊里抽出箭。“走开，托克。”杰洛特咬牙切齿地说，“这么做没有意义。闪开。”森林神又做出那个矮人的手势，毫无退让之意。

“我听到了……音乐……”丹德里恩突然呜咽着说。

“常有的事。”猎魔人看着箭头说，“没关系。这种时候，害怕也不丢人。”

然而，菲拉凡德芮的神色变了，换成一副怪异的扭曲表情。白发精灵突然转过身，冲弓手们大喝一声。他们纷纷垂下武器。

丽尔走进空地。

她不再是那个身穿粗布衣裙的瘦削村姑了。在草丛间穿行的——不，不是穿行，是漂浮的——是位光彩照人、金发披肩、眼神如火的迷人女王。这位田野女王身上装饰着花环、玉米穗和成束的香草。她的左侧有一头幼鹿，正迈着僵硬的腿快步行走，右边则有一只刺猬，在草丛中沙沙作响。

“达娜·蜜德碧。”菲拉凡德芮毕恭毕敬地说着，躬身跪倒。

剩下的精灵也纷纷屈膝。他们缓慢地、不情不愿地接连跪下，低垂头颅以示尊敬。最后一个跪下的是托露薇尔。

“向您致敬，达娜·蜜德碧。”菲拉凡德芮重复道。

丽尔没有答话。离精灵还有几步远，她停了下来，蓝色的双眸扫过丹德里恩和杰洛特。托克保持着垂首的姿势，切割着绳索。精灵全都一动不动。

丽尔站在菲拉凡德芮面前。她一言不发，甚至连一丁点儿声音都没有，但猎魔人注意到白发精灵脸色的变化，感受到他们身边的灵气，也能确定他们正在交谈。魔鬼突然扯了扯他的衣袖。

“你的朋友，”他小声咩咩叫，“看来晕过去了。真会挑时候。我们怎么办?”

“往他脸上抽两巴掌。”

“乐意得很。”

菲拉凡德芮站起身。在他命令之下，精灵们快如闪电地给马匹上好鞍。

“跟我们走吧，达娜·蜜德碧。”白发精灵道，“我们需要你。别抛弃我们，永恒者。别放弃对我们的爱。我们会因此而死的。”

丽尔缓缓摇头，指着东方——群山的方向。精灵垂下头，白鬃马的华丽缰绳在他手里捏成一团。

丹德里恩走上前去，他脸色苍白，神情呆滞，森林神在旁扶着他。丽尔看着他，笑了笑。她与猎魔人四目相对，就这么过了许久，但她什么也没说。此时此刻，言语是多余的。

大多数精灵都已坐上马背，这时，菲拉凡德芮和托露薇尔走了过来。杰洛特看着她绷带上露出的黑色双眸。

“托露薇尔……”他没能把话说完。

女精灵点点头，从马鞍上拿起一把鲁特琴。这是一件做工上乘的乐器，琴身用轻巧雅致的镶嵌木料制成，纤细的琴颈上铭刻着纹路。诗人接过乐器，露出微笑。他也没说一个字，但用眼神诉说了许多。

“别了，奇怪的人类。”菲拉凡德芮平静地对杰洛特说，“你说得对，言语是多余的。它们什么都改变不了。”

杰洛特保持沉默。

“经过一番考虑，”精灵补充道，“我们一致认同你是对的。你对我们的怜悯是对的。所以再见吧。等到那一天，等到我们冲下山谷、光荣战死那一天，我们会再见的。托露薇尔和我都期待着你。别让我们失望。”

他们就这么沉默地彼此对视。良久，猎魔人简短地回答：

“我会尽我所能。”

七

“看在诸神的分上，杰洛特，”丹德里恩抱紧鲁特琴，脸颊贴住琴身，弹奏个不停，“这木头自己会说话！这琴弦是活的！多么美妙的音色啊！见鬼，这么出色的鲁特琴，吃上几脚和受那么点惊吓真是太值了。要是我知道自己会得到什么，我宁愿被他们从黎明踢到黄昏。杰洛特，你在听我说话吗？”

“想不听你们两个的声音都难。”杰洛特将目光从书页上抬起，看着森林神，后者仍不屈不挠地吹着用长短不一的芦苇做成的古怪笛子，弄出阵阵尖锐的噪声，“我听见了，四邻八乡都听见了。”

“什么四邻八乡？”托克把笛子放到一旁，“这儿是沙漠。是荒野。是粪坑。啊，我真想念我的大麻田！”

“他想念他的大麻田。”丹德里恩一边大笑，一边小心调校刻有铭文的精致琴栓，“你就该坐在大麻丛里，安静得像只睡鼠，别去吓唬小女孩、破坏湖堤和弄脏井水。我想，现在你应该更小心些，别再搞那些恶作剧。你说呢，托克？”

“我喜欢恶作剧。”森林神龇着牙宣布，“我想象不出没有恶作剧的生活。但看在你的分上，我会保证在新的土地上小心行事。我会克制一些。”

夜晚多云有风，狂风吹弯芦苇，令营帐周围的灌木沙沙作响。丹德里恩把两根干树枝丢进火里。托克在临时搭成的床上扭动身子，用尾巴驱赶蚊虫。一条鱼跃出湖面，清水飞溅。

“我要把我们在世界边缘的探险写进歌谣。”丹德里恩宣布，“我会把你也写进去，托克。”

“别以为你能得逞！”森林神咆哮道，“那样的话，我也写一首歌，里头也会提到你，但我的描写会让你十多年不敢出现在上流场合。所以给我当心点！杰洛特？”

“什么？”

“你用极不光彩的手段从村民手里骗来这本书，从中读到什么有趣的东西没？”

“读到了。”

“那就在火堆熄灭前读给我们听听吧。”

“对对！”丹德里恩抚弄着托露薇尔那把旋律美妙的鲁特琴，“给我们读点什么吧，杰洛特。”

猎魔人拄着手肘半坐起来，把书页往火堆旁凑了凑。

“在炎炎夏日，”他开口道，“从五六月份至十月期间，她的身姿偶尔会显露人前，但她现身之时多为镰刀节，亦即古人所称之收获节。她的化身为一金发女子，身缀鲜花，无论植物或野兽，所有活物均会追随其脚步，恋恋不去。她名为莱菲娅。古人称其为达娜梅碧，对其恭顺之至。即便居于山中而非田野之有须者亦对其尊崇有加，称其为布洛－艾美玛格达。”

“达娜梅碧，”丹德里恩嘀咕道，“达娜·蜜德碧，田野女士。”

“莱菲娅踏过之大地，鲜花盛开，幼芽盎生，万物均繁荣生长，此即她之力量。所有国家都徒劳地为她献上祭礼，期待莱菲娅造访自己而非他国之田野。只因传说中，莱菲娅终有一日将定居于某个部族，但这仅是妇人间的谣传而已。智者确曾提及，莱菲娅之所爱仅为土地，及土地上生长之所有，无论最小之苹果树抑或最恶毒之昆虫，对她而言，任何国家都比不上最稀疏之森林，因国家总是消亡与诞生，种族亦然。但无论过去将来，直至时间终结，莱菲娅都将永存。”

“直至时间终结！”行吟诗人抚弄琴弦，引吭高歌。托克用草笛吹出尖利的音色，为他伴奏。“万岁，田野女士！为了丰收，为了多尔·布雷坦纳，也为了本人这具皮囊。要不是你，我早被射成刺猬了。知道吗？我要告诉你们一件事。”他不再弹奏，而是像孩子似的抱住鲁特琴，神情变得忧郁，“我觉得，我不会在歌谣里提到精灵，还有他们面临的困难。觊觎群山的恶棍已经不少了……何必让……”行吟诗人陷入沉默。

“把话说完吧。”托克口吻苦涩，“你想说的是：何必让无法避免的事提早到来呢？结局是避免不了的。”

“不谈这个了。”杰洛特插嘴道，“谈这个干吗？言语是多余的。学学丽尔吧。”

“她是用心灵感应跟那精灵讲话的。”诗人嘀咕道，“我感觉到了。我没说错吧，杰洛特？毕竟你也能感觉到。你知不知道……她对精灵说了什么？”

“一点儿吧。”

“她说了什么?”

“希望。万物更生，从无止休。”

“就这些?”

“这就够了。”

“唔……杰洛特？丽尔住在村子里，跟人类在一起。你觉得……”

“……她会一直待下去？在多尔·布雷坦纳？也许吧。如果……”

“如果什么?”

“如果人类能证明自己有资格的话，如果世界的边缘还有边缘的话，如果我们能对这条边界敬而远之的话。不过这话题已经说得够多了，伙计们。该睡了。”

“没错。将近午夜了，柴火也快烧完了。但我想再熬一会儿夜。我向来觉得，在将熄的火堆边最容易作曲。而且我得给我的新歌想个名字。一个好名字。”

“《世界边缘》怎么样?”

“太老套了。”诗人嗤之以鼻，“就算这儿真是边缘，也必须用别的方式描述。得用比喻。我想你知道什么叫比喻，杰洛特？唔……让我想想……‘从何’……见鬼，‘从何处’……”

“晚安。”魔鬼嘟囔道。

理性之声　六

猎魔人解开衬衫，摘下脖子上湿透的亚麻布。洞穴里很温暖，甚至称得上炎热。空气黏腻湿润，布满青苔的岩石和黑黑的墙壁上结满了水滴。

周围遍布植物。它们从巨大的花盆、柜子和水槽中蔓延出来，四处争抢地盘，导致叶子和花冠上满是泥浆。它们爬上岩石，缠满木架和木桩。杰洛特饶有兴趣地观察它们，并认出了某些稀有品种——可用来炼制猎魔人的药剂和灵药、魔法催情剂、巫师的毒药，甚至一些更稀有的、杰洛特未曾听闻的药剂。这些植物里有五星叶的草木犀、在大花盆里密密麻麻生长的蓬头菌、嫩枝上挂满血红浆果的鹅不食草。猎魔人看到，草丛中还有食肉花脉纹清晰的肥厚叶片、勿测草椭圆状的金红色叶子，以及锯齿蕨的深黑色箭状长叶。他注意到贴在石块表面的羽状血池藓，还有鸦眼薯闪闪发光的块茎及鼠尾兰的虎纹花瓣。

岩穴的阴暗角落里长着一丛伪装菇，灰色的菌盖让人误以为是块岩石。离蘑菇不远处生长着大叶藤，一种解毒剂。有个箱子沉陷于地面，长在里面的植物探出暗沉的灰黄色叶子，是刺皮草，它的根茎很有效力，经常拿来入药。

洞穴中央长满水生植物。杰洛特看到几个大桶里漂满腐生藻和龟纹萍，还有一层浮萍，用来喂养巨大的寄生牡蛎。玻璃箱中生长着盘根错节、枝条纤细、叶子暗绿的大麻和一团团线虫。装满泥沙的水槽里则养了菌类、水藻、霉菌和泽地植物。

南尼克卷起袖管，从篮子里拿出剪刀和骨棍，开始工作。阳光透过一块块水晶板照射下来，杰洛特就坐在几片阳光间的一张长凳上。

女祭司一边低声呢喃着什么，一边伸手在错综复杂的枝叶中灵巧地操作，很快篮子里就装满了剪下的杂草。她调整支撑植物的木架，不时用小棍翻动泥土。有时她会生气地咒骂几句，从泥土中拽出些或腐烂或干枯的根茎，扔到收集腐殖质的篮子里，用来滋养蘑菇，还有一种像蛇一样长满鳞片的植物——杰洛特不认识那玩意儿，甚至不确定那是不是植物——它们在黑暗中悄然伸展根茎和枝叶，像触须一样凑近女祭司的双手。

这里很热，非常热。

“杰洛特?”

“啊?”他正在对抗如潮水般涌来般的睡意。南尼克手持大剪刀，在沙漠羽棘的大叶子后面看着他。

“别走了。留在这儿吧，多留几天。”

“不行，南尼克。我该上路了。”

“干吗这么着急? 你根本不用担心希沃德。让那个流浪汉丹德里恩自己走吧，他扭断脖子才好呢。留下吧，杰洛特。”

“不行，南尼克。”

女祭司用剪子狠狠剪了一下。“你这么匆匆忙忙离开神殿，是怕她在这儿找到你?”

“是啊。”他不情不愿地承认,“你猜对了。”

“这并不难猜。”她嘟囔道,“但你不用担心她。叶妮芙两个月前来过一次,她不会这么快回来的,因为我们吵架了。不,不是因为你。她都没问到你。”

“她没问?”

“伤心了吧?”女祭司笑了起来。“自以为是,跟所有男人一样。对你来说,没有什么比她对你没兴趣或漠不关心更糟,不是吗?但别失去信心。我太了解叶妮芙了。她确实什么都没问,但很仔细地四下查看,看有没有你留下的蛛丝马迹。她可能对你很生气,我能感觉到。”

“你们因为什么吵架?”

“你不会感兴趣的。”

“不说我也知道。”

“我不这么认为。”南尼克一边调整架子,一边冷冷地说,“你对她的认识只停留在表面,她对你也一样。你们之间这种纠缠的关系很典型。你们俩除了对结果做出情绪化的评价,其他什么都做不了,还总忽略导致结果的原因。”

“她来寻求治疗。”他也冷冷地回敬,“这就是你们吵架的原因,承认吧。”

“我什么都不会承认的。”

猎魔人站起来,全身都被水晶般的光芒笼罩。

“过来一下,南尼克,看看这个。”他解开皮带上的暗袋,拿出一个山羊皮小包,把里面的东西倒在手掌上。

“两颗钻石、一颗红宝石、三块漂亮的软玉，还有一块吸人眼球的玛瑙。”南尼克简直无所不知，“花了你多少钱?”

“两千五百泰莫利亚奥伦。维吉玛那只吸血妖鸟的酬劳。”

“两千五百奥伦，外加脖子上的伤口。”女祭司做了个鬼脸，“哦，好吧，你都富到把大笔钱花到这些小东西上了？奥伦现在很疲软，而且维吉玛附近的宝石价格也不怎么高，这里太靠近玛哈坎的矮人矿井了。假如你把它们卖到诺维格瑞，最起码能换五百个克朗，现在一个克朗值六个半奥伦，还有升值的趋势。”

“我希望你拿着它们。”

“给我保管?”

“不是。软玉给神殿，嗯，可以这么说，作为给女神梅里泰莉的献祭。其他宝石……是给她的。给叶妮芙。下次她来时交给她，我想她很快会再来。”

南尼克死死盯着他的眼睛。“我要是你，就决不会这么做。你会让她更生气。相信我，让一切顺其自然吧，因为你现在什么都做不了。从她身边逃开，显得你……好吧，要我说，你算不上特别成熟的男人。但用宝石洗刷心里的罪恶，又挺老于世故的。真不知哪一种更让我无法忍受。”

“她占有欲太强了。”他小声说着，把脸转到一旁，“我实在受不了。她对我就像……”

“别说了。”女祭司尖刻地说，“别跑我这儿来哭。我又不是你妈，更不是你的红颜知己。我才懒得听她如何对待你，你想怎么对她更跟我没有半点关系。我不想插手你们的事，也不想帮你送这些愚蠢的珠宝。你想当个傻瓜，可以，但别把我也拉上。”

“你误会了。我不是想讨好她，但我欠她一些东西，而她想达成目的，明显要花很多钱。我想帮帮她，仅此而已。”

“你比我想象得还蠢。”南尼克捡起地上的篮子，“花钱？帮忙？杰洛特，对你来说，这些是珠宝，对她却是不值一提的小摆设。你知道叶妮芙光为贵妇堕胎就有多少收入？”

“我当然知道。她治疗不孕不育挣得更多。可惜的是，在这方面，她没法治好她自己。这也是她要寻求别人帮助的原因——比如你。”

“没人帮得了她，根本不可能。她是个女术士。跟大多数女性施法者一样，她的卵巢已经无可挽回地萎缩了。她永远也别想怀上孩子。”

“不是所有女术士在这方面都有缺陷。我知道一些特例，你也知道。”

南尼克闭上眼睛。“是，我知道。”

“有特例，那么一切就不是定律。别整老一套，跟我说特例都是假的。请告诉我一些这样的特例。”

“只有一种情况，”她冷冷地说，“可以说是特例。特例确实存在，但不是很多。而叶妮芙……很遗憾，她不是特例，至少在我们说的方面不是。在其他领域，还真难找到像她一样的特例。”

“巫师们，”杰洛特没有理睬南尼克的冷淡和暗示，“能让死者复生。我知道这种案例。而在我看来，起死回生比治疗不孕不育难得多。”

“你错了。让萎缩的腺体重生，我到现在还没听说哪怕一个完全成功的案例。够了，杰洛特，这场谈话简直像会诊。你对这些事一无所知。但我想，叶妮芙有得必有失，现实就是如此。”

“既然一切已经注定，那我不明白，她为何还一直试图……”

“你了解得太少了。”女祭司打断他的话。“非常少。别担心叶妮芙了，还是想想你自己吧。你的身体也经受了不可逆的转变。她让你惊讶，但你自己呢？你永远无法成为一个正常人，这也是注定的。当然你可以继续假装成正常人，去犯正常人的错误，一些猎魔人本不该犯的错误。”

他靠在岩洞的墙上，用手擦去额头上冒出的汗水。

“你不回答。”南尼克笑了一下，“我就猜到你会这样。想平心静气地说这事可不容易。你病了，杰洛特，最起码不是一点问题都没有。你对猎魔人的药剂有很大的不良反应。你脉搏跳动速度太快，而瞳孔扩张速度却又太慢。你的反应大不如前。你甚至无法结成最简单的法印。而你还想立刻出发？你需要诊断、治疗。在这之前，你还需要一次催眠。”

“这就是你把爱若拉送到我身边的原因？她是治疗的一部分？让催眠更容易展开？”

“你这白痴！”

南尼克转过身去，手指划过肥厚的叶子——杰洛特不认识这株植物。

“好吧，随你怎么说。”她轻描淡写地说，“对，是我把她送到你身边的。这是治疗的一部分。而且我跟你说，它已经生效了。第二天，你的反应就变得很好了，人也冷静些了。所以你别生气。”

“我生气不是因为治疗，也不是因为爱若拉。”

“而是因为你听到的理性之声？”

他没回答。

“催眠必须进行。”南尼克扫视一圈她的洞穴花园，最后说，“爱若拉已经准备好了。她在精神和身体上都跟你有了接触。如果你想离开，我们今晚就进行。”

“不，我不想进行。你瞧，南尼克，爱若拉可能会在催眠中做出预言。试图预测并解读未来。”

“正是如此。”

“的确。但我不想知道未来。知道未来会怎样，现在的我就会手足无措。更何况，我已经知道了。”

“你确定?”他没回答，“哦，好吧，很好。”她叹口气，“我们走吧。对了，杰洛特？我不想胡乱打听，但请告诉我……你们是怎么遇见的？你和叶妮芙？你们是怎么开始的?”

猎魔人笑了。“开始是因为，我和丹德里恩没有早餐吃，决定去抓些鱼。”

“我能不能这么理解，最后你抓到了叶妮芙这条美人鱼?”

“我会告诉你详情的，不过恐怕要等晚餐以后。我饿了。”

“那就走吧，我要的东西已经采完了。”

猎魔人向出口走去，途中又回望这温室一眼。

“南尼克?”

“嗯?”

“你这里有一半植物在其他任何地方都不存在，对吗?”

“是啊，超过一半。”

“为什么会这样?”

“如果说这是梅里泰莉女神的恩泽，我猜，肯定满足不了你的好奇心，对不对?”

“我猜也是。”

“你这人！”南尼克笑了，“你瞧，杰洛特，在我们头顶，太阳依然闪耀，但和外面的光线截然不同。如果你想了解，大可以去读些学术著作。不过嘛，既然你不想浪费时间，那么简而言之，就是头顶的水晶棚顶充当了阳光的过滤器。它们滤掉了阳光中不断增加的致命光线。而这些致命光线，正是你在野外再也见不到这些植物的原因。”

“我明白了。”猎魔人点点头，“那我们呢，南尼克？我们会怎样？太阳也在照耀我们，为什么我们不用躲在水晶做成的避难所里？”

“原则上，我们需要。”女祭司叹了口，“可是……”

“可是什么？”

“已经太晚了。”

三个愿望

一

鲶鱼在水面上露出半个头，用力甩尾拍打水面，不时露出白色的肚皮。

“小心，丹德里恩！”猎魔人一边在泥泞的河岸跋涉，一边喊。“抓住它，该死的。”

“我在抓……”诗人抱怨，“苍天啊，真是个怪物！它就是只海怪，才不是普通的鱼！它肯定吃得超级好，诸神啊！”

“那就放了它。快放了，不然鱼线要断了！”

鲶鱼贴着河床，顺水向河流拐弯处游去。鱼线刮擦着丹德里恩和杰洛特的手套，发出嘶嘶的声音。“拉啊，杰洛特，拉！别放走它，否则鱼线会缠到一起的！”

“可线要断了！”

“不，不会断的。拉啊！”

他们拉拽鱼线。鱼线在溪流上方划出一道白痕，细碎的水珠纷飞四溅，在阳光下反射出五彩缤纷的光芒。鲶鱼突然从水中一跃而出，画出一道漂亮的曲线，鱼线一下子松了许多。他们迅速收线。

“我要把它熏了。”丹德里恩气喘吁吁地说，“我要把它带回村子，放在架子上烤。我要把鱼头炖成汤！”

“小心！”

鲶鱼发觉肚皮下的浅滩，于是把二十尺长的身体扎向水边，拼命地摇头摆尾，向更深处游去。他们的手套再次压力倍增。

“拉啊，拉！往岸上拉，这婊子养的！”

“线开始响了，丹德里恩！放了它吧！”

“就快抓住了，别担心！我们要把鱼头……炖成汤……”

鲶鱼又一次被拽到岸边。它继续猛烈击打水面，仿佛宣布自己不会那么轻易就进汤锅。它的尾巴搅起六尺高的水花。

“我们要把鱼皮……”丹德里恩面红气喘，双手拉着鱼线，“触须……我们要用触须……”

没人听清诗人打算拿鲶鱼的触须做什么。“砰”的一声脆响，鱼线瞬间崩断，两个打鱼人一下子失去平衡，坐到河边的湿地上。

“十八层地狱啊！”丹德里恩的咒骂声在柳树间绕了三圈，“到嘴的肥鹅飞走了！我咒你赶快死掉！你这死鲶鱼！”

“我都说过了，”杰洛特甩着湿透的裤子，“我说了，拉的时候不能太用力。你搞砸了，我的朋友。你当渔夫，好比山羊用屁股吹喇叭。”

“才不是！”诗人愤愤不平地说，“是我让那只怪物上钩的。”

“哦？我想想，我布线时你在做什么呢？哦，弹琴，还用所有邻居都能听到的声音不停地抱怨，就这些。”

“根本不是那么回事。”丹德里恩咬牙切齿地喊道，“你睡着的时候，是我往鱼钩上挂的蚯蚓，外加一只在灌木丛找到的乌鸦。我想给你个惊喜，这鲶鱼就是因为乌鸦才上钩的。你的蚯蚓只有狗才爱吃。”

“是啊是啊，只有它们会吃。”猎魔人往水里吐了口唾沫，用小木棍缠起鱼线，“但鱼线会断掉，绝对是因为你像傻瓜一样收线。别傻站着了，赶紧把剩下的线收起来。太阳已经升起来了，我们该走了。反正我得收拾东西了。”

“杰洛特！”

“啥？”

“另一条线上也有东西……哦，不，该死的，它只是被挂住了。见鬼，好像挂住石头了，我拽不动！啊，这是……哈哈，看我找到了什么，肯定是迪斯莫得王统治时期留下的游船残骸！多大一块啊！看啊，杰洛特！”

丹德里恩明显在夸大其词，只见一团东西被拉出水面，上面包裹着腐烂的绳索、渔网和水藻。把这玩意儿拽上来的确不容易，但它离上古游船残骸还差一大截。诗人把东西拉上岸，用鞋尖东戳西刺，它的水藻里还有水蛭、螯虾和小螃蟹。

“哈，看我找到了什么！”

杰洛特好奇地走过来。这是个有缺口的陶瓷罐，看起来像双耳罐，表面缠满渔网，生着黑色水藻，各种水生动植物在上面安家落户。诗人把它拎起来，它滴滴答答地流着恶臭的烂泥。

“哈！”丹德里恩再次自豪地大叫，“你知道这是什么？”

“一只破瓶子。”

“你错了！”诗人刮去瓶子表面的贝壳和已经硬化的淤泥，大声宣布，“这是个魔法瓶，里面住着灯神，他会满足我的三个愿望。”

猎魔人撇撇嘴。

“你随便笑。”丹德里恩刮完淤泥，俯身用清水冲洗陶罐，“罐口有个密封塞，上面有巫师的标志。”

“别碰密封塞！把它放回去！”

“你放手！这是我的！”

“丹德里恩，小心！”

“我知道！”

“别碰它！哦，见鬼！”

就在他们争执时，瓶子掉到沙地上，一股明红色气体涌了出来。

猎魔人往后一跳，迅速冲回帐篷找他的长剑。丹德里恩双手抱胸，站在原地没动。

烟雾有规律地跳动着，最后聚成一团不规则球体，浮在丹德里恩面前。烟雾中现出一个歪曲的脑袋，有六尺那么大，没有鼻子，长着巨眼和一张鸟嘴。

“灯神！”丹德里恩跳了起来，“我释放了你，因此，从今日起我就是你的主人。我的愿望是……”

那个大脑袋猛地合上鸟喙——如果仔细看，你会发现那不是喙，只是有些下垂且丑陋畸形的嘴唇而已。

“跑啊！”猎魔人大喊，“跑啊，丹德里恩！”

“我的愿望如下：”诗人续道，“首先，让希达里斯的吟游诗人瓦尔多·马克斯马上死于中风。其次，在卡埃尔夫，有位伯爵的女儿叫维吉尼亚，她拒绝了所有求婚者，但她最终会看上我。第三……”

没人知道丹德里恩的第三个愿望了。

那怪头颅两旁冒出两只巨大的爪子，扼住诗人的喉咙。诗人惊恐地尖叫起来。

杰洛特三步并作两步冲到头颅跟前，举起银剑朝中间砍去。空中响起长剑的吟啸，头颅迅速释放出更多雾气，很快直径就增大了一倍。它的爪子也增大了一倍，猛地拽起挣扎的丹德里恩，在空中抡了一圈，然后将他狠狠地摔在地上。

猎魔人用手指飞速结出一个阿尔德法印，并尽可能集中注意力。精神力物化成一道炫目的光线，刺向头颅，周围升起灼热的高温。头颅发出巨大的声响，几乎刺破杰洛特的耳膜。声波震得远处的杨柳沙沙作响。怪物的咆哮声不断升级，但它最终离开了诗人，在空中翻滚，挥舞着手臂，飞到河对岸。

猎魔人冲上前，把丹德里恩拉了回来——他已经失去了意识。这时，猎魔人的手指碰到一个埋在沙子里的圆形物体。

一个黄铜盖子，上面画着缺损的十字架和九芒星。

怪物悬在河面上，已经变得跟干草堆一样大，那狂啸的大嘴活像一扇谷仓门。

它张开手臂，朝他们扑来。

杰洛特的脑子一片空白，下意识地握住黄铜盖子，冲怪物大声喊出一个驱魔咒——那是一位女祭司教给他的。他以前从没用过这个咒语，因为说实话，他并不相信这些迷信。

但效果超出了他的预期。

黄铜盖子在他拳中嘶鸣，开始发热，光线从指缝中渗出。那个大脑袋瞬间就被冻结，一动不动地悬停在河面上。它就这样挂了一会儿，终于，烟雾身体开始有规律地变化，化成一片巨大的旋涡云。旋涡云发出低沉的呜咽，以难以置信的速度向上游飘去，在水面上搅起一串水花。几秒钟后，它消失在远方，只留下低沉的咆哮在水面回荡。

猎魔人赶忙冲到诗人身边，跪坐在沙地上。

“丹德里恩？你死了吗？丹德里恩，该死的！你怎么了?”

诗人的脑袋抽搐一下，突然张牙舞爪地尖叫起来。杰洛特皱了皱眉——丹德里恩是个受过良好训练的男高音，每次受到惊吓，嗓门都能攀升到耸人听闻的高度。但这次，好像有什么东西卡住了他的喉咙，让他只能发出低沉嘶哑的声音。

“丹德里恩，你怎么了？回答我!”

“呃呃呃呃呃……咿咿咿咿咿咿咿咿……”

“你哪里疼？你到底怎么了？丹德里恩?”

“呃呃呃……呜呜呜……”

“一个字也别说了。如果你没受伤，就点点头。”

丹德里恩艰难地点点头，旋即转到一边，蜷起身子，上气不接下气地咳嗽，还吐出一口鲜血。

杰洛特咒骂起来。

二

“诸神在上!”守卫倒退几步，放低灯笼仔细查看，“他这是怎么了?”

“让我们过去，老兄。”丹德里恩被横放在马鞍上，猎魔人扶着他，低声同守卫交谈，“如你所见，我们赶时间。”

“知道了。”守卫看着诗人苍白的脸色和下巴上干结的黑血，咽了口唾沫，“受伤了吗？他看起来很糟糕，先生。”

“我赶时间。”杰洛特重复道，“我们从黎明走到现在。请让我们过去吧。"

"不行。"另一个守卫说，"只有日出之后到日落之前才能通过城门，晚间禁止通行。这是命令。除非你有国王或市长的引荐信，否则没门。当然，那些带纹章的贵族可以进去。"

丹德里恩咳嗽起来，在马背上缩成一团，身体不住地颤抖摇晃，还往地上干呕。一缕鲜血滴在马脖子上。

"兄弟，"杰洛特尽可能冷静地说，"你们亲眼看到他的状况了。我得找人给他治疗。让我们过去，拜托了。"

"别说了。"守卫倚着长戟道，"命令就是命令。让你过去，我会被游街示众，还会丢了工作，到时候谁来养我的孩子？不，先生，扶你朋友下来，带他进外堡的屋子。我们给他换换衣服，如果他命大，一定能坚持到黎明。很快就要天亮了。"

"他需要的不是换衣服。"猎魔人咬着牙，"我们需要祭司，还有好医生……"

"这个点儿你谁也叫不起来。"另一个守卫补充道，"好了，你至少不用在大门外露营等到天亮，这是我们唯一能做的。屋里很暖和，也有地方让你朋友躺一会儿，肯定比在马鞍上强。来吧，我帮你把他扶下来。"

外堡的屋内温暖如春，壁炉的火焰噼噼啪啪地跳跃着，壁炉后的蟋蟀叽叽喳喳叫得正欢。

三个男人坐在方桌旁，上面摆着水壶和盘子。

"打扰了，先生们，请原谅……"守卫扶着丹德里恩，说，"我想你们应该不会介意……这是一位骑士，嗯……另一位是个伤员，所以我想……"

“你做得很好。”一个男子转身站起，他有张瘦削但表情丰富的脸，“这儿，让他躺在床上。”

这个人，还有另一位坐在桌边的男子，从衣着判断，都是与人类生活在一起的精灵——他们的衣服混合了人类和精灵的双重样式。但第三个人看来年龄要大一些，是个人类，并且是名骑士，因为他黑白相间的头发剪成了适合戴头盔的发型。

“我是凯瑞尔丹，”那个脸上表情丰富、个子稍高一些的精灵自我介绍道。同所有上古种族一样，他的年龄是个谜，可能二十岁，也可能一百二十。“这是我堂弟埃尔迪尔。这位贵族是弗拉提米尔骑士。”

“贵族。”杰洛特低声重复道，但他马上看到了对方外衣上的纹章，心里的希望迅速落空。纹章的图案是块盾牌，中间由十字分隔，四个格子里绣着金百合，整个纹章又被一条对角线穿过。这说明弗拉提米尔不仅是个私生子，还来自人与非人的结合。因此，尽管有权力使用纹章，但他是个不被承认的贵族，也必然没有在深夜进城的权力。

“可惜，”猎魔人的失望没能逃过精灵的眼睛，“我们也得在这儿待到黎明。律法无例外，起码对我们这些人没有例外。我们欢迎您，骑士先生。”

“杰洛特，来自利维亚。”猎魔人自我介绍道，“我是猎魔人，不是骑士。”

“他怎么了?”凯瑞尔丹指指正被警卫扶到床上的丹德里恩，“看起来像是中毒了。如果是中毒，我可以看看。我身上带了些好药。”

杰洛特坐下来，简单描述了发生在河边的事。两个精灵面面相觑，骑士透过牙缝啐了一口，皱起眉头。

“太奇怪了。”凯瑞尔丹评价，“怎么会发生这种事?”

“瓶子里的灯神。”弗拉提米尔自言自语，“听起来像童话故事……”

“不完全是。”杰洛特指指蜷在床上的丹德里恩，“我没听说，哪个童话故事会这样收尾。”

“那个可怜的家伙，他的伤……”凯瑞尔丹说，“明显是出于魔法的力量。恐怕我的药没什么用处，但起码能减轻他的痛苦。你给他做过急救吗，杰洛特？”

“喂他吃了些止痛药剂。”

“过来帮帮我，把他的头抬起来。”

丹德里恩贪婪地喝下用酒稀释的药剂，最后一口呛了一下，吐了一枕头白沫。

“我知道他。”埃尔迪尔说，“他是丹德里恩，一位吟游诗人。在希达里斯，我在埃塞因王的宫廷里欣赏过他的表演。”

“一位吟游诗人……”凯瑞尔丹看着杰洛特，“这太糟糕了，非常糟糕。他颈部和咽喉的肌肉受到影响，声带已经变形。必须尽快解除咒语，否则……可能就无法挽回了。”

“你是说……你说他可能再也没法说话了？”

“说话也许没问题，但恐怕不能再唱歌了。”

杰洛特一言不发地坐在桌旁，双手攥着拳头，抵住眉心。

“需要找位巫师，”弗拉提米尔说，“服用魔法药物，或对他施放治愈咒语。你得带他去别的城镇，猎魔人。”

“什么？”杰洛特抬起头，“那这儿呢？林德没有巫师吗？”

“整个瑞达尼亚王国都很难找到巫师。”骑士道，“是这么回事吧？海瑞伯特王曾对施放咒语的行为课以重税，导致巫师们联合抵制严格执行该法令的城镇。而林德的市议会当时曾以狂热支持该法令而闻名。凯瑞尔丹、埃尔迪尔，我说的对吗?”

“没错。”埃尔迪尔确认，“但……凯瑞尔丹，我能不能……?”

“不是能不能，是必须。”凯瑞尔丹看着杰洛特说，“现在隐瞒已经没有意义了，反正所有人都知道：眼下城里有位女术士，杰洛特。”

“肯定是隐姓埋名的吧?”

“算不上。”精灵笑了，“我说的这位女术士是个我行我素之人，毫不在乎巫师协会对林德的抵制，对本地议员也不屑一顾，而且她的做法着实精彩：巫师协会的抵制意味着这里对魔法服务有着庞大的需求，而那位女术士连一个子儿的税都不缴。”

“市议会能容忍?”

“女术士和一位来自诺维格瑞的商人在一起，这位商人还有个身份，就是荣誉大使。因此没人能动她一根寒毛。庇护她的后台硬着呢。”

“与其说是庇护，不如说是囚禁。”埃尔迪尔纠正道，“她是被囚禁在那儿的。当然她不缺顾客——富有的顾客。她经常公开对那些议员、掌权者还有各党各派出言不逊……”

“议员当然暴跳如雷，尽可能地找人攻击她，玷污她的名誉。”凯瑞尔丹插话，“他们恶意中伤、肆意造谣，希望能让诺维格瑞的掌权者阻止那位商人为她提供庇护。”

“我不想卷入这种事。”杰洛特嘟囔道，“但我别无选择了。那位商人大使叫什么名字?”

“波尔·波雷特。”

念出这个名字时，猎魔人看到凯瑞尔丹一脸不快。

“哦，好吧，这就是你想要的名字。准确地说，是这个躺在床上的可怜鬼唯一的希望。但那女术士是否愿意帮助你……我就不得而知了。”

“你去那儿时千万小心。”埃尔迪尔说，“市长的探子时刻盯着那间屋子。如果他们拦住你，你知道该怎么做——扇扇大门为钱开。”

“大门一开我就去。那个女术士叫什么？”

杰洛特觉得，凯瑞尔丹那表情丰富的脸上出现了一抹红晕，但那也许只是壁炉映出的火光罢了。

“温格堡的叶妮芙。”

三

“我的主人正在睡觉。”守门人看着杰洛特重复道。他比杰洛特高一头，肩膀更是比他宽一倍。“你聋了吗，流浪汉？我说过了，我的主人在睡觉。”

“那就让他睡吧。”猎魔人点点头，“我不是找你主人的，我有生意要跟住在这儿的女士谈。”

“你说生意？”这个看门人有着跟五大三粗的外表极不相称的诙谐，“去吧，去妓院里找你想要的。赶紧滚。”

杰洛特解下腰上的钱袋，放在掌中掂量。

“你别想贿赂我。”看门人傲慢地说。

“没这打算。”

看门人块头太大，导致他连普通人的拳头都无法及时躲过，而猎魔人的拳头砸到时，他甚至来不及眨眼。沉重的钱袋狠狠砸在他的太阳穴上，他双手扶住门框，靠着门倒了下去。杰洛特一脚踢中他的膝盖，抓住他的肩膀，把他扯开，挥起钱袋又给他一下。看门人眼前金星乱冒，眼珠滑稽地分别靠向两边，双腿软软的好似棉花。猎魔人见他又动了几下，尽管是无意识的，但还是冲他的眉心又砸了一拳。

“果然，”杰洛特自言自语，“扇扇大门为钱开。”

门廊里漆黑一片，左边传来震耳欲聋的鼾声。猎魔人小心翼翼地朝里面瞥了一眼，只见一个睡衣卷到屁股上的胖女人睡在一张吊床上，鼾声一阵阵从她鼻孔里挤出。这可实在算不上美观。杰洛特把看门人拖进门房，随后关上门。

右侧是另一扇虚掩的门，门后有条石阶通往地下。他正要顺着石阶走下去，却听到一阵模糊的咒骂，混合着咔嗒声和容器碎裂声，传了上来。

下面是个大厨房，满是餐具，闻起来有股药草和树脂混合的味道。只见石头地板上摔碎了一个陶罐，石阶上跪着一个全裸的男人，正低垂着头。

“苹果汁，见鬼。”此人含糊不清地叫道，像不小心撞到墙的绵羊似的摇晃着脑袋，“苹果……汁。仆……仆人在哪儿?”

“抱歉，你说什么?”猎魔人礼貌地问。

男人抬起头，咽了口唾沫。他的眼睛像蒙了一层雾，且布满血丝。

“她想要苹果汁。”他说着，摇摇晃晃地站起，坐在一只盖着羊皮的箱子上，靠到火炉边，“我得……把它送到楼上，因为……”

“我能否有幸与商人波尔·波雷特说说话?”

“小点声儿。”男人痛苦地呻吟，“别喊。听着，那个木桶里……有果汁。苹果汁。拿个东西装上……帮我送到楼上，怎么样?”

杰洛特耸耸肩，满怀同情地点点头。他不敢估计眼前这人喝了多少，但事实是——商人完全没发现，自己根本不认识眼前这人。猎魔人从一堆陶器中找出一把酒壶和一个锡杯，从木桶里倒出些果汁。他听到鼾声，转头一看，波尔·波雷特已酣然入睡，脑袋在胸前晃晃悠悠。

猎魔人犹豫一下，想把苹果汁泼到对方头上唤醒他，但很快改了主意。猎魔人拿着酒壶，离开厨房。门廊尽头是扇沉重的装饰门。他把门推开一条小缝，悄然滑了进去。里面很黑，他只好扩大瞳孔，并且皱起鼻子。

空气中弥漫着酸酒、蜡烛和腐败水果的浓郁味道，还让人联想起丁香和醋栗的气味。

他打量着屋内。屋中间的桌上杯盘狼藉，洒满酒水的桌布被染成紫色，扔在一边，上面布满星星点点的蜡滴。橘子皮像花朵一样，散落在一堆李子核、水梨核和葡萄核当中。一个高脚杯掉到地上，摔成碎片。另一个倒还完完整整，里面装了半杯酒，杯里丢着一块火鸡骨头。高脚杯旁边放着一只石化蜥蜴皮做的黑色高跟拖鞋，再没有比这更昂贵的制鞋材料了。

另一只拖鞋躺在椅子下面揉成一团的衣服上。那衣服是件黑裙子，上有白色装饰和精美无比的刺绣图案。

杰洛特犹豫不决地站了一会儿，他觉得十分尴尬，真想就这么转身离开，但这意味着他跟凯瑞尔丹的那番口舌都将白费。猎魔人不喜欢白费工夫。这时，他注意到屋子角落里有道螺旋梯。

在拾阶而上的过程中，他看到四朵干枯的白玫瑰、一张沾满酒水和深红色唇膏的纸巾。丁香和醋栗的味道更浓了。楼梯尽头是一间卧室，里面铺着一张巨大蓬松的动物皮毛，一件蕾丝花边的白衬衫和无数白玫瑰散落其上，还有一只黑色长袜。一张床，四根柱子精雕细刻，其中一根上挂着另一只长袜。柱子的图案是不同场景中的宁芙和幼鹿。有些场景引人入胜，但也有不少是重复的。

杰洛特盯着鸭绒被下鼓起的一块，干咳两声。鸭绒被动了起来，从下面传来呻吟声。杰洛特更用力地干咳两声。

“波尔?”鸭绒被下的黑影含含糊糊地问，“你拿来果汁了吗?”

“拿来了。”

那一团黑发下冒出一张苍白的锥形脸，露出紫罗兰色的眼睛和薄薄的、微微上翘的嘴唇。

“哦……”嘴唇上的笑意更浓了，“哦……我快渴死了……”

“给你。”

女人迅速从被子里坐起。她的肩膀很美，颈部线条也很流畅，脖子上围着一条黑丝绒缎带，上面有块镶嵌着钻石的星形珠宝。除了那条缎带，她身上一丝不挂。

“谢谢。”她接过酒壶，贪婪地喝起来，并用另一只手轻轻揉着太阳穴。随着她的动作，鸭绒被又往下滑了滑。杰洛特礼貌但不情愿地移开眼睛。

“啊！你是谁?”黑发女人裹上被子，警惕地问，“在这儿干吗？该死的，波尔哪去了?”

“我应该先回答哪个问题呢?”

他马上为自己的挖苦感到后悔了。女人抬起手臂，一道金光从她手指射出。杰洛特迅速作出反应，双手在面前结成希里奥托普法印，正好对上扑面而来的咒语，但冲力太过强大，让他的背脊撞到墙上，随后整个人滑落到地板上。

“别这样！”他看到女人再次抬起手臂，于是大喊，“叶妮芙女士，我为和平而来。我没有任何恶意！”

楼梯传来脚步声，一帮仆人出现在卧室门口。

“叶妮芙女士！”

“回去。”女术士冷冷地说，“我不需要你们。我请你们是让你们照看屋子，像这种不请自来的家伙，我会亲自料理。去看看波雷特，然后给我准备洗澡水。”

猎魔人艰难地站起来。叶妮芙眯着眼睛，安静地盯着他看了一会儿。

“你挡住了我的咒语。”她最后道，“很明显，你不是巫师，但你的反应异常地快。为和平而来的陌生人，告诉我，你是谁。我建议你快点说。”

“我是利维亚的杰洛特，一个猎魔人。”

床柱上有个农神形状的把手，叶妮芙抓着它，向前探身，紧紧盯着杰洛特。然后她从地上捡起一件带毛皮领子的上衣，把自己严严实实裹住，最后站了起来。她不紧不慢地给自己倒了杯果汁，一饮而尽，清清嗓子，向猎魔人走去。杰洛特小心地揉着刚才被墙壁撞疼的腰部。

“利维亚的杰洛特。”女术士重复道，她的眼睛在黑色睫毛后闪烁着魅惑的光，“你是怎么进来的？你为什么要来这儿？我希望，你没伤害到波雷特吧？”

“我没伤害他。叶妮芙女士，我需要你的帮助。”

“猎魔人。”她嘟囔着，紧了紧身上的衣服，又往前走了几步，“你不是我第一个近距离接触的猎魔人，但却是最著名的一个。白狼，我听说过你。”

“我能想象你听说了些什么。”

“真不知你能想象出什么。”她打个呵欠，靠得更近了，“我能看看吗?”她用手指触碰他的脸颊，仔细打量他的眼睛，还轻轻勾起他的下巴，“你的瞳孔是随环境自动改变呢，还是受你的意愿控制?”

“叶妮芙，”他冷静地说，“我全天不眠不休地骑到林德，还在城门口守了一晚。你的看门狗不让我进屋，我狠狠地揍了他。这些都是因为，我的朋友迫切需要你的帮助。帮帮他吧，完事之后，只要你愿意，我们可以谈谈我的突变和变异。”

她后退一步，不高兴地撇撇嘴。“你指什么帮助?”

“用魔法修复受伤的器官——嗓子、喉咙和声带。他被一团深红色雾气所伤，或者说，非常像雾的东西。”

“非常像雾的东西。”她重复道，“一团红色的雾才不会弄伤你朋友呢。到底是什么？说明白点儿。大清早把我吵醒，我没力气也不愿意猜。”

“嗯……我得从头说起。”

“哦，不。”她打断他，“如果很复杂，那就先等等。我嘴里一股怪味儿，头发乱蓬蓬，眼睛也黏黏的。清晨就要到来，我的感知力也受到很大影响。去，到地下室的浴室去。我会在那儿待一会儿，到时你再把一切讲给我听。”

“叶妮芙，我不想作无理要求。但时间紧迫，我朋友……”

“杰洛特!”她尖锐地打断猎魔人，“我因为你才从床上爬起来。我在正午前是从来不干活的。我为你舍弃了早餐，你知道为什么？因为你帮我拿来了苹果汁。你很着急，担心你的朋友，于是强行闯入，但你还能考虑到一个口渴的女人。你这点吸引了我，所以我可以帮你。但没有热水和香皂，我什么也做不了。走吧，请。”

“好吧。”

“杰洛特。”

“什么事？”他停在门口。

“趁这机会洗洗你自己吧。根据你身上的味道，我不但能猜到你那匹马的年龄和品种，甚至连它的颜色都闻得出来。”

四

她走进浴室时，杰洛特正赤身裸体地坐在一个小喷头下，仰头冲洗脖子，恰到好处地背对着她。

“别这么客气。”她把手里的衣服挂到挂钩上，“我不会看到裸男就晕倒的。我朋友特莉丝·梅利葛德说，男人这东西，见过一个，就等于见过了所有的。”

他站起来，用一条毛巾围住下身。

“好酷的伤疤。”她看着他的胸口，笑了笑，“怎么弄的？摔到锯木机下面了？”

他没回答。女术士继续打量他的身体，卖弄风情地歪着脑袋。

“我第一次这么近距离观察猎魔人，还是全裸的。啊哈！”她把头贴在猎魔人的胸口，“我能听到你的心跳。非常缓慢。你能控制肾上腺素分泌？哦，原谅我出于职业需要的好奇心。看来你不太喜欢关于你身体的问题。当然，你那些挖苦话，我更不喜欢。”

猎魔人还是一言不发。

“好啦，我的浴室都要冷掉了。”看起来，叶妮芙似乎要马上褪去身上的衣服，但又停下了，“我洗澡时，你可以把前因后果讲给我听，这样能节省时间。但我不想让你尴尬，而且，我们对彼此也不大了解，再考虑到礼貌的问题……”

“我转过去。”猎魔人有些犹豫地建议。

“不行，我必须看着交谈者的眼睛。我有个好主意。”

他听到一句低声念出的咒语，感到身上那块银色徽章的震动。这时，叶妮芙的黑衣温柔地滑到地上，随后，他听到水流冲刷的声音。

“我反而看不到你的眼睛了，叶妮芙。”他说，“真遗憾。”

隐形的女术士哼了一声，在浴盆里向他泼了点水。“说吧。”

杰洛特费力地在毛巾下把裤子提好，坐到长椅上。他一边穿靴子，一边叙述河边的离奇经历，当然，省略了大部分跟鲶鱼斗争的过程。不管怎么看，叶妮芙也不像是会对钓鱼感兴趣的女人。

当他讲到雾状生物从瓶子里冒出时，那块满是肥皂泡的大海绵停了下来。

“等等，等等。”他听到浴盆里发出声音，“真有趣。瓶子里的灯神?”

“不是灯神。”他反驳，“只是某种红色雾状生物。某些新的、种类未知的……”

“新的、种类未知的东西也得有名字。”隐形的叶妮芙打断猎魔人，“叫它灯神也未尝不可。继续说吧。”

于是猎魔人继续讲。随着他的讲述，浴盆内的肥皂泡越积越多，水开始从浴盆边缘溢出。有个东西吸引了他的注意力，他仔细看了一会儿，原来是不断增加的肥皂泡勾勒出了隐形的叶妮芙的曲线。这不由勾住了猎魔人的心魄，让他一时忘记了说话。

“继续啊！”催促的声音从吸引他的轮廓中飘出，“接下来发生了什么？”

“完了。”他道，“我把那个被你称为灯神的东西赶跑了……”

“怎么赶跑的？”长勺举起，流水倾出，肥皂泡和它们勾勒出的曲线一起消弭于无形。

杰洛特叹了口气。“用一句咒语，”他说，“一个驱魔咒。”

“哪一个？”勺子再次举起，倒出清水。猎魔人用心观察勺子的动作，因为流水也能勾勒出她的曲线，尽管只有一瞬间。他重复一遍咒语，当然，为安全起见，他把中间的元音 E 换成一个短促的吸气。他以为通过这点，可以给女术士留下个好印象，所以当他听到，她在浴盆中发出笑声时，不由感到十分惊讶。

“有什么好笑的？”

“你的驱魔咒语……”毛巾飞离挂钩，开始擦拭叶妮芙的身体，“特莉丝听到这个咒语准会笑死的。谁教你的，猎魔人？那个所谓的驱魔咒？”

“一个来自赫尔德拉神殿的女祭司。这是神殿的秘密语言……”

“什么秘密语言。”毛巾挂在浴盆边上，水花飞溅到地板上，水脚印显示出女术士的足迹，“那才不是咒语，杰洛特。我建议你，在别的神殿千万别念出这些词儿。”

“如果不是咒语，那它是什么？”他看着两条黑丝袜接连套上她隐形的长腿。

“一句调侃的话。”镶花边的女裤飘在空气中，“还带点下流意思。”

一件白衬衣勾勒出叶妮芙的身体，上面的褶皱组成一朵白色的花。猎魔人注意到，她没穿女人们通常会穿的鲸骨里衬——她完全没必要穿。

“到底什么意思?”他追问。

“别问了。”

软木塞从放在桌子上的方形水晶瓶中跳出。浴室开始弥漫丁香和醋栗的味道。木塞在空中转了几圈，最后回到原位。女术士系好袖口，拉上裙子，显现出身形。

“帮我系好裙子。”她一边用玳瑁梳子梳头发，一边把后背转向猎魔人。

猎魔人注意到，梳子上有根长长的尖刺，必要时可以当匕首用。

女术士的长发像黑色瀑布一样披散在肩，杰洛特故意一个扣子一个扣子地慢慢系着裙子，同时深深嗅着女术士头发上散发的清香。

“我们继续说那瓶子生物的事。”叶妮芙转回身，开始佩戴钻石耳饰，“很明显，不是你那搞笑的咒语把它吓跑的。那咒语反而可能激怒它，让它把怒火全都发泄到你朋友身上。”

“可能吧。”杰洛特郁闷地点点头，“可我不认为他会飞去希达里斯，弄死瓦尔多·马克斯。”

“谁是瓦尔多·马克斯?”

“一个吟游诗人，他认为我的同伴——嗯，我朋友也是个吟游诗人——是个没什么才能、只会迎合民众口味的小丑。”

女术士饶有兴致地绕着猎魔人走了几圈。“难道说，你朋友冲他许愿了?”

“许了两个。两个愿望都很蠢。你问这干吗？通过妖怪实现愿望毫无意义。你瞧，所谓灯神，灯中的精灵……”

“的确没有意义。”叶妮芙笑着赞同，“那是虚构出来的，童话故事里全是善良的精灵和踩到狗屎运的幸运鬼。但这种故事都是傻子想出来的，那些家伙甚至没法自己帮自己实现愿望。我很高兴你不是其中之一，利维亚的杰洛特，这样看来，我们的共同点又多了一个。如果我想要什么，我才不会去做梦——我会行动，而我总能如愿以偿。”

“对此我毫不怀疑。你准备好了吗?”

“好了。”女术士系好便鞋的皮带，站了起来。即便穿着高跟鞋，她也算不上特别高。她晃了晃头发，杰洛特发现，尽管用那把剑拔弩张的梳子梳过，她的头发依然有些凌乱，但卷曲的发丝为她增添了更多妩媚。

“还有一个问题，杰洛特。那个瓶盖……你朋友还留着它吗?”

猎魔人犹豫一下。盖子在他这儿，而不在丹德里恩那里。但经验告诉他，不该告诉女术士太多事情。

“嗯……我想是这样。”他因为欺骗她而迟疑了一下，“他应该还留着。怎么？那个盖子很重要?”

“这是个奇怪的问题。”女术士提高声调，“作为一个猎魔人，一个对付怪物和超自然现象的专家，你应该知道，这种盖子是碰不得的，也该提醒你的朋友不要碰。”

他摸着下巴，这个问题正中要害。

“好吧。”叶妮芙稍微缓和一下语气，“没有人会永远正确，包括猎魔人。是人就会犯错。我们可以上路了。你朋友在哪儿?”

“就在这儿，林德。具体地址是埃尔迪尔的住所，精灵那里。”

她抬起头，盯着他。

“埃尔迪尔那儿?”她笑着重复，“我知道了。我猜他堂兄凯瑞尔丹也在?”

“的确。怎么……?”

“没什么。”她打断猎魔人，抬起手，闭上眼睛。

猎魔人脖子上的徽章开始跳动，拉扯着银链。

浴室潮湿的墙壁闪烁起来，现出一道门的轮廓，门内是个磷光闪烁的乳白色旋涡。猎魔人低声抱怨起来。他不喜欢传送门，更不喜欢用传送门旅行。

“我们能不能……”他清清嗓子，“反正没多远……”

“我不能在这城市的街道上出现。”她直截了当地打断他，“他们不喜欢我。他们可能会辱骂我，朝我扔石头——还有更糟的呢。这儿有些人擅长败坏我的名声，以为这样就能把我赶走。别担心，我的传送门很安全。”

杰洛特见过一个人用传送门，结果只有一半穿过去，另一半永远找不着了。他还知道，有些人进门后就再也没出来。

女术士扶了扶头发，往腰带上别了个珍珠装饰的钱包。那钱包看起来十分袖珍，最多只能装下一小把铜币和一支唇膏，但杰洛特知道，那绝不是普通钱包。

“抱住我。抱紧点儿，我不是陶瓷做的。上路了!”

徽章嗡鸣起来，周围有光闪动一下，杰洛特突然发现自己出现在一片黑色的虚无之境，周身感到刺骨的寒冷。他的感官全部封闭。唯一的感知是冷。

他想骂人，却出不了声。

五

“她都进去一个钟头了。”凯瑞尔丹把桌子上的沙漏翻了个身，焦急地看着门口，“我开始担心了。丹德里恩的嗓子真有那么糟？我们是不是该进去看看？”

“她之前说得很清楚，不让我们进去。”杰洛特愁眉苦脸地喝完杯子里的草药茶。定居在此的精灵们有智慧、有冷静的处事态度和幽默感，这让他很喜欢，但他适应不了精灵对食物和饮品的口味。“我不想打扰她，凯瑞尔丹。魔法需要时间，往往要花一天一夜，直到丹德里恩康复为止。”

“好吧，你说得对。”

另一间屋子传来一阵锤击声。埃尔迪尔的住所是一家废弃的客栈，他正和妻子—— 一个安静沉默的精灵——着手翻修客栈，准备重新开业。弗拉提米尔今天也自告奋勇，参与到客栈修复工作中。此刻他正在整理木镶板。刚才叶妮芙和猎魔人从墙上闪光的传送门中跳出来，带来一阵混乱，耽误了一些工作进度。

“老实说，我真不敢相信，你这么容易就找到了她。”凯瑞尔丹续道，“叶妮芙没什么兴趣帮助别人，别人的麻烦她连想都不会想一下。她更信奉无利不起早。我很好奇，她帮你和丹德里恩会得到什么好处？”

“你没夸大其词吧？”猎魔人笑了笑，“我对她的印象没这么糟。她总想证明自己的优越，这倒没错，但比起其他巫师，比起那些傲慢自大的家伙，她的性格还算相当友好，而且富有魅力。”

凯瑞尔丹也笑了。“你这么比，等于说蝎子比蜘蛛要好一些。”他说，“因为它有条可爱的小尾巴。当心点儿，杰洛特，你不是第一个这么评价她的人。把魅力当成武器，她用起来可是得心应手、毫无顾虑。她是个倾国倾城、让人神魂颠倒的女人，这点不能否认，对吧？”

杰洛特严肃地看了精灵一眼。有那么一瞬间，他在精灵脸上看到一抹红晕，这比精灵的话更让他惊讶。纯血精灵很少认同人类美女，哪怕是非常漂亮的女人。而叶妮芙，尽管她有独到之处，却也算不上倾国倾城。

这就叫萝卜青菜各有所爱吧，可谁也不会用“美女”这个词来形容女术士。人们会抛弃女儿，但谁会用经年累月的苦修和身体改造来折磨自己的女儿呢？谁会希望自己家里出个女术士呢？除了巫师团体的尊敬，女术士给家庭带不来任何好处，因此当女孩完成学业，除了血缘，她和家庭再没有任何联系。通常，只有找不到丈夫的女人才会去做女术士。

女祭司不愿招收丑陋和残疾的女孩，巫师则对任何有意向的人敞开大门。只要孩子能通过第一年的训练，便可用魔法干预容貌——矫正腿型，修复长歪的骨头，治疗兔唇，移除伤疤、胎记和痘痕。女术士会让自己变得很有吸引力，因为她们的职业需要这个。但结果往往是一个人造美女，还带着一双愤怒而冰冷的眼睛——这些女孩无法忘记，因职业需要，她们必须戴着魔法面具，而面具下曾是一张丑陋的脸。

所以，以猎魔人久经世故的眼光来看，他实在搞不懂凯瑞尔丹的想法。

“的确，凯瑞尔丹。”他回答，“谢谢你的忠告。不过这事涉及到丹德里恩，他就在我面前遭遇灾祸，而我既救不了他，也没法帮他。只要能帮到他，我宁愿光着屁股坐到蝎子身上。”

“这正是你最该提防的。”精灵的笑容让人难以捉摸，“叶妮芙深知这一点，而且她会善加利用。别相信她，杰洛特。她很危险。”

杰洛特未置可否。

楼上房门“吱呀”一声打开。叶妮芙站在楼梯口，靠着栏杆。

“猎魔人，你能来一下吗？”

“好的。”

女术士靠在门上。那间房是为数不多带家具的屋子，他们把受伤的诗人放到了里面。

猎魔人上了楼，全神贯注却一言不发。他看到，她的左肩略高于右肩，她的鼻子有些长，她的嘴唇太过纤薄，她的下颌有些后错，她的双眉太乱，她的眼睛……

他看到太多细节，太多不必要的东西。

“丹德里恩怎么样？”

“你怀疑我的能力？”

他继续观察。她的手指看起来像二十岁左右，但他不想猜测她的真实年龄。她的动作带着一股浑然天成的优雅。不，猜测她以前的样子很难，更难看出她哪些地方做过改变。他停下这种无聊的猜测。

“你那天才朋友没事了。”她说，“他的才能也会恢复。”

“万分感谢，叶妮芙。”

她笑了。“你有机会证明你的感谢。”

“我能进去看看他吗？”

她沉默一下，带着奇怪的笑容看着他，手指一下下敲击着门框。

“当然，进来吧。”

挂在猎魔人脖子上的徽章开始尖锐而有节奏地颤动。

一个小西瓜那么大的玻璃球，上面跳跃着乳白色火焰，搁在地板中央。玻璃球放在一个九芒星的中心位置，九芒星的线条延伸到墙角。一个红色的五角星嵌在九芒星内。五角星的尖角放着五根古怪的黑色蜡烛。丹德里恩盖着羊皮，睡得很沉，床头也摆着点燃的黑色蜡烛。诗人的呼吸平稳安详，不再像风箱一样嘶哑，疼痛造成的扭曲也从他脸上消失，取而代之的是白痴般的幸福笑容。

“他睡着了，”叶妮芙说，“而且还在做梦。”

杰洛特看着地板上的法阵。隐藏其中的魔法很容易察觉，但他知道，魔法正处于休眠状态。它就像酣睡中的狮子，不过随时会发出猛烈的咆哮。

“这是什么，叶妮芙?”

“一个陷阱。”

“抓什么的?”

“目前是抓你的。”女术士锁上门，拔出钥匙。然后钥匙在她手中消失了。

“好吧，我已经落入陷阱了。”他冷冷地说，“然后呢? 非礼我?”

“别抬举你自己了。”叶妮芙坐在床边。丹德里恩依然笑得像个傻瓜，偶尔还吧嗒吧嗒嘴。

“怎么回事，叶妮芙? 你要玩游戏，可我还不清楚规则。”

“我告诉过你，”她说，“我总能得到我想要的。现在，我想要丹德里恩拥有的某样东西。只要我得到它，咱们就两清了。别担心，他不会受到伤害……”

“地板上的东西，”他打断女术士，“是用来召唤恶魔的。有恶魔的地方就会有人受伤。我不允许这种事发生。”

“……他不会伤到一根寒毛。”女术士没搭理猎魔人，自顾自续道，“他的声音会变得更加悦耳，他会很高兴、很开心。我们都会很开心。我们道别时不会有痛苦，也不会有怨恨。”

“哦，维吉尼亚。”丹德里恩闭着眼睛哼哼道，“你的双乳如此迷人，比天鹅的绒羽还要精致……维吉尼亚……”

“他疯了吗？他在胡言乱语什么？”

“他在享受美梦。”叶妮芙笑了，“他的愿望会在梦中成真。我很深入地窥探过他的内心，那里没多少东西，只有些淫思邪念、几个梦和一堆诗歌。谁管他呢？封印灯神的瓶盖，杰洛特，我知道他没拿，是你拿去了。把它给我。”

“你要盖子干吗？”

“我该如何回答你呢？”女术士笑得非常暧昧，“让我们试试这个说法：我怎么做不关你的事，猎魔人。这个回答足够吗？”

“不够。”他同样暧昧地笑道，“不够。但这不是你的错，叶妮芙，我是个很难满足的人。”

“真可惜，但你注定得不到满足。这是你的损失。请把盖子给我。别摆出那副表情，它不适合你英俊的脸蛋，也不适合你的肤色。为防你忘记，让我提醒你，现在轮到你证明对我的感激了。瓶盖就是治疗这位诗人的首付款。”

“你把治疗款分成好几期了？”猎魔人平静地说，“很好，我早该想到的。但我希望这场交易足够公平，叶妮芙。我买了你的帮助，自然会付钱。”

女术士嘴角上扬，但紫罗兰色的眼睛仍然冷如寒冰。

“这点你不该有任何怀疑，猎魔人。”

“是我付钱，”他重复道，“不是丹德里恩。我先把他带到安全的地方，完事之后，我会回来，付你第二期的钱，以及剩下的。不过首先……”

他把手伸进腰带的暗袋，拽出那个刻着破碎十字和九芒星的黄铜盖子。

“给你，拿着。不是作为付款，而是一个猎魔人对你友善帮助的感激，尽管这帮助有些斤斤计较，但总比你的同僚好得多。拿着它，把它当做信物，我确保朋友安全以后，会回来支付你的报酬。我没看到花丛中的蝎子，叶妮芙，所以我理当为我的粗心大意付出代价。”

“好一番漂亮话。”女术士双手抱在胸前，“抑扬顿挫，动人心弦。可惜没用。我现在需要丹德里恩，他得待在这儿。”

“他近距离接触过你想引来的生物。”杰洛特指着地板上的法阵，“不管你如何承诺，当你完成魔法，把灯神召唤到这儿时，丹德里恩会再次承受痛苦，甚至比之前更甚。你想要的是瓶子里跑出来的怪物，不是吗？你想控制它，强迫它为你服务？哦，你不用回答，我知道这不关我的事。你想干吗就干吗。只要你喜欢，大可以去抓十头恶魔，但别动丹德里恩。如果你拿他冒险，这就不是诚实的交易了，叶妮芙，而且你一个子儿都拿不到。我不会允许……”他停了下来。

“我还在想你什么时候才能发现呢。”女术士咯咯地笑起来。

杰洛特绷紧肌肉，牙关紧咬，集中全部意志力。但是，没用。他全身麻痹，就像一块石头雕像，双腿好比两根插进地里的木桩，甚至连脚趾都无法移动分毫。

“我知道你能用身上的力量抵挡咒语。”叶妮芙说，“我还知道你试图用雄辩的口才打动我。可你讲话时，咒语正一点一点蔓延到你身上，缓慢地影响你。现在你只能说话了。但你别想再试图打动我了。我知道你很雄辩，但你继续饶舌，只会破坏我对你的好印象。”

“凯瑞尔丹……”他一边努力对付魔法力量，一边做着最后的挣扎，“凯瑞尔丹会察觉你的意图。他很快会猜出发生了什么，因为他不信任你。叶妮芙，他打一开始就不相信你……”

女术士随手往门的方向一扫，整个屋子的墙壁变得模糊，若隐若现，呈现一种暗灰色。门消失了，窗户消失了，甚至连布满灰尘的窗帘和爬满苍蝇的壁画都消失了。

“就算凯瑞尔丹看出来又怎样?”她做个鬼脸，“他会跑去搬救兵吗？没人能通过我的魔法屏障。何况凯瑞尔丹哪儿也不会去。他不会做出任何违逆我的事，任何事。他受我控制——不，这跟黑魔法无关，我才不用那种手段呢——只是简单的身体反应。他爱上我了，那个呆子。你没看出来吗？你能想象吗，他甚至打算跟波尔决斗。一个被嫉妒折磨的精灵，真的很少见。杰洛特，我选择这间屋子不是没有原因的。”

“波尔·波雷特、凯瑞尔丹、埃尔迪尔、丹德里恩……你为达目的真是不择手段。但是我，叶妮芙，你永远别想利用我。”

“哦，我会的，我会的。”女术士站起来，小心地避开地面上的符号和咒语，走到猎魔人面前，“毕竟我治好了诗人，你欠我一个人情呢。我要你做的只是件小事，很小的事。在这一切结束之后，我会离开林德。但在这座城市里，我还有几桩未了之事。这儿有几个人，我给过他们一些承诺，而我向来说话算数。即便我没时间躬身前往，也会拜托你帮我兑现。”

猎魔人用尽全力对抗咒语，但徒劳无功。

“别挣扎了，我的小猎魔人。”女术士不怀好意地笑着，“没用的。你拥有坚定的意志力和相当程度的魔法免疫力，但你没法对抗我和我的咒语。别在我面前卖弄了，别以为你那粗鲁冷酷的男子气概会吸引我。即便不用咒语，为了救你朋友，你也会为我做任何事。你愿意付出任何代价。你会舔我的靴子。至于其他的，等我想消遣的时候再说吧。”

猎魔人沉默不语。叶妮芙站在他身前，面带微笑，一只手摆弄着丝绒缎带上镶嵌着钻石的黑曜石。

“我早知道你是什么样的人。”她续道，“在波尔的床上，听你说了几句话后就知道了。从你那儿索取什么样的报酬，我也早就打算好了。我在林德遗留的琐事，任何人都能解决，比如凯瑞尔丹。但最后要去的还得是你，因为你欠我的。你为什么欠我呢？因为你的傲慢无礼，因为你看我时冷冰冰的眼神，因为你上下打量、恨不得把我看掉一层皮的无礼举动，因为你石头一样木讷的脸和你尖酸刻薄的舌头，因为你自认为可以站在温格堡的叶妮芙面前、给她戴几顶高帽就能让她满足。你还认定她是个斤斤计较的女巫，不是吗？你盯着她沾满肥皂泡的乳房时就是这么想的。现在是付清代价的时候了，利维亚的杰洛特！”

女术士用双手撩起长发，猛地吻向猎魔人的双唇，同时像吸血鬼似的，狠狠地咬了他。他脖子上的徽章颤抖起来，杰洛特觉得，银链在不断收缩，快把他勒死了。他耳边响起巨大的嗡鸣声，脑海中仿佛有什么东西在燃烧。他闭上眼睛，不再看向女术士紫罗兰色的双瞳，人却坠向无边的黑暗。

他发现自己跪倒在地，耳边传来叶妮芙轻柔的声音。

“记住了吗？”

“是的，我的女士。”这是他自己的声音。

“那就去执行我的命令吧。”

“听候您的差遣，我的女士。”

“你可以吻我的手。”

“感谢您，我的女士。”

他感觉自己跪在她身前，脑袋里像有上万只蜜蜂嗡嗡作响。女术士的手闻起来有股丁香和醋栗的味道。丁香和醋栗……丁香和醋栗……一道闪光。然后是黑暗。

栏杆。楼梯。凯瑞尔丹的脸。

“杰洛特！你怎么了？杰洛特，你要去哪儿？”

“我得……”他自己的声音响起，“我得去……”

“哦，诸神啊！看看他的眼睛！”

弗拉提米尔的脸因惊骇而扭曲。埃尔迪尔的脸。然后是凯瑞尔丹的声音。

“不！埃尔迪尔！别碰他！别拦着他！别挡着他——别挡他的路！”

丁香和醋栗的香味。丁香和醋栗……

一扇门。炽烈的日光。好热。潮湿。丁香和醋栗的香味。暴风雨快要来了，他心想。

这是他最后的念头。

六

黑暗。香味……

香味？不，臭味。尿臊、腐草和潮湿的破布混合的味道。坑坑洼洼的石壁上，一支散发焦臭气息的火把插在铁支架里。火把的光线将一道影子投射到脏兮兮的地板上——铁格栅的影子。

猎魔人咒骂起来。

“你终于醒了。”猎魔人感觉到，有人把他抱起来，让他后背靠在潮湿的墙壁上，“我都开始担心了，你昏迷了好久。”

“凯瑞尔丹？这是哪儿——该死，我的头快裂开了——我们在哪儿？”

“你觉得这是哪儿？”

杰洛特擦擦脸，看看四周。对面墙边坐着三个无赖，看不太清。那些人离火把太远了，几乎隐匿在黑暗中。将他们与火光照亮的走廊分隔开来的铁格栅旁边，有一堆像是破布的东西。实际上那是个鹰钩鼻子的瘦老头，看他头发的长度和衣衫的破烂程度，说明他不是昨天才来的。

“我们被扔进了地牢。”他沮丧地说。

“看来你的理智恢复了，真让我欣慰。”精灵道。

“真见鬼……丹德里恩呢？我们被关进来多久了？自从……”

“不知道。我被扔进来时，跟你一样失去了意识。”凯瑞尔丹往后背垫了些稻草，好坐得舒服些，“这重要吗？”

“该死，很重要！叶妮芙——还有丹德里恩——丹德里恩还在她手里，她打算……嘿，你们！我们俩被关进来多久了？”

其他犯人只是相互窃窃私语，没人回答他。

“你们聋了吗？”杰洛特吐了口唾沫，嘴里仍是一股金属的腥味，“我问你们，现在是什么时辰？白天还是晚上？你们肯定知道什么时候送吃的来吧？”

他们再次低声交谈起来，最后清清嗓子。“先生们，”其中一人说，“别打扰我们，也别跟我们说话。我们是体面的窃贼，不是政客。我们不打算挑战当权者。我们只偷东西而已。”

“就是这样。”另一人说，“你们走你们的阳关道，我们过我们的独木桥。井水不犯河水。”

凯瑞尔丹哼了一声，猎魔人又吐了口唾沫。

“现实如此。”鹰钩鼻老者含糊不清地说，“入狱以后，每个人首先想的都是明哲保身。”

“你，老头子。”精灵轻蔑地一笑，“你跟他们一边还是我们一边？你打算入哪一伙？”

“哪个都不。”对方自豪地回答，“因为我没罪。”

杰洛特又吐了口唾沫。“凯瑞尔丹？”他揉着太阳穴，“挑战当权者……是真的吗？”

“当然。你不记得了？”

“我走上大街……人们都看着我……然后……然后前面有家商店……”

“一个典当铺。”精灵放低声音，“你走进典当铺。嗯，你进去后，一拳打碎了老板的牙。狠狠的一拳。”

猎魔人磨着牙，咒骂起来。

“店主倒在地上。”凯瑞尔丹轻声续道，“你又踢了他肚子好几下，选择的部位恰到好处。店员跑来帮老板，结果被你从窗户扔到大街上。”

杰洛特撇撇嘴。“恐怕还没完吧？”

“当然没有。你离开当铺，跑到大街中央，朝路人推推搡搡，还大喊关于一位女士的荣誉之类的胡话。你后面跟了一大群人，我、埃尔迪尔和弗拉提米尔也在其中。后来你停在药剂师拉罗诺兹的店门口，进去待了会儿，拖着拉罗诺兹走出来。你当着众人的面发表了一通演讲。”

“什么演讲？”

“简而言之，你宣称一个体面人永远不该称职业妓女为‘婊子’，因为这种说法低俗龌龊，至于用‘婊子’称呼既没有上过也没有付过钱的女人，更是十分幼稚的行为，理应受到惩罚。你还宣布，惩罚应该当众执行。随后你把药剂师的脑袋塞到他双腿之间，扒下他的裤子，用皮带狠狠抽他的屁股。”

“继续说，凯瑞尔丹。继续，不用给我留情面。”

“你当街痛打拉罗诺兹的屁股，而他在大街上像杀猪似的号叫，请求满天诸神和类似存在的帮助，乞求宽恕——他甚至保证，以后绝不再犯，但你显然不相信他。后来，几个全副武装的恶棍赶了过来——在林德，他们又被称作守卫。”

杰洛特点点头。“然后我们就因为挑战当权者被带到了这儿？”

“不，你先前已经攻击过当权者了。当铺老板和药剂师是市议会的议员，都曾叫嚣要把叶妮芙赶出市镇。他们不光在议会上投了票，还在酒馆中传播过各种低级恶劣的谣言。”

“我猜到了。继续说。你说到警卫出现，是他们把我扔到这儿的?”

“他们倒是想。哦，杰洛特，那场面真够精彩的。你的身手简直很难用语言形容。他们手持长剑、鞭子、棍子和短柄斧，而你手里只有一根从某个花花公子那儿抢来的手杖。你把他们全都打翻，然后继续前进。我们大部分人都知道，你接下来要去哪儿。”

“那就告诉我吧。”

“你去神殿了。因为神殿祭司克里普也是市议会成员，他花了大把时间对叶妮芙布道。你宣称要给他上一堂妇女知识课，还故意省略了他的头衔，并用了其他一些精彩的称呼，乐得跟在你身后的小孩屁颠屁颠的。”

“啊哈。”杰洛特撇撇嘴，“这么说还得加上亵渎神灵。我还做了什么？在神殿墙上涂鸦?”

“没，你没进去。约莫一个连的兵力在神殿前方等着你，他们全副武装，恨不得把所有能找到的装备都绑到身上。看当时的情况，你多半会被大卸八块，但还没等你走到他们面前，你突然蹲下，两手抱头，晕了过去。”

“这些就无所谓了。好了，凯瑞尔丹，你又是怎么被关进来的?”

“你晕倒时，有几个守卫跑过来殴打你。我过去跟他们理论，结果脑袋挨了一棍子，就被送到这鬼地方来了。毫无疑问，他们会控告我参与反人类阴谋。”

“既然说到控告，”猎魔人又磨起牙来，“你觉得，等待我们的会是什么?”

“如果市长内维尔能及时从首都回来……”凯瑞尔丹更像自言自语，“谁知道呢……他是我朋友。如果他没回来，市议会将通过审判，当然了，议员包括拉罗诺兹和当铺老板。这就意味着……”

精灵用手在脖子上比画了一下，尽管牢内一片漆黑，但他的动作足以表明一切了。猎魔人没有回答。那些窃贼不时窃窃私语，而那个认定自己无辜的瘦老头似乎睡着了。

“很好。”杰洛特说着，吐出一句恶毒的咒骂，“凯瑞尔丹，不止我会被吊死，还会连累你。不用想，还有丹德里恩。等等，别插话。这些全是叶妮芙搞出来的，我却成了替罪羊。就因为我的愚蠢。她欺骗了我，狠狠地耍了我一通。”

“唔……”精灵嘟囔道，“没什么可说的，也没什么办法了。我警告过你要小心她。该死的，我警告过你，可最后呢，我原来是个——请原谅我的用词——跟你同样愚蠢的傻瓜。你以为我是被你牵连进来的？事实正好相反。你是因为我才被抓的。原本在大街上，我就能阻止你，能想办法制服你，不让你……但我没有。因为我担心，如果我打破了她施加在你身上的咒语，你会回去……伤害她。原谅我。”

“无需道歉，因为你根本不知道那咒语有多强。亲爱的精灵，若是普通咒语，我用不了几分钟就能自行解除，更不会在解除时晕倒。你没法打破叶妮芙的咒语，你也制服不了我。想想那些警卫吧。”

“我当时想的不是你。我再重复一遍：我当时想的是她。”

“凯瑞尔丹？”

“什么？”

“你……你是不是……”

“我不喜欢夸大其词。”精灵打断他的话，脸上带着悲伤的笑容，“但可以说，我确实倾心于她。你是不是很诧异，为何那么多人会被她吸引？”

杰洛特闭上双眼，脑海中浮现出叶妮芙的倩影。

“不，凯瑞尔丹。”他说，“我一点都不诧异。”

重重的脚步声和金属撞击声在走廊里响起。四个人影晃晃悠悠地出现在地牢，然后是钥匙插进锁孔的声音。那个无辜的老头像山猫一样跳到一边，躲进那群罪犯当中。

“这么快？”精灵低声惊叹，“我以为搭绞刑台的时间会长一些……”

领头的是个高个子守卫，头顶光秃，脸上却像野猪一样鬃毛直立。他指指猎魔人，简洁地命令道：“那个。”

另外两名守卫抓住杰洛特，把他提起来，摁在墙上。鹰钩鼻老头和那群窃贼在角落里挤成一团。凯瑞尔丹想跳起来，但一个警卫用短剑抵住他的胸口，他只好乖乖地坐回到脏地板上。

光头守卫站在猎魔人面前，挽起袖子，摩拳擦掌。

“拉罗诺兹议员让我问问，”他说，“你在小地牢过得舒不舒服。或许你有什么需要？也许你终于开始害怕了？嗯？”

杰洛特一言不发，抓着他的守卫用沉重的靴子踩住他的双脚，因而他无法踢到那个光头。

光头守卫来回走了两圈，一拳打在猎魔人的肚子上。杰洛特绷紧肌肉抵挡，但没有用。他疼得倒吸一口冷气，低头盯着自己皮带上的搭扣。两名守卫又把他的头拽了起来。

“难道你就没什么要求？”守卫散发着洋葱和烂牙臭味的嘴在杰洛特面前一开一合，“看来你没什么可抱怨的——市议会的人会很高兴。”

又一拳打在相同的部位。猎魔人气息一窒，想要呕吐，但什么都吐不出。

光头守卫转个身，换了一只手。

砰！杰洛特又看向自己的皮带搭扣。很奇怪，那上面又没有洞能让他钻进去。

“怎么样？”守卫后退一步，毫无疑问是要来下更狠的，“你有没有什么愿望？拉罗诺兹让我问问。但你干吗什么都不说呢？舌头打结了？我来帮你治好！”

砰！

杰洛特还没晕过去。他觉得自己应该晕过去的，不然内脏恐怕就保不住了。想要晕过去，他必须迫使那个守卫……

守卫吐了口唾沫，龇了龇牙，再次握紧拳头。

“怎么？你就没有愿望？”

“只有一个……”杰洛特艰难地抬起头，从嗓子中挤出声音，“就是要你炸成碎片，你这婊子养的。”

光头守卫咬牙切齿，退开一步，狠狠地又来一拳——不出杰洛特所料，这一拳打向他的头。但拳头没能碰到他的头。守卫突然像火鸡般咯咯乱叫，全身发红，双手捂住肚子，大声哭号起来……

最后，他爆炸了。

七

“我该拿你们怎么办？”

一道耀眼的闪电刺破窗外的夜空，随之而来的是轰鸣的雷声，大雨倾盆而下。

杰洛特和凯瑞尔丹坐在长椅上，头顶挂着一块硕大的毛毯，上绣先知雷比欧德斯放牧羊群的场面。两人低着头，一言不发。市长内维尔在屋里一边踱步，一边愤怒地喘气。

“你们这帮该死的巫师!”市长突然站定，冲两人大喊，“你们是来我的城市捣乱的吗？这个世界就没其他城市了吗?”

精灵和猎魔人仍然保持沉默。

“看看你们都做了什么……”市长顿了顿，“把那个守卫变得……像个西红柿！像果浆！四处飞溅的红色果浆！太残暴了!”

“残暴而且渎神。”同样在场的祭司附和道，“这么残暴的事，就算傻瓜也能猜到幕后主使是谁。没错，市长，我了解这两个人，凯瑞尔丹和自称猎魔人的家伙，他们都没有足够的魔力。这一切都是叶妮芙的手段，她会被诸神惩罚的!”窗外炸起一个响雷，仿佛在印证祭司的说法，“除了她，不会有别人。”克里普续道，“毫无疑问，除了叶妮芙，谁会去找拉罗诺兹报仇呢?”

“哈哈哈。”市长突然笑出了声，“那是我最不生气的事了。拉罗诺兹一直在私底下跟我对着干，他觊觎我的位置。现在，没人会再尊敬他了。他们只要想起他的屁股……”

“够了，内维尔大人，您是在表扬罪犯吗?”祭司皱起眉头，“我要提醒您，要不是我为猎魔人驱了魔，他早就出手袭击我，并破坏神殿的权威了……”

“那是因为你在布道时说过她的坏话，克里普，就连波雷特都跟我抱怨过。不过事实就是事实，听见了吗，你们这两个恶棍?”市长转身看着猎魔人和精灵，“没什么能为你们做过的事开脱！我不会容忍这样的行为！我们说得够多了，现在抓紧时间，把所有事情都告诉我，为你们自己辩护。如果你们不实话实说，我向我的先祖起誓，明年的今天就是你俩的祭日！告诉我，马上，就当你们在忏悔室里!”

凯瑞尔丹重重地叹了口气，意味深长又不无恳求地看着猎魔人。

杰洛特也叹了口气，然后清清嗓子，讲述了所有事。当然，几乎所有事。

“原来如此。”祭司沉默一会儿，“钓上来的瓶子，被释放的界灵，还有个盯上怪物的女术士。不坏的组合，但可能导致糟糕的后果，非常糟糕。”

“界灵是什么?”内维尔问，“叶妮芙要它干吗?”

“巫师会从自然之力中汲取力量。”祭司克里普解释道，“更准确地说，是从被称为‘四大元素’或‘四大法则’的东西里汲取。气、水、火、土，按巫师的术语来讲，每种元素都有自己的界域，如水界域、火界域，等等。而在我们常人无法触及的界域里，居住着叫做界灵的东西……”

“这些都是传说故事。”猎魔人突然插话，“因为据我所知……”

“别插嘴。”克里普干脆地打断猎魔人，“很明显，你对那些故事知之甚少，猎魔人，所以还是保持安静，听听比你聪明的人怎么说吧。我们继续说界灵，它们共分四种，对应四个界域。灯神对应气，水妖精与水相关，火巨怪是火界域的主宰，地灵则是土界域的界灵……”

“你自己跑题了，克里普。”内维尔接过话头，“这里不是神学院，别给我讲课。简单点儿说，叶妮芙想拿这只界灵做什么?”

“市长大人，界灵是活的魔力储存装置，一个巫师如果有只界灵可供驱使，便可直接将那些魔力转化成咒语，无需再从自然中抽取力量。界灵替他们把过程省略了。这样的巫师会拥有强大的力量，接近全能……”

“可我从没听说，哪个巫师拥有全能的力量。”内维尔反驳道，“相反，大部分关于他们力量的描述都言过其实：他们办不到这个，也办不到那个……”

“巫师斯丹莫福德曾移走一座山，”祭司再次摆出讲课的架势，“只因高山挡住了他高塔的视线。这一举动空前绝后，因为据斯丹莫福德自己说，他得到了一只地灵的服务，一只土界灵。还有记录描述过另一些相同规模的魔法，比如只可能是水妖精引发的可怕暴雨和滔天巨浪。由火巨怪降下的火柱和爆炸……”

“龙卷风，飓风，横扫陆地。”杰洛特低声说，“乔弗利·蒙克。”

“没错。你多少还知道点东西。”克里普看他的眼光友善了些，“传说蒙克有只灯神可供驱使——甚至不止一只——他把它们装在瓶子里，需要时才召唤出来。一只灯神三个愿望，随后它们会跑回自己的界域。”

“河里那只可什么愿望都没满足。”杰洛特断然说道，“他一出来就掐住了丹德里恩的脖子。”

“界灵，”克里普皱了皱鼻子，“是对人类充满恶意的凶猛存在。它们不喜欢被关在瓶子里，不喜欢被命令移山填海。它们会尽可能让人类表达不出自己的愿望。哪怕人类说出自己的愿望，它们也会用不可控、不可预见的方式执行，通常是按照人们说出的字面意思。因此，拥有它们的人必须特别注意自己说了什么。想要征服灯神的人，必须有铁一般的意志，钢一样的神经，强大的魔力，以及相当程度的能耐。从你的描述看，猎魔人，应该是你们自己能力不足。”

“我的能力的确不够制服那家伙。”杰洛特点点头，“但我把他赶跑了。他飞得那么快，连空气都在呼啸，所以那个咒语应该有效才对。

的确，叶妮芙嘲笑过我的驱魔咒……”

“什么驱魔咒？重复一遍。”

杰洛特逐字逐句重复了一遍。

“什么?!”祭司的脸色先是变白，随后变红，最后变成蓝色，“你好大胆子！竟敢拿我开玩笑?”

“请原谅。”杰洛特慌忙解释，“说实话，我不知道……这个咒语是什么意思。”

“那你以后就别重复你不知道的东西！真不知道你从哪儿听来这些乱七八糟的!”

“够了。”市长挥挥手，示意他们安静，“我们在浪费时间。我们现在知道女术士为何要那个灯神，但克里普，你说这很糟糕。有什么糟糕的？让她抓住它然后下地狱去吧。我有什么好担心的呢？我觉得……”

即便市长不是在夸口，也没人知道他接下来要说什么了。有个闪闪发光的长方形出现在长椅旁边的墙上，光芒闪过，丹德里恩落进了市政厅。

“他们是无辜的!”诗人坐在地板上左顾右盼，双眼朦胧不清，但用清晰悦耳的嗓音喊道，“他们是无辜的。猎魔人是无辜的。请你们相信!”

“丹德里恩!”杰洛特喊了一声，连忙阻止显然正要施展驱魔咒或诅咒的克里普，“你是怎么……丹德里恩!”

“杰洛特!”诗人跳了起来。

“丹德里恩!”

“这人是谁?”内维尔喊道，“该死，如果你不赶紧停止施放咒语，我可不敢保证我会做出什么事。我说过，林德禁止施法！想要使用，你得写申请，还要上税，外加印花税……呃，这不是那个诗人吗？猎魔人的人质？”

“丹德里恩，”杰洛特把手搭在诗人肩上，“你是怎么到这儿来的？”

“我不知道。”诗人脸上的天真和担心混杂在一起，“说实话，我连在我身上发生了什么都不知道。我记不起太多东西，而且我敢发誓，我根本分不清哪些是真的，哪些又是噩梦。我只记得有位十分漂亮的黑发女郎，她眼睛里怒火熊熊……”

“你跟我说什么黑发女郎干吗？”内维尔生气地打断诗人，“说重点，你这家伙，说重点。你刚才大喊大叫，说猎魔人是无辜的，我该怎么理解？难道拉罗诺兹自己打了自己的屁股？你说猎魔人无辜，除非一切都是我的幻觉。”

“我对屁股和幻觉什么的一无所知。”丹德里恩骄傲地说，“但我要重复一遍，我记得的最后一件事是个优雅的女人，她穿着黑白搭配、很有品位的衣服，把我扔进一个闪光的洞里。那肯定是道传送门。但在那之前，她明确交代我一件差事，她要我一到目的地，就立刻开口。她要我说的话是：‘我希望你们相信，对于先前发生的一切，猎魔人是无辜的。这就是我的愿望。’逐字逐句，一字不差。我想问她到底发生了什么，这句话什么意思，为什么要这么说。但黑发女郎连说一个字的机会都没给我。她非常不优雅地骂了我几句，抓住我的脖子，把我扔进了传送门。就是这样，而现在……”丹德里恩站了起来，掸掸上衣，检查一下领子和袖口的花边是否沾了灰，“……先生们，希望你们告诉我，城中最好的酒馆叫什么、怎么走。”

“我的城里没有糟糕的酒馆。”内维尔缓缓地说，“但你亲眼见识之前，恐怕得先好好体验一下城里最好的地牢。你和你的同伴！我提醒你们，你们还没获得自由呢，你们这帮恶棍！都是群什么人啊？一个讲了难以置信的故事，另一个从墙里跳出来大喊无辜，还他娘的说什么愿望，还要我相信你。你也配喊什么愿望……”

“诸神啊！”祭司突然抱住自己光秃秃的脑袋，“这下我明白了！愿望！最后的愿望！”

“你怎么了，克里普？”市长皱了皱眉，“你没事吧？”

“最后的愿望！”祭司重复道，“她让吟游诗人说出最后一个、也就是第三个愿望。哦，毫无疑问，叶妮芙已经设好了魔法陷阱，想赶在界灵跑回自己的界域之前抓住它！内维尔大人，我们必须……”

外面的雷声再次响起，声音之大，令墙壁也随之摇晃。

“该死！”市长低声骂了一句，走到窗边，“真够险的，差点就劈中一栋房子了。要是再给我来场火灾——哦，诸神呐！过来看！快来看啊！克里普！那是什么？”

他们不约而同地跑到窗边。

“我的妈呀！”丹德里恩护住脖子，大喊道，“是它！就是那个婊子养的掐过我的脖子！”

“灯神！”克里普大喊，“气之界灵！”

“在埃尔迪尔的旅馆上方！”凯瑞尔丹喊道，“在他家房顶上！”

“她抓住了它！”祭司的身子太靠外，差点掉出去，“你看见魔法的光芒没有？女术士抓住了那个界灵！”

杰洛特沉默地看着眼前的一切。

多年前，他还拖着鼻涕，在凯尔·莫罕的猎魔人要塞学习时，他和朋友艾斯卡尔抓过一只巨大的森林黄蜂，并把它装进一只玻璃瓶。他们看着瓶里黄蜂滑稽的动作捧腹大笑，直到最后被导师维瑟米尔发现，被皮带好一顿抽。

灯神在埃尔迪尔的旅馆房顶转着圈，动作像极了那只黄蜂。它飞上飞下，升起又俯冲，狂乱地绕圈。因为这只灯神跟凯尔·莫罕的黄蜂一样，自由已受到限制。闪烁着五彩光芒的光线让人眼花缭乱，那光线紧紧缠住灯神，另一端延伸进房顶。但显然，灯神比黄蜂有更多选择，黄蜂可没力气敲破周围的屋顶、折断烟囱、粉碎高塔，但灯神可以，并且它已经在做了。

“它在毁坏我的城市，”内维尔悲痛地撕扯头发，“那个怪物正在毁坏我的城市！”

“哈哈哈。”祭司大笑起来，“看来她遇到对手了！那是个相当强大的灯神。真不知最后谁能抓住谁，是女术士抓住它呢，还是它抓住女术士！哈，灯神会把她撕成碎片的。好！真是恶有恶报！”

“去他娘的恶有恶报！”市长不管窗户下面有没有选民，自顾自地大喊道，“看看那边发生了什么，克里普！恐怖，毁灭！你应该早点告诉我，你这秃头白痴！装得那么博学，喋喋不休，可没一句说到重点！你为什么不告诉我，那个恶魔会……猎魔人！做点什么啊！你听到没，无辜的猎魔人？做点什么，阻止那个恶魔！我可以宽恕你的所有罪行，只要……”

“现在什么也做不了，内维尔大人。”克里普不屑地看着市长，“你刚才肯定没认真听我讲话。就是这样，你从不听我的。我重复一遍，这是一只异常强大的灯神。如果不强，女术士早就抓住它了。然而她的咒语很快就会减弱，然后灯神会给她致命一击，最后跑掉。到那时，这里就恢复和平了。”

“但同时，城市也会化成废墟?”

“我们只能看着。”祭司道，“但并非无所事事。下令吧，市长大人。叫人们撤出房子，准备好对应火灾。现在发生的一切，与界灵解决女巫相比，根本不值一提。”

杰洛特抬起头，正对上凯瑞尔丹的眼睛，又转过头去。

“克里普先生，”猎魔人突然下定决心，“我需要你的帮助。丹德里恩走的那道传送门依然通向……”

“那里连一点传送门的痕迹都没留下。”祭司指着墙，冷冷地说，“难道你看不见吗?”

“传送门总会留下痕迹，即使是不可见的。一个咒语就能让痕迹显现出来，而我会追寻这些痕迹。”

“你肯定疯了。就算那样的通道没把你撕成碎片，你通过它能找到什么？难道你想落进旋涡中心?”

“我只问你，能不能用魔法让痕迹显现出来。”

“魔法?”祭司骄傲地抬起头，“我可不是那些渎神的巫师！我从不施展魔法！我的力量来自信仰和祈祷!”

“能不能?”

“能。”

“那就做吧，没时间了。”

“杰洛特，”丹德里恩突然说，“你简直是胡言乱语！离那该死的怪物远点儿吧!”

“拜托，安静点儿。”克里普说，“严肃，我正在祈祷。”

“去他娘的祈祷!”内维尔咒骂道，“我要去召集人民，得做点什么，而不是站在这里说闲话！诸神啊，这算个什么日子啊！”

猎魔人感到凯瑞尔丹碰碰他的肩膀。他转回去，发现精灵看着他的眼睛，最后移开了视线。“你要去那儿，因为你不得不去，对吗？”

杰洛特犹豫一下。他觉得，自己又闻到了丁香与醋栗的香味。

“我想是的。”他有些不情愿地回答，“我必须去。抱歉，凯瑞尔丹……”

“别道歉。我能体会你的感受。”

“这可不一定。因为连我自己都不清楚。”

精灵笑了，笑容里似乎带有某种喜悦。“就是这样，杰洛特，就是这种感觉。”

克里普站直身子，做了个深呼吸。“准备好了。”他指着墙上那道微弱难辨的传送门轮廓，“传送门很不稳定，没法持续很长时间。我也没法保证它不会突然消失。先生，跳进去之前请自我反省。我可以给你祝福，但要偿还您的罪孽……”

“没时间了。”杰洛特打断祭司，“我明白你的好意，克里普先生，但真的没时间了。你们所有人，统统离开屋子。如果传送门爆炸，会震伤你们的耳膜。”

“我留下。”丹德里恩和精灵离开后，克里普对猎魔人说。他的双手在空中挥舞几下，一道跃动的光环笼罩住他。“我会建立个保护圈，以防万一。而且，如果传送门爆炸……我会试着将你拉出来，猎魔人。耳膜算什么？那东西能长回来。”

杰洛特感激地看着他。

祭司笑了。“你是个勇敢的人。”他说，“你想去救她，对吗？但只有勇气还不够。灯神是报复心极强的生物。女术士已经失败了，而你到那边后的任务绝不轻松。所以，你还是先自我反省吧。”

“我已经反省过了。”杰洛特站在金光流转的传送门前，“克里普先生?”

“怎么?”

“那个驱魔咒让你那么生气……它到底是什么意思?”

“天啊，你还有心情说笑……”

“拜托，克里普先生。”

“好吧。”祭司躲在市长的橡木大桌后面，“如果这是你最后的愿望，我就告诉你好了。它是说……嗯……嗯……大意就是……**滚回家自己操自己去吧!**”

杰洛特跳进传送门，冰冷与虚无将他的大笑声彻底掩盖。

八

传送门呼啸盘旋，仿佛一道龙卷风，最后毫不客气地将他吐了出来。猎魔人瘫倒在地，大口大口地吸气。地板在不断震动，开始他以为，这是惊心动魄的旅行后身体不由自主地战栗，但很快意识到自己错了。整个房子都在摇晃，在暴风雨中嘎吱作响。

环顾四周，他发现自己并未身处上次与叶妮芙交锋的小屋，而是落在埃尔迪尔旅馆的大厅中。

他看到了她。她跪在两张桌子之间，俯身在那颗魔法球上。魔法球中燃烧着乳白色火焰，光华四射，那光华甚至染上她的十指。魔法球的光线形成一幅画，摇摆不定但清晰可见。杰洛特看到一道道五颜六色、流光溢彩的光线从五角星图案中射出，穿过房顶，射向那只被束缚的灯神。

叶妮芙看到他，立刻跳了起来，抬起手。

“不!”他喊道，“别这么做！我是来帮你的!”

“帮我?”她冷哼一声，“就你?”

“就我。”

“不计前嫌?”

“不计前嫌。”

“有意思。但我不需要你的帮助。滚出去。”

“不。”

“滚出去!”她大喊，脸因愤怒而扭曲，“这儿很危险！局面已经失控了，你不明白吗？我没法控制它。我不清楚原因，可那混账东西的力量一点也没减弱！我在它满足诗人的第三个愿望后抓住了它，想把它关进水晶球里。但它的力量连一点减弱的趋势都没有！该死，它似乎还在变强！但我会打败它，我会毁灭……”

“你毁灭不了它，叶妮芙。它会杀了你。”

“想杀我可没那么容易……”

她的话被打断了。整个屋顶瞬间被掀开。水晶球投射出的幻象消失在一片白光中。一个巨大的长方形图案出现在天花板上。女术士咒骂一声，旋即抬起双手，火星从她指尖喷涌而出。

“跑啊，杰洛特!”

“怎么了，叶妮芙?”

“它找到我了……”她声音扭曲，脸因用力而青筋暴起，“它想接近我。它正在建立传送门。虽然它无法挣脱身上的束缚，但可以通过传送门直接过来。我无法……无法阻止它了!”

“叶妮芙……”

“别打扰我！我得集中精神……杰洛特，你必须离开这儿。我会开个传送门送你出去。但你要当心，不知道门会通向哪里，我没时间和精力……我不知道你会被传到哪儿……但你会安全的……准备好……”

一扇巨大的传送门突然出现在天花板上，闪烁着耀眼的光芒，无规则地扩张着。虚空中出现了一张猎魔人十分熟悉的嘴，它晃动上嘴唇，大声咆哮，声音足以刺穿耳膜。叶妮芙跳起来，挥舞双手，喊出一个咒语。一道光网自她掌中伸展，裹住灯神。灯神咆哮一声，随后，它的手臂突然伸长，像眼镜蛇一样射向女术士的脖子。叶妮芙没有后退。

杰洛特冲向她，把她推到一旁，同时用身体挡住灯神的手臂。灯神被魔法光线缠住，像个软木塞一样从传送门中跳了出来，张着嘴扑向他们。猎魔人咬紧牙关，结出一个法印，却没有丝毫效果。但灯神突然不再攻击了。它悬浮在天花板下，膨胀到不可思议的程度，用苍白的眼睛瞪着杰洛特，不断嚎叫。那咆哮似乎意有所指，仿佛是命令，或者是个指令。但他不明白。

“这里！”叶妮芙指着楼梯旁、墙面上她刚刚建起的传送门。同界灵建起的传送门相比，女术士的门太渺小了，根本差了一个等级。“这里，杰洛特！用它出去！”

“跟你一起，我才会走。”

叶妮芙用双手在空中结出眼花缭乱的法阵，并不断喊出咒语。五彩缤纷的光线朝灯神倾泻而出。灯神像个大黄蜂一样旋转着，收紧身上的光绳，随后又放松。它在朝女术士移动，尽管缓慢，但确实在一点点靠近。叶妮芙没有后退。

猎魔人跳向她，一只手灵巧地抱住她的腰，另一只手抱住她的脖子。叶妮芙愤怒地咒骂着，不断用手肘撞他。他没放开她。咒语产生出刺鼻的臭氧味，但没能掩盖她身上丁香和醋栗的味道。杰洛特抓住她乱踢的双腿，把她扔进那个小一些、闪烁着乳白色光晕的传送门——那个通向未知之处的传送门。

掉出来时，他们抱成一团，落在大理石地面上，并沿着地面滑去，最后撞到一个巨大的烛台和一张桌子。桌上的水晶高脚杯、大盘大盘的水果和挂着海藻的冰镇牡蛎纷纷落地。尖叫声响成一片。

他们躺在一个大厅正中间，头顶亮着大吊灯。穿着得体、珠光宝气的绅士和女士们停下舞蹈，全场鸦雀无声地看着他俩。音乐声戛然而止。

“你这傻瓜！”叶妮芙抬手抓向他的眼睛，“大傻瓜！你打断了我！我差点就抓住它了！”

“你抓住个屁！”他也火冒三丈地喊回去，“我救了你的命，你这蠢巫婆！”

她像怒火冲天的猫一样发出嘶嘶声，火星从她掌中喷出。

杰洛特把脸转向一边，抓住她的手腕，两人在海藻、冰块和牡蛎间滚作一团。

“你们有邀请函吗？”一个肥胖男人，胸前挂着管家金链，傲慢地俯视着他们。

“滚你妈的！”叶妮芙尖声骂道，双手仍试图抓向杰洛特的眼睛。

“你侮辱我。”管家愤怒地说，“毫无疑问，你们被传送冲昏了头。我要向巫师议会投诉。我会要求……”

没人听他要做什么。叶妮芙挣脱猎魔人，狠狠地扇了他一耳光，又踢了他一脚，最后跳进墙上正渐渐消失的传送门。

杰洛特紧随其后，老练地抓住她的头发和腰带。

叶妮芙也老练地反手给他一肘。

剧烈的动作撕开了她腋下的衣服，露出一只形状匀称的乳房，一只牡蛎也从裙中掉了出来。

他们同时摔进传送门的虚空之中。杰洛特听到那个管家在身后大喊。“音乐！继续演奏！什么都没发生。别让这次意外扫了大家的兴！”

猎魔人相信，每次他穿过传送门，遭遇厄运的风险就会成倍增加。他猜对了。他们抵达了目标——埃尔迪尔的旅馆，但他们出现在天花板下面。两人一起摔下来，撞碎了楼梯栏杆，一阵地动山摇后又撞上桌子。这张桌子本来就算不上结实，立刻散了架。

叶妮芙滚到桌子底下。猎魔人觉得她应该晕了过去，但他错了。

她一拳打在猎魔人的眼睛上，吐出连篇的恶毒咒骂，多半是从哪个矮人殡仪师嘴里学来的——矮人向来以脏话闻名。咒骂伴着一下下凶狠的拳头，胡乱地砸到猎魔人身上。

杰洛特抓住她的双手，为免撞到额头，还把脸埋进女术士腋下的衣服裂缝里，那里散发着丁香、醋栗和牡蛎的味道。

“放开我！”女术士像小马一样两脚乱蹬，“你这白痴！放开我！灯神的束缚随时可能打破。我必须强化它，否则灯神就要跑了！”

猎魔人想要回答，但他说不出话。他抓得更紧，试图把女术士摁在地板上。叶妮芙高声咒骂，不断挣扎，狠狠地用膝盖撞上猎魔人的胯骨。没等他喘过气，女术士已经挣脱他的手，尖声念出一串咒语。猎魔人只觉迎面一股强大的力量袭来，裹挟着他，直接撞穿一面墙，最后撞碎一个双门柜才停下。

九

“那里发生了什么?!”丹德里恩紧贴着墙，伸长脖子，试图穿透暴雨，看清远处发生的事，“告诉我那里发生了什么，该死的!”

“他们打起来了!”一个小孩叫嚷着，从旅馆窗户那边逃过来，仿佛身上着了火。他那些衣衫褴褛的同伴也都四散逃开，光着脚丫踩起一串泥水。“女巫和猎魔人正在打架!”

“打起来了?”内维尔非常惊讶，“他俩在打架，那只该死的恶魔在毁坏我的城市！看啊，它又推倒了一个烟囱，毁掉了砖窑！嘿，快去哪儿，快啊！诸神啊，幸好现在下大雨，不然得有好一场大火!”

“不会持续很久的。”克里普垂头丧气地说，“魔法的光芒正在减弱，界灵随时会挣脱束缚。内维尔先生！让人们都离远点儿！那边随时可能发生最糟糕的事！到时那栋房子只会剩下碎片！埃尔迪尔先生，你笑什么？那可是你的房子。你怎么这么开心?”

“我为那房子投保了一大笔钱!”

“保单包括魔法和超自然伤害吗?”

“当然。”

“哦，精灵先生，您真明智。太明智了。提前表示祝贺。嘿，你们这些人，快找地方藏起来！想活命的千万别靠近!”

震耳欲聋的声音从埃尔迪尔的房子里传出。白光闪烁。一小群人顶着枕头向祭司他们的方向跑来。

“杰洛特为什么要去那儿?”丹德里恩呻吟道，“他干吗非要去救那个女巫？他妈的，为什么啊？凯瑞尔丹，你知道吗?”

精灵凄然一笑。“我知道，丹德里恩。”他说，“我当然知道。”

十

杰洛特侧身一跃，再次躲开从女术士指中射出的明橙色光束。她明显累了，光束无论强度和速度都不及从前，避开它们并不是难事。

“叶妮芙!”他喊道，“冷静点儿！你能听我说话吗?!你不可能……”

没等他说完，细长的红色闪电束从女术士指上射出，从四面八方包围了他。他的衣服嘶嘶作响，开始冒烟。

“我不可能什么?”女术士咬牙切齿地问，“你很快就能看到我能做什么。只要你老实躺一会儿，别来挡我的路。”

“把这东西拿开!”他在闪光的电网中挣扎，冲女术士大喊，“我要烧着了，见鬼!”

“待在那儿别动。”女术士喘着粗气说，“只有你动它才会烧着……我没时间跟你浪费了，猎魔人。我们玩够了。我得去对付灯神，它已经准备逃跑了……”

“逃跑!?”杰洛特尖叫道，“该跑的是你！那个灯神……叶妮芙，仔细听我说。我会告诉你事情真相。”

十一

灯神挣了挣身上的枷锁，转了一圈。一座小塔被它扫倒，倒在波尔·波雷特的房子上。

“你们听它叫得多凶啊!”丹德里恩皱皱眉，本能地捂住脖子，“多恐怖的叫声！它看起来都怒不可遏了!”

“全是因为他。”克里普说。凯瑞尔丹看着他。

“什么?”

“灯神的怒火，”克里普重复道，“我一点也不惊讶。换作是我，不得不在字面意义上满足猎魔人意外给出的第一个愿望，我也会生气的……”

“什么意思?”丹德里恩喊道，“杰洛特？愿望?”

“他拿着封印灯神的瓶盖，灯神必须满足他的愿望。这也是女术士无法制服它的原因。但猎魔人不能告诉她真相，即便他现在明白是怎么回事，也不能说。”

“该死。”凯瑞尔丹自言自语道，“我明白了。地牢里那个守卫爆炸……”

“那是猎魔人的第二个愿望。他还剩一个。最后一个。但他不能把这事告诉给叶妮芙!”

十二

她面无表情地站着，俯身看向猎魔人，不再关注在房顶拼命挣扎的灯神。整个房子都在摇晃，石灰和碎片如雨点般自房顶砸落，家具倒在地上，时不时跟着震动一下。

“原来如此。”她冷笑道，“祝贺你，你成功地骗过了我。原来不是丹德里恩，是你。所以灯神才会挣扎得这么厉害！但我还没输，杰洛特。你低估了我，也低估了我的力量。你和灯神都在我的掌心里。

你不是还有最后一个愿望吗？来许愿吧。这样就可以释放灯神，并让我抓住它。”

“你没剩下多少力量了，叶妮芙。”

“你低估了我的力量。许愿，杰洛特！”

“不，叶妮芙，我不能……灯神也许会满足我的愿望，但它不会放过你的。它一旦恢复自由就会杀了你……你没法抓住它，也对付不了它。你太虚弱，几乎都站不住了。你会死的，叶妮芙。”

“那是我的事！”她狂怒地大喊，“我怎样跟你有什么关系？不如想想灯神能给你带来什么！你还剩一个愿望！你可以要你想要的东西！好好利用它！说出来，猎魔人！你什么东西都能要！任何东西！”

十三

“他俩都要死了？”丹德里恩边哭边问，“怎么会这样？克里普，为什么？说到底，那个猎魔人——那么多意外，那么多灾难，他不都挺过来了吗？为什么？什么事绊住了他？为什么他不把那该死的女巫丢在那儿自生自灭？这太愚蠢了！”

“非常愚蠢。”凯瑞尔丹苦涩地重复道，“非常蠢。”

“这是自杀。完全是白痴行为！”

“这是他的工作。”内维尔严肃地说，“猎魔人在拯救我的城市。诸神作证——如果他打败女巫、赶走恶魔，我要赏他一大笔……”

丹德里恩一把摘下饰有苍鹭羽毛的帽子，朝它吐了口唾沫，然后扔到泥水里，还冲上去踩了两脚，边踩边用自己能想到的所有脏话，把猎魔人骂了个遍。

“但他……”诗人突然哽咽着说，“他还有一个愿望没说！他可以救下他俩的命！克里普先生！”

“没那么简单。”祭司皱紧眉头，认真思考着，“但是如果……如果他许了正确的愿望……如果他把自己的命运和……不，我觉得不会发生这样的事。这种事还是不要发生为好。”

十四

“愿望，杰洛特！快！你想要什么？长生不老？富可敌国？功成名就？天下无双？权柄滔天？快，我们没时间了！”

他对女术士的话无动于衷。

“成为人类？”她突然挑衅地笑了，“我猜对了，是吗？这就是你想要的，你朝思暮想的？自由自在做你想做的事，而不是做你必须做的。灯神会满足你这个愿望，杰洛特。说出来吧。”

他依然一言不发。

她站在他对面，全身笼罩在水晶球的光芒中，周身跳动着魔法火焰，流光溢彩的魔法光线如梦如幻。她的发丝凌乱地在空中舞动，双眸让人想起极地的天空，那里跳动着固执的极光——紫罗兰色的、细弱的、黑暗的、恐怖的……

美丽的。

她突然俯下身子，望进猎魔人的眼睛。猎魔人又闻到了丁香和醋栗的味道。

“你还什么都没说。”她轻声道，“你到底想要什么，猎魔人？你心里最隐秘的愿望是什么？难道你不知道，或者无法抉择？你考虑清楚，因为，我以魔力的名义发誓，这样的机会不会再有第二次了！”

一瞬间，他突然明白了。他知道了。他知道她曾是什么样子；知道她难以忘怀的往事；知道她的坎坷前尘；知道她在成为女术士之前的真实身份。

她那双冷漠、敏锐、愤怒和睿智的眼睛中承载了太多东西。

他害怕起来。不，不是因为那些真相。他害怕她会读取他的想法，害怕她发现被他猜中的过往。那是她绝对无法原谅的。他努力让自己忘掉这些想法，把它们从心中抹去，不留分毫地抹去。他觉得如释重负，他觉得……

天花板突然被掀起。灯神身上的光网在不断褪色，它在他们头顶翻滚咆哮，咆哮声中充斥杀机。叶妮芙闪身迎上。光线从她手中射出。非常虚弱的光线。

灯神张开大嘴，利爪伸向女术士。

猎魔人突然明白，自己想要的是什么了。

于是，他许下了愿望。

十五

屋子炸开了。砖块、横梁和木板随着烟云和火星四散飞射。跟谷仓一样大的灯神从烟幕中冲出，带着胜利的喜悦，哈哈大笑。它自由了，不再被某人的愿望束缚。于是它在城镇上空转了三圈，兴奋地扯掉市政厅的塔尖，咆哮几声，最后消失在空中。

“它跑了！它跑了！”克里普大叫，“猎魔人成功了！那个界灵飞走了！不再有任何威胁了！”

“啊。”埃尔迪尔欣喜若狂，“多么美妙的废墟！”

“该死，该死！”丹德里恩躲在墙后抱怨，“它打碎了房子！没人能从那里生还！没人！”

“猎魔人，利维亚的杰洛特，为了我们的城市英勇献身。”内维尔市长严肃地宣布，“他永垂不朽。我们会纪念他，为他树立一座雕像……”

丹德里恩拂去肩头一块沾着泥土的柳条席子，扫开衣服上的煤渣，一时找不出合适的诗句，来表述自己对牺牲、纪念和全世界雕像的观点。

十六

杰洛特茫然地看着四周。雨水从天花板上的洞中流下。周围是堆堆碎石木屑。奇怪的是，他们躺的地方非常干净。没有一块砖、一根木头砸到他们。看起来，他们像被某种无形的力量保护着。

叶妮芙跪坐在他旁边，双手放在膝上，身体因激动而微微颤抖。

“猎魔人，”她努力抑制住情绪，“你死了吗？”

“没有。”杰洛特扫掉脸上的灰尘，深吸一口气。

叶妮芙缓慢触碰他的手腕，温柔地用手指抵住他的掌心。“我烧伤了你……”

“没事。几个水泡……”

“我很抱歉。你知道，灯神跑了。这样的结局最好。”

“你不后悔？”

“不是很后悔。”

“那好。帮我起来吧。”

“等等。”她轻声说，“你那个愿望……我听到你许下的愿望了。我很震惊，非常非常震惊。我设想过许多种可能……你怎么会许下这样的愿望，杰洛特？为……为什么是我？”

“你不知道吗？”

她俯下身子，轻轻地抚摸他。黑色长发垂落到猎魔人身上，他又闻到了丁香和醋栗的味道。发丝拂过他的脸颊，他突然意识到，自己从没忘记这种味道，并且将来也不会有哪种味道能与之比肩。叶妮芙吻了他，他知道，自己此生最渴望的便是她的吻——柔软湿润，带着唇膏的甜蜜。从那一刻起，他的世界里只有她。她修长的脖子、光滑的双肩、黑衣下晃动的双乳、纤柔清爽的肌肤，世间再不会有什么能与之相提并论。他凝视着她紫罗兰色的眼睛，那是世间最耀眼的宝石，他只怕它会变成……

他眼中的一切。

“你的愿望。”她在猎魔人耳边轻声低语，“我不知道，这样一个愿望是否真能被满足；我也不知道，有什么力量能满足这个愿望。即使有，你也是在惩罚自己。罚你自己跟我绑在一起。”

他吻上她的唇，抱住她，青丝滑过指尖。他的手指划过她猫一样柔软的后背，他的眼里只有她，他的世界里只有她，他的每一寸肌肤都贪婪地吸吮着她的气息。她就是一切，是他的一切。安静的破屋内只能听见他们沉重的喘息声，还有衣服落在地上的沙沙声。他们眼中只有彼此，他们的身体严丝合缝、水乳交融，他们一起攀上高渺的云端，在温柔的梦境中共同起舞。这一切只有一瞬间，但在他们眼里却是永恒。

周围的景象再次呈现在他们眼前，但已变得完全不同。

“杰洛特?”

“嗯?”

“现在怎么办?”

“我不知道。”

“我也不知道。因为你看，我……我不知道，你把自己绑在我身边是否值得。我知道……等等，你在干吗……？我想告诉你……”

“叶妮芙……叶。”

“叶。”她妥协了，重复了一遍，“从来没人这么叫过我。再叫一遍。”

“叶。”

“杰洛特。”

十七

雨停了，一道彩虹在林德上方破空而出，似乎一端直通旅馆废墟。

“满天神明啊。”丹德里恩看着废墟自言自语，“这么安静……他们死了，我就知道。他们杀死了对方，要么就是灯神结果了他俩。”

“我们得过去看看。”弗拉提米尔用皱巴巴的帽子擦擦额头，“他们可能只是受伤了。我是不是该叫医生?”

“该叫殡仪师来。”克里普说，“我很清楚那个女术士，而那猎魔人像是着了魔。不会有第二种可能了。我们该去公墓挖两个坑。我建议，在掩埋叶妮芙之前，应该往她的胸口插根白杨木桩。”

“这么安静。”丹德里恩重复道，“前一刻还木梁飞舞，现在却像一座坟墓。”

他们缓慢而小心地靠近旅馆废墟。

“让木匠把棺材准备好。”克里普说，“告诉木匠……”

“安静。”埃尔迪尔打断他，“我听到声音。什么声，凯瑞尔丹?”

精灵撩起头发，露出尖尖的耳朵，微微侧头，仔细听着。

“我不确定……靠近点儿。”

“叶妮芙还活着。”丹德里恩那对音乐敏感的耳朵突然抖了抖，“我听到她的呻吟声。那儿，哦，又一声!”

“嗯哼。”埃尔迪尔点点头，“我也听到了。她呻吟了两声。她肯定受伤了。凯瑞尔丹，你要去哪儿？当心!”

精灵从破窗户旁退了回来。

“我们走吧。”他轻声说，“别打扰他们。”

“他们都活着？凯瑞尔丹？他们在干吗?”

“我们走吧。”精灵重复道，“让他们独自待会儿。把他们留在那儿吧，叶妮芙、杰洛特，还有他最后那个愿望。我们找个酒馆等他们。他们……要过好长一段时间才会出来找我们。”

“他们究竟在干吗?”丹德里恩好奇心大起，“告诉我，该死的!”

精灵笑了。非常非常悲伤地笑了。“我不喜欢用那些冠冕堂皇的字眼，”他说，“可不用那些，我又不知该称它为什么。”

理性之声　七

一

法尔维克全身着甲，只有面甲没戴，身后披着猩红色披风，站在林间。他旁边站着一个矮壮结实、满脸胡须的矮人。矮人双手抱胸，穿一件狐狸皮镶边的外套，一件铁环链甲。泰勒斯没穿盔甲，上身穿件短夹棉上衣，缓缓踱步，不时挥舞一下手中的长剑。

杰洛特看看周围，勒住马。周围是闪耀的铠甲和尖锐的长枪。

“见鬼。”杰洛特低声骂道，“我早该想到的。”

丹德里恩调转马头，小声咒骂着截断他们退路的长矛兵。

“怎么回事，杰洛特?”

“没事。闭上你的嘴，别插手。我看能不能糊弄过去。”

“我问你呢，到底怎么了？又有麻烦事了?”

“闭嘴。”

“不管怎么说，去镇上都是个愚蠢的主意。”诗人看了看森林里冒出的神殿塔尖，不断抱怨，“我们应该待在南尼克那儿，而不是跑出来……”

“闭嘴。会搞清楚的，你等着瞧吧。”

“看起来可不是那么回事儿。”

丹德里恩说对了，的确如此。泰勒斯继续挥舞长剑，走来走去，看都没看他们一眼。士兵们倚着长矛、无动于衷地看着他们的方向。他们带着军人特有的冷漠，那种不在乎生死的冷漠。

猎魔人与诗人下了马，法尔维克和矮人缓缓走来。

“你侮辱了泰勒斯，一位贵族，猎魔人。”伯爵开门见山地说，“而你应该记得，泰勒斯曾邀你决斗。在神殿里强迫你很不礼貌，所以我们会等你从女祭司的裙子底下钻出来。泰勒斯已经等得不耐烦了。你必须应战。”

“我必须？”

“必须。”

“可是，法尔维克，难道你不觉得，”杰洛特不以为然地笑了，“那个泰勒斯，那个出身体面的贵族，跟我决斗是抬举我吗？我连骑士都不是。我的出身不值一提。我认为自己不配……怎么说来着，丹德里恩？”

“不配在骑士竞技中得到荣耀和赞扬。”诗人撇着嘴朗诵道，“骑士的信条要求……”

“骑士团自有其信条。”法尔维克打断丹德里恩，“如果是你向骑士团的骑士挑战，他自然有权接受或拒绝，这取决于他的意愿。但现在情况相反：是骑士向你挑战，并视你的地位与其平等——当然，只是暂时的——所以你不能拒绝。拒绝这份荣耀，只能证明你完全没有价值。”

“真够严密的。”丹德里恩像傻瓜一样笑了两声，“看来您还研究过哲学，骑士先生。”

“别插嘴。”杰洛特抬起头，盯着法尔维克的眼睛，“继续说，先生。我很想听听接下来会发生什么。如果我证明自己……完全没有价值，又会怎样?”

“会怎样?”法尔维克冷冷一笑，“我会命令手下把你吊死在树上，你这抓老鼠为生的家伙。”

“等一下。”矮人发出嘶哑的声音，“放松点儿，先生。不要互相谩骂，好吗?”

“用不着你来教我礼貌，克莱默。”骑士不屑地看了矮人一眼，“还有，别忘了，亲王殿下给你的命令，你得一字不差地执行。”

“要俺说，你才不该教俺怎样做事，伯爵大人。”矮人把手放在腰间的大斧子上，“俺知道怎么执行命令，不用你的建议，俺也能做好。请允许俺自我介绍一下，杰洛特先生。俺是丹尼斯·克莱默，希沃德亲王的御前侍卫统领。”

猎魔人僵硬地鞠了一躬，随后盯向矮人的眼睛，只见一对刷子般的眉毛下，那双眼睛是淡淡的烟灰色。

“与泰勒斯决斗吧，先生。”丹尼斯·克莱默继续冷静地说，“这是最好的方式。又不是一决生死，只要其中一个被打趴下就停止。去那块空地战斗吧，让他打到你人事不省。”

“麻烦你重复一遍?”

“泰勒斯先生是亲王的宠臣。”法尔维克挑衅地说，“哪怕你在决斗中伤他一根寒毛，都将受到惩罚，你这变种怪物。克莱默统领会逮捕你，把你带去见亲王，从重发落。这就是亲王的命令。”

矮人看都没看骑士一眼，他那钢铁般的眼睛始终盯着杰洛特。

猎魔人的嘴角挂着不易察觉的微笑。“如果我没理解错的话，”他说，“我必须参加决斗。如果拒绝，我会被吊死；如果同意，我还不能还手；如果伤了他，我就要上绞刑架。多么迷人的选择啊。也许我该帮你们减轻点麻烦？不如我一头在这树上撞个人事不省如何？这样你们满意吗？”

“别冷嘲热讽。”法尔维克咬着牙说，“你侮辱了骑士团，流浪汉！你必须为此付出代价，明白吗？年轻的泰勒斯需要击败一个猎魔人，以获得名声，所以骑士团才给他这个机会，否则你早就被吊死了。现在，你只需主动战败，就能留下一条小命。毕竟，我们拿你的尸体也没什么用。我们只想看泰勒斯在你身上留块疤。反正你这怪物的皮肤愈合得很快。就这样，你没得选择。”

“你真这么想，先生？”杰洛特脸上的嘲讽意味更浓了，他打量一圈四周的士兵，“但我觉得，我还有别的选择。”

“的确。”丹尼斯·克莱默点点头，“你有选择，但随后就会发生杀戮，就像在布拉维坎那场屠杀一样。你想看到事情变成那样吗？你想给自己的良心加上鲜血和死亡的重担吗？因为你想到的选择，只能通向鲜血和死亡。”

“您的建议蛮吸引人的，统领大人，甚至可以说，让人神魂颠倒。”丹德里恩嘲讽道，“您用高尚的人道主义诱惑一个男人走进林间的陷阱，并试图唤起他的道德感——如果我没理解错的话，你还要求他不要对试图攻击他的土匪拔剑还手。当然，他很同情他们，因为这些土匪上有八十老母，下有吃奶的娃。但克莱默统领，您不觉得自己担心得太早了？看看您的枪兵，他们心惊胆战，杰洛特看他们一眼，他们就恨不得转身跑掉——毕竟，这是个赤手空拳单挑妖鸟的猎魔人。不，这里不会发生屠杀，也没有人会受伤——除了那些在逃跑时摔断腿的家伙。”

“没人能吓倒俺。”矮人挑衅地看着丹德里恩，“俺不会在任何人面前拔腿逃跑，俺也不打算改变自己的想法。俺还没结婚，对孩子什么的也不了解。至于俺娘，哦，俺对她也不太熟。但俺要忠实地执行使命，就像往常一样，一字不差。不说什么道德感，俺只是让利维亚的杰洛特做个选择。怎么选是他的事，俺会随机应变。”

猎魔人和矮人看着对方。

“很好。”杰洛特最后道，“我们来做个了断吧。可别浪费这艳阳高照的一天。”

“那么，你同意了?”法尔维克抬起头，眼中精光闪烁，“你会与高贵的、来自多恩戴尔的泰勒斯决斗?”

“对。”

“很好。去准备吧。”

“我准备好了。”杰洛特戴上护手，“别浪费时间了，如果南尼克发现这事，我可就麻烦了。让我们速战速决。丹德里恩，冷静点儿。这事跟你无关。我说得对吗，克莱默先生?”

“一点儿不错。”矮人看了一眼法尔维克，加重声音道，“一点儿不错，先生。不论发生什么，都只跟你一人有关。”

猎魔人抽出背上的长剑。

“不。”法尔维克也抽出长剑，“你不能用你那把剃刀决斗。用我的剑。”

杰洛特耸耸肩，接过骑士的长剑，在空中挥舞几下。

“很重。”他冷冷地说，“我们最好都用铁锹。”

“泰勒斯用的是一样的剑。机会均等。”

“你真幽默，法尔维克。”

士兵们在林中空地围成一圈。泰勒斯同猎魔人对峙。

“泰勒斯？你不打算说点什么？”

年轻的骑士抿着嘴唇，左手背在身后，摆出击剑的姿势，一动不动。

“不想说吗？”杰洛特笑了，“你不想倾听理性之声？真遗憾。”

泰勒斯微微下蹲，随后毫无预兆地跳起来，发起进攻。猎魔人甚至没有挥剑格挡，只是轻巧地一个半旋，躲开攻击。骑士的剑势大开大合，长剑破空声再次传来。杰洛特以脚尖为重心，迅速转过身，俯身避过剑刃，轻巧地跳到旁边，虚晃一招，便打乱了泰勒斯的节奏。泰勒斯咒骂一声，长剑从右侧猛然砍向杰洛特，结果失去平衡。他一边努力站稳身体，一边本能地举剑招架。猎魔人伸直手臂，以闪电般的速度向前方斩下。重剑击中泰勒斯的剑刃，冲击的力道让泰勒斯的剑径直砍回他自己脸上。泰勒斯大叫一声，双膝一弯，扑倒在草地上。

法尔维克赶忙跑过去。

杰洛特把长剑插进泥土，转过身去。

“嘿，守卫！”法尔维克站起来喊道，“抓住他！”

“不许动！站着别动！”丹尼斯·克莱默双手握住斧柄，大喊道。士兵们停了下来。

“不，伯爵。”矮人缓缓地说，“俺总是一字不差地执行命令。猎魔人没碰到泰勒斯，那孩子是被他自己的武器伤到的。他运气真差。”

“他的脸毁了！下半生都会是个丑八怪！”

“皮肤可以愈合。”丹尼斯·克莱默瞪着猎魔人，“至于伤疤？对一个骑士来说，伤疤是值得赞美的标志，是荣誉的象征，骑士团一直希望他如此。没有伤疤的骑士是个懦夫，算不得真正的骑士。不信你自己问他，伯爵，你将发现，他会很高兴的。”

泰勒斯在地上打滚，鲜血从他脸上汩汩流出，尖叫和哭号声混合在一起，传出森林。他看起来一点也不高兴。

“克莱默！”法尔维克拔出剑，冲矮人喊道，“我发誓，你会为这事后悔的！”

矮人转过来，缓缓抽出腰间的斧子，咳嗽了两声，往掌心吐了口唾沫。“哦，伯爵大人，”他的声音带着隐隐的怒气，“可要记住你的誓言。俺不能忍受违反誓言的行为，而且希沃德亲王给了俺惩罚那种人的权力。俺可以假装没听见你刚才的话，希望你不要再重复一遍。”

“猎魔人！”快被气炸的法尔维克转向杰洛特，“滚出艾尔兰德。马上！一分钟都不许耽搁！”

“俺和他很少意见一致。”丹尼斯走到猎魔人身边，把长剑还给他，“但这次，他说得没错。俺反悔的速度会相当快。”

“我们会遵循你的建议。”杰洛特把剑带挎回身上，“但在此之前，我有话要对那位伯爵说。法尔维克！”

白蔷薇骑士紧张地眨眨眼，双手无意识地在衣服上蹭了蹭。

“我想跟你谈谈你的骑士团信条。”猎魔人压住自己的笑意，“我对那东西很感兴趣。我们假设，如果我觉得，在整件事情中，你的态度对我是种侮辱，我现在向你发起挑战，要求比剑，你会怎么做？你会认为，我不值得让你拔出长剑？还是说你会拒绝，尽管你明知这样我会看不起你，朝你吐口水，在众目睽睽下踢你的屁股？法尔维克伯爵，行行好，回答我这个问题吧！”

法尔维克的脸色瞬间变得惨白。他后退一步，左右看了一眼。士兵们都避开他的眼神。丹尼斯·克莱默似笑非笑地吐了口唾沫。

“即使你什么都不说，”杰洛特续道，“我也能从你的沉默中听出理性之声。法尔维克，你已经满足了我的好奇心，让我回报你一下：如果骑士团敢打扰南尼克或梅里泰莉神殿的任何一位女祭司，如果克莱默统领受到什么不公正的待遇，希望你了解，伯爵，我会亲自找上门的。我才不管什么信条，我会像杀猪一样，把你的血放干。”

骑士的脸变得更白了。

“别忘了我的承诺，伯爵。走吧，丹德里恩。我们该离开了。丹尼斯，好好照顾自己。”

“好运，杰洛特。”矮人给了他一个大大的笑，“你也照顾好你自己。很高兴见到你，后会有期。”

“我也是。”

他们故意控制速度，缓缓前行，不曾回首，等森林完全遮住两人的身影，才纵马慢跑起来。

“杰洛特，”诗人突然道，“你确定我们不一直往南？我们必须绕开艾尔兰德和希沃德管辖的地域，不是吗？还是你打算把这场戏演到底？”

“当然不，丹德里恩，我们穿过森林，然后便转到商人的小路。记住，在南尼克面前，关于这场冲突，一个字都不要提。一个字，都别提。”

“那我们赶紧赶路，好吧？”

“现在就走。”

二

杰洛特俯下身子，检查一下马镫，调整马镫的皮带，皮带还很新，散发着皮革的味道，很难扣上。他整理好马鞍、鞍袋、马鞍后卷起的毛毯，以及捆在上面的长剑。

南尼克站在他身边，面无表情，两手抱在胸前。

丹德里恩骑着枣红色阉马走过来。“感谢您的殷勤好客，尊敬的主人。”他严肃地说，“千万别生我的气。我知道，实际上您是喜欢我的。”

“确实。”南尼克依然板着脸，“我喜欢你，你这傻瓜，尽管我都不知道为什么。前路小心。”

“再见，南尼克。”

“再见，杰洛特。照顾好你自己。”

猎魔人的笑容有些僵硬。“我更愿意照顾好其他人。长久以来，这样更好。”

在两名学员陪同下，爱若拉从神殿那边走来。她带来了猎魔人的小箱子。此刻，她笨拙地垂着眼睛，带着不安的微笑，长着细小雀斑的圆脸看起来如此迷人。那两名学员毫不隐藏她们意味深长的眼神，在后面笑个不停。

“以伟大的梅里泰莉的名义，”南尼克叹了口气，“这是个彻头彻尾的告别聚会。拿着箱子，杰洛特，我补充了药剂。短缺的都做了补充。那个药，你知道是哪个，两星期吃一次，按时吃。别忘了，这很重要。”

“我不会忘。谢谢你，爱若拉。”

女孩低下头，把箱子递给猎魔人。她从未像今天这样想说话。但她不知道该说什么。千言万语无从说起。

她碰到了他的手。

血。血。血。骨头如干枯的树枝。肌腱像绳索一样自皮肤下爆裂，毛刺直立的爪子和尖锐的牙齿划破皮肤。肌肉破裂的恐怖声音，还有喊声——歇斯底里、恐怖的声音。歇斯底里的结局。歇斯底里的死亡。鲜血与呐喊。呐喊，鲜血。呐喊……

“爱若拉!”

女孩浑身抽搐，差点倒地。南尼克迅速冲到她身边，一把抓住她的肩膀和头发。一个学员吓傻了，站在一旁，另一个头脑还算清醒，跪到爱若拉腿边。爱若拉缩着身子，张大了嘴，无声地尖叫。

“爱若拉!”南尼克喊道，“爱若拉！说话！说话，孩子！说话!”

女孩的身体更僵硬了。她咬紧牙关，一小股鲜血顺着她的脸颊流下来。南尼克的脸因用力而变得通红，她大喊着猎魔人听不懂的词句。他的银色徽章在脖子上不断拖拽，以致被这力量拉得弯下了腰。

爱若拉依然毫无反应。

丹德里恩的脸也像纸一样惨白，他深深叹了口气。南尼克扶着膝盖，挣扎着站起。

“带她走。”她对学员们说。旁边不知何时出现了很多学员，她们聚在一起，一言不发，表情严肃。

“带她走。”女祭司重复道，“小心点儿。别让她一个人待着。我一会儿就过去。”

她转向杰洛特。猎魔人面无表情地站着，满是汗水的双手摆弄着缰绳。

“杰洛特……爱若拉……”

“什么也别说了，南尼克。”

“有那么一瞬间……我也看到了。杰洛特，别走。”

“我必须走。”

“你刚才……你刚才也看到了?”

“是啊。而且不是第一次了。”

“真的?”

“沉溺于烦恼也没什么意义。”

“别走，求你了。”

“我必须走。请照顾好爱若拉。再见，南尼克。”

女祭司缓缓摇头，吸了吸鼻子，双手僵硬地擦掉脸上的泪水。

“再会。”她避开他的双眼，低声呢喃，声音被微风卷向远方。

卷一完